Maria Bidian

Das Pfauengemälde

Roman

Für Greta

Maria Bidian

Paul Zsolnay Verlag

1. Auflage 2024

ISBN 978-3-552-07384-5

Textnachweis: S. 90/91, 97, 151/152, 190/191, 205 Anemone Latzina;
S. 113 Mihail Eminescu; S. 139,140 Adolf Meschendörfer;
S. 260/261, 263 Augustin Alexandru Bidian
Satz: Nele Steinborn, Wien
Autorenfoto: © Alexandra Bidian
Umschlag: Anzinger und Rasp, München
Motiv: © Kelsey Howard Art
Druck und Bindung: GGP Media GmbH, Pößneck
Printed in Germany

MIX
Papier | Fördert
gute Waldnutzung
FSC® C014496

Das Pfauengemälde

Für tata

Der Brief

Der Tag, an dem ich erfuhr, dass ich das Pfauengemälde geerbt hatte, war ein Freitag. Ich war gerade dabei, meine Sandalen anzuziehen, als es an der Tür klingelte. Der Postbote hielt mir einen Umschlag entgegen, der so voller Stempel war, dass kaum Platz darauf blieb. Die Briefmarken klebten über der Adresse in der Mitte: ein Schloss, ein Kloster, eine rumänische Flagge. In mir öffnete sich etwas, ich drückte die Fingernägel tief in die Handfläche und schloss die Tür.

Ich sah Nicu hinter seinem Schreibtisch sitzen, in der Hand einen Brieföffner, mit dem er die Umschläge voller Stempel aufriss. Die Briefmarken schnitt er aus, legte sie in Wasserschalen und dann auf Zeitungspapier. Das Album mit den rumänischen Marken war das dickste, oft sah ich ihn spät am Abend mit der Pinzette darüber gebeugt sitzen, als könnten die bunten Papierstücke das zurückbringen, was er verloren hatte: seine Heimat, seinen Wohlstand, seine Anerkennung.

Ich warf den Brief auf mein Bett und ging hinaus. Mit dem Fahrrad fuhr ich über Kopfsteinpflaster. Parkanlagen und Cafés zogen wie Schatten vorbei, ich schaute nach vorne, mit einem Schleier zwischen mir und der Welt. Vor einem Zebrastreifen bremste ich scharf, ein schlanker Mann mit weißen Haaren überquerte die Straße, und in meiner Brust zog es, bis ich sein Gesicht erkennen konnte, das ganz anders aussah, als Nicus Gesicht ausgesehen hatte.

Im Schnittraum wickelte ich den Schal eng um meinen

Hals, platzierte die Kopfhörer über meinen Ohren und begann Schlachten und Wissenschaftler zusammenzuschneiden. Als ich die Kopfhörer wieder abnahm, waren die meisten meiner Kollegen nach Hause gegangen. Ich streckte mich, griff nach dem Handy und warf es sofort zurück auf den Tisch. Durch meine Hand fuhr ein Zittern. Ich setzte die Kopfhörer wieder auf und zwang meine Finger, die Tastenkombinationen zu drücken, die sie seit fast zwei Jahren wiederholten, nur hatten sie die richtige Reihenfolge vergessen. Ich sprang auf und lief im Zimmer auf und ab, legte meine Hand auf die Wand, strich über den Akustikschaumstoff, kontrollierte jede Pyramide, ob sie noch da war, ob sie noch glatt und gerade und perfekt war, lehnte mich gegen den Schaumstoff, immer weiter, bis ich mich aufzulösen begann. Wieder zog ein Beben durch meine Hand, ich öffnete die Augen und begann die Dinge um mich herum zu benennen: ein Stuhl, drei Monitore, eine Wasserflasche, ein Rucksack. Als meine Hand sich beruhigt hatte, griff ich nach dem Handy.

»Erstes Problem«, rief meine Großcousine Kiki auf dem Anrufbeantworter.

»Hast du den Brief bekommen? Zweites Problem: Du musst ein Dokument für den Prozess unterschreiben. Drittes Problem: Ich muss wissen, ob du kommst. Ruf mich zurück!«

In meinem Kopf drehte sich alles, jetzt sah ich sie vor mir, die Familie meines Vaters, die keiner in Deutschland kannte und die so verzweigt und verschoben war, dass ich alle nur in Tanten und Cousins einteilte. Umgeben von Eis und Schnee standen sie da, umhüllt von Weihrauch und dem ewigen Singsang des Pfarrers, der betäubte und verband, bis er aufhörte und alles um mich herum seine Farbe verlor. In meiner Hand vibrierte es, und einen Moment wusste ich nicht, ob es meine Finger oder das Handy waren. Erst, als das Zittern immer fordernder wurde, kniff ich die Augen zusammen und hob ab.

»*Servus, tanti Judit*«, sagte ich krächzend.

»Hallo Liebes!«, antwortete Judit auf Rumänisch. »Du klingst schlecht.«

Ich schob die Schultern nach hinten, holte tief Luft und begann mit den Fragen, wie es ihr ginge, ob sie die Hitze in Bukarest noch aushalte oder ins Dorf gefahren sei.

»Wie soll es mir schon gehen, ich bin eine alte Frau, hast du den Brief bekommen? Wann kommst du?« Judits Stimme war tief und kratzend, ein Schürhaken, der glühendes Holz zurechtschob. Ich murmelte etwas.

»Wie bitte?«, fragte sie.

»Ja«, sagte ich und: »Ich weiß noch nicht, ob …«

»Was weißt du nicht?«

»Ich weiß nicht, ob …« Ich sah mich vor der Treppe des Flugzeugs stehen, mein Körper so schwer, dass ich ihn nicht bewegen konnte.

»Was, du weißt nicht? Was weißt du nicht?«, rief Judit. »Du musst den Brief aufmachen und lesen, was sie dir schreiben. Dann musst du herkommen und deine Sachen abholen. Wir haben den Prozess gewonnen.«

Den Prozess gewonnen. Ich wusste nicht, was das hieß, seit dreißig Jahren führte die Familie Prozesse, die immer fast gewonnen waren und dann doch nicht und bei denen es um Dinge ging, die vor siebzig Jahren enteignet wurden, die legendenumwoben, vorhanden und nicht vorhanden waren. Ich drückte die Fingernägel in meinen Arm und schob das Kinn nach oben.

»Ich glaube nicht, dass ich diesen Sommer kommen kann«, sagte ich.

»Können, was heißt können, natürlich kannst du«, schrie Judit. »Erschießen sie dich, wenn du über die Grenze fährst, oder was? Also sag nicht, dass du nicht kannst.«

»Ich ruf dich später ...«, begann ich wieder.

»Dein Vater hat sein ganzes Leben dafür gekämpft, dass wir zurückbekommen, was sie uns genommen haben!« Ich hielt das Handy weiter von meinem Ohr entfernt, eine bittere Flüssigkeit sammelte sich in meiner Brust.

»Dein Vater ist ins Gefängnis ...«

»Mein Chef...«, unterbrach ich sie. »Ich rufe dich später zurück.« Ich warf das Handy in die Tasche und ballte die Hand zur Faust. Die Flüssigkeit hatte meinen Hals erreicht, ich riss die Tür auf und rannte mit gesenktem Blick zum anderen Ende des Büros. Die Toilette war leer, schnell schloss ich mich in eine Kabine ein und beugte mich über die Kloschüssel. Ein einzelner Tropfen kam aus meinem Mund. Ich wischte über meine Lippen, setzte mich auf den Toilettendeckel und dachte darüber nach, wie viel Zeit ich seit dem 1. Dezember vor zwei Jahren in Toiletten verbracht hatte, wenn der Schmerz sich unerwartet zwischen meine Schulterblätter bohrte.

Ich hörte Tante Judits Stimme, spürte, wie meine Finger vibrierten, drückte sie an die Kacheln und befahl ihnen aufzuhören, doch sie hörten nicht auf, klebten dort, zu mir gehörend und gleichzeitig lebendig ohne mich, eine Spinne, die sich in meinem Körper eingenistet hatte und immer größer wurde.

Später stand ich barfuß auf dem Mattenboden. Mein Zittern war nach den ersten Liegestützen verschwunden. Es roch nach Schweiß und Eisen, der Neue hatte keinen Zahnschutz und sich die Lippe aufgebissen, was er lustig fand, der Trainer nicht.

Ich kam seit einigen Monaten hierher, nachdem ich es mit Yoga probiert hatte und in der Endmeditation in Tränen ausgebrochen war. Nach der ersten Stunde fuhr ich mit dem Fahrrad nach Hause und spürte nur noch den Schmerz in meinen Muskeln. In der zweiten Stunde schrie der Trainer mich an, und in mir bewegte sich etwas, das sich lange nicht mehr bewegt hatte. In der dritten Stunde duckte ich mich zu langsam, wurde ins Gesicht geschlagen und spürte andere Tränen in den Augenwinkeln. In der vierten Stunde erkannte ich, dass der äußere den inneren Schmerz überdecken konnte. In der fünften Stunde rollte ich mit dem Trainer über den Boden, er war vorsichtig, ich setzte einen Hebel an und zog so fest, dass er abklopfte. Ich lachte, und er gab mir seine Nummer.

Jetzt stand ich vor dem Neuen, der nicht nur keinen Mundschutz, sondern auch kein T-Shirt unter dem Anzug trug. Wir verbeugten uns und begannen uns zu umkreisen. Ich versuchte einen Wurf, konnte meine Hüfte jedoch nicht schnell genug vor seinen Körper schieben, er hüpfte zur Seite, und wir standen uns wieder gegenüber. Ich trat, er wich aus und griff gleichzeitig nach meinen Schultern, schob seinen Körper vor meinen und warf mich auf den Boden. Gerade noch konnte ich mich auf die Seite drehen, um nicht auf dem Rücken aufzukommen, schon lag er über mir, sein Anzug war halb geöffnet, und wir wälzten uns über die Matten. Ich versuchte unterschiedliche Hebel, konnte ihn jedoch nicht fassen, er lag auf meinem Oberkörper, dann halb über meinem Gesicht, zwischen mir und seinen verschwitzten Brusthaaren nur wenige Zentimeter. Wieder wurde mir schlecht, ich rutschte unter ihm hindurch, er drehte sich um, und ich setzte mich auf seine Brust, drückte mit meinen Oberschenkeln seine Arme an seinen Körper und warf mich über ihn. Gerade, als ich wieder lockerlassen wollte, rammte er die Füße in den Boden, presste seine Hüfte nach oben und warf mich nach vorne, diesmal fiel ich auf den Bauch. Sein Arm fuhr durch die Luft, und seine langen Fingernägel kratzten über meinen Handrücken. Ich spürte eine Wut, wie ich sie lange nicht mehr gespürt hatte, rollte mich auf alle viere, er stand halb aufgerichtet vor mir, und ich sprang ihn an, warf ihn auf den Boden, er umschlang meinen Hals, und ich schlug ihm ins Gesicht.

»Auseinander!«, hörte ich Michael über uns, einen Moment lagen wir noch aufeinander, dann rollten wir zur Seite und blieben auf dem Rücken liegen.

»Raus mit euch, das geht so nicht«, der Trainer zeigte auf die Bank. Ich war noch immer wütend, die Stunde war fast vorbei, und ich ging auf die Toilette, um mein Gesicht zu waschen. Als ich wieder herauskam, standen die anderen schon in einer Reihe nebeneinander und verbeugten sich vor Michael. Kurz überlegte ich, das Treffen mit ihm abzusagen, aber ich wollte heute Abend nicht allein sein.

Als ich seine Wohnung betrat, hatte er schon mit dem Kochen begonnen, es roch nach Tomaten, Mozzarella und Fleisch. Im Wohnzimmer brannten Kerzen. Wir küssten uns, trotz meiner Größe musste ich mich auf die Zehenspitzen stellen, um seinen Mund zu erreichen. Sein Kinn und sein Kopf waren frisch rasiert, der Geruch seiner Haut ließ mich an Wasserfälle und Wälder denken. Er schenkte uns Whisky ein, das T-Shirt spannte sich über seinem Oberkörper. Er könnte einen Krieger in einer unserer Historiendokumentationen spielen, einen Dänen vielleicht. Ich setzte mich auf den Tisch, er reichte mir eines der Gläser.

»Prost, schöne Frau«, sagte er und schob sich zwischen meine Beine.

»Prost, schöner Mann«, sagte ich, und unsere Gläser stießen mit einem hellen Geräusch zusammen, ich trank in großen Schlucken, der Alkohol ließ meinen Körper weich werden. Michael schaute mich an und wartete, aber ich wollte nicht erklären, was im Training mit mir los gewesen war, und fuhr mit den Fingern über seine Glatze, über seine Wangenknochen und schmalen Lippen. Jetzt stellte auch er das Glas auf den Tisch, drehte meinen Kopf zur Seite und betrachtete meinen Hals.

»Das wird ein blauer Fleck«, sagte er, beugte sich zu mir hinunter und küsste mich. Seine Zunge fuhr über die Stelle, wo mich der Neue gewürgt hatte, und ich zuckte zurück. In meinem Kopf sagte Kiki: »Erstes Problem«, ich schleuderte ihre Worte zur Seite und küsste Michael auf den Mund, schlang meine Beine um seine Hüfte und zog ihn zu mir.

In der Nacht träumte ich, dass ich mit dem Fahrrad durch einen Sturm aus Briefmarken fuhr, auf die die Gesichter meiner Tanten und Cousins gedruckt waren. Sie umkreisten mich immer schneller, kratzten über mein Gesicht, drangen in meinen Mund und nahmen mir die Sicht.

Ich wachte allein auf, Michael war früh aufgestanden, er hatte ein Seminarwochenende mit den Polizisten. Auf dem Weg nach Hause holte ich mir in der Bäckerei Frühstück und setzte mich auf meinem Balkon in die Sonne. Den Brief legte ich auf den Tisch, schob meine Zehen in die eisernen Spiralen des Balkongeländers und schaute auf den Nussbaum vor mir. Langsam aß ich das Croissant und beobachtete die Stadt-Papageien auf den Ästen, die mich wartend ansahen. Als ich den letzten Schluck Kaffee getrunken hatte, nahm ich den Brief und riss ihn mit dem Finger auf, dachte an Nicu mit seinem Brieföffner und schüttelte den Kopf, bis der Gedanke herausgefallen war.

Der Brief enthielt mehrere DIN-A4-Seiten. Die Anrede auf der ersten Seite richtete sich an mich, ihr folgte ein halbseitiger Text mit weiteren Stempeln und Unterschriften. Die nächsten Seiten waren mit Tabellen gefüllt, in denen die Namen der Familienmitglieder standen, die mir bekannt und gleichzeitig fremd waren, wir sprachen uns alle mit Spitznamen an, und ich wusste oft nicht, wie die anderen in Wirklichkeit hießen.

Ich fuhr mit dem Finger von Zeile zu Zeile, bis ich den Namen meines Vaters auf der letzten Seite fand. Er war mit einem Kugelschreiber durchgestrichen und durch meinen ersetzt worden. Wieder zuckte es in meiner Hand, ich schaute auf die aufgerissene Rinde des Baums und atmete ein und aus. Dann blätterte ich zurück und begann zu lesen. Wort für Wort arbeitete ich mich voran, es waren komplizierte, juristische Sätze. Ich musste den Text einige Male lesen, bis ich verstand: Judit hatte recht gehabt. Diesmal hatten wir wirklich den Prozess gewonnen, und ich sollte meinen Anteil der übrig gebliebenen Hauseinrichtung abholen.

»Das Pfauengemälde«, hörte ich Nicus Stimme in meinem Kopf. Wir saßen zusammen auf einer Bank und schauten über die Weinberge hinweg auf die Stadt. Ich schwang die Beine nach vorne und hinten, und Nicu erzählte von seiner Kindheit, die so glücklich und hell gewesen war, und von dem Rumänischen Haus und dem Gemälde, das er mehr als alles andere geliebt hatte und das ich einmal erben würde, wenn wir alles zurückbekamen, was die Kommunisten uns genommen hatten.

Ich ließ den Brief auf den Boden fallen und fühlte eine ziellose Angst in meiner Brust. Die Papageien vor mir streckten ihre Flügel aus, ich nahm eine Handvoll Erde aus dem Blumenkasten, schleuderte sie ihnen entgegen und hasste ihre Farben, ihre Gedankenlosigkeit, ihren verständnislosen Blick. Die Erde fiel auf die Straße, die Vögel schauten mich noch einen Moment an und flogen dann als grüne Wolke vor blauem Himmel davon.

Ich dachte an die grünen Berge und den Himmel im Dorf, dachte an die vielen Sommer und die Cousins und Tanten und an Nicu, der sein Land verlassen hatte, um es zu retten, der kämpfte, bis das Unverständnis in den Augen der anderen auch seine Augen veränderte, die trauriger und trauriger wurden. Nicu, der selbst krank nach Rumänien fuhr, um nach dem Gemälde zu suchen, und der schwor, nicht ohne es zurückzukommen, und der selbst nicht mehr zurückkam.

Ich dachte an meine Arbeit, an meine Freunde und an

Michael und daran, wie klein und unbedeutend all das war, und an den Satz, der sich wie eine kaputte Kassette jeden Tag der letzten zwei Jahre in meinem Kopf abgespielt hatte: Alles ist lächerlich angesichts des Todes. Dann schaute ich auf den Brief, zog meine Füße aus dem Balkongeländer und stand auf.

Ein anderer Frühling

Ich saß im Speisewagen und wartete darauf, dass wir über die rumänische Grenze fuhren. An den schlammbespritzten Fenstern zogen Weizenfelder vorbei, die durch meine Sonnenbrille dunkler aussahen, als sie in Wirklichkeit waren. Die Sonne schien draußen bereits so heiß, dass die Bauern mit nacktem Oberkörper ihre Sensen schärften. Im Zug rieselte die kühle Luft aus der Klimaanlage auf uns herab und ließ meine Nasenspitze kalt werden. Ich zog die Jacke über die Schultern, schloss den Reißverschluss bis unters Kinn und wurde zum roten Punkt auf grünen Sitzen.

Mein Chef hatte erstaunt und gleichzeitig erleichtert reagiert. Ohne weiterzufragen, gab er mir frei. Der nächste Schritt war komplizierter gewesen. Seit zwei Jahren hatte ich Angst davor zu fliegen, ich hatte eine Weile hin und her überlegt und schließlich einen Nachtzug gefunden, der von der Mitte Deutschlands bis in die Mitte Rumäniens fuhr. Ich buchte, holte den alten Lederkoffer unter dem Bett hervor und stellte mich vor das Bücherregal. Ich schaute auf die Bücher, die für Situationen wie meine sein sollten, und auf das schwarze Notizheft, das ich mit Texten und Listen gefüllt hatte und mit den Namen meiner Verwandten, die ich mit Symbolen verband. Ich dachte an die vielen Kurse, in denen ich mich betrachtet hatte, bis mir schwindelig wurde, in denen ich mich auseinandergenommen und zusammengesetzt, mich zu anderen im Raum positioniert hatte, um nach dem großen Muster zu suchen, und doch nur Leere fand. Schließlich nahm ich ein neues Notizheft und packte es zusammen mit dem alten ein.

Der Zug wurde langsamer, ich tauchte den Löffel in die Tasse, klopfte damit auf den Boden und hörte dem dumpfen Geräusch nach, während sich Schaum und Kaffee vermischten. Der Kellner hinter der Bar goss pfeifend Wasser in die Teekanne. Eine junge Frau mit schwarzen Haaren hob den Kopf und schaute in meine Richtung. Sie fuhr mit der Zungenspitze über den Rand ihrer selbstgedrehten Zigarette, und ich spürte ein Kribbeln in den Handgelenken, das ich lange nicht mehr gespürt hatte, wollte zu ihr, beugte mich stattdessen nach vorne, schob die Sonnenbrille auf den Kopf und versuchte, in der vorbeiziehenden Landschaft zu erkennen, wo das eine Land aufhörte und das andere begann.

Als Kind hatte ich das Kribbeln im ganzen Körper gespürt, wenn wir nach der Kontrolle die Grenze passierten. Während die LKW-Fahrer die stundenlange Wartezeit damit verbrachten, *mititei* zu grillen und Zigaretten zu rauchen, warteten wir mit geöffneten Türen auf unseren Sitzen. Mein Vater aß eine Banane, die ihm meine Mutter von der Rückbank reichte. Der Platz neben ihm war bis zum Dach mit Kartons und Tüten gefüllt. Ich saß hinter meinem Vater und war von Büchern und Süßigkeiten umgeben. Wie jedes Jahr hatten meine Mutter und ich einen Rucksack voller Bücher in der Bibliothek ausgeliehen. Auf dem Rückweg durfte ich mir einen Comic im Kiosk an der Ecke aussuchen. Ich betrachtete die Hefte genau, bis ich schließlich auf einen Donald-Duck-Comic zeigte.

Nach der Grenzkontrolle war ich so aufgeregt gewesen, dass ich auf der Rückbank auf und ab hüpfte. Meine Mutter hatte lange ausgeatmet und sich an der Tür festgehalten, als mein Vater Gas gab und nicht langsamer wurde, bis wir bei den Sonnenblumenfeldern waren. Erst dann lehnte er sich zurück und begann zu summen: »*Vine, vine primăvara*«, und meine Mutter sang mit, obwohl sie kein Rumänisch konnte und obwohl es heißester Hochsommer war, aber mein Vater meinte wohl einen anderen Frühling. Ich steckte mir einen Gummi-Schlumpf nach dem anderen in den Mund, presste die Nase an die Scheibe und winkte den Sonnenblumen zu, die ihre Köpfe zu uns neigten.

Am Tisch neben mir klatschten zwei Hände zusammen, und ich sah gerade noch, wie eine Fliege in der Luft erstarrte, bevor sie zwischen den aufgetürmten Gebäckteilchen auf dem Tisch verschwand. Ich fuhr mit der Hand über die Glätte der weißen Tischdecke und wollte gerade nach meinem neuen Notizheft greifen, als die Tür hinter der Bar aufging und ein Mann mit großen Schritten durch den Waggon lief. Er setzte sich an den Tisch vor mir und schaute mich mit blauen Augen an.

»Auch auf dem Weg in die alte Heimat?«, fragte er auf Deutsch, im Dialekt der deutschen Minderheit.

Ich nickte.

»Sehr gut«, sagte er. »Wir sollten die Rumänen nicht so lange mit unseren Häusern allein lassen«, er zwinkerte.

»Willst du etwas bestellen?«, er wedelte mit der Speisekarte durch die Luft, und ich schüttelte den Kopf. »Kellner! Einen Espresso und ein Omelett«, rief er durch den Waggon. Er begann von seinem Tourismusunternehmen zu erzählen und den Menschen, die zu ihm kamen, um einmal so zu fahren, »wie sie in Deutschland nicht fahren dürfen. Abends sitzen wir mit Schnaps, Zwiebeln und Salami am Feuer, ein Abenteuer, die lieben das, du solltest auch mal mitkommen.« Er zeigte mit dem Finger auf mich. Der Kellner kam mit Espresso und Omelett angehüpft. Ich wartete, bis er sich wieder entfernt hatte und wollte gerade sagen, dass ich selbst aus einer rumänischen Familie kam und nicht zur deutschen Minderheit gehörte, als der Zug mit einem Ruck hielt.

»Wir sind an der Grenze«, rief der Touristenführer. Ich drehte mich zum Fenster. Draußen war kein Bahnhof, sondern nur ein weites Feld zu sehen. Die Tür hinter der Bar öffnete sich erneut, und zwei Männer in grüner Uniform und erdigen Stiefeln kamen herein. Einer kontrollierte die junge Frau mit der Zigarette, der andere kam zu mir. Mit schwitzigen Fingern suchte ich in meiner Tasche nach dem Pass, zögerte einen Moment, dachte an den Touristenführer und nahm den rumänischen. Der Mann in Uniform klappte ihn auf, schaute dabei aber mehr auf meine Lippen als auf das Papier und wollte ihn mir schon zurückgeben, als er stockte und die Stirn runzelte.

»Ihr Pass läuft morgen ab«, sagte er auf Rumänisch und schob die Schultern nach hinten. »Warum fahren Sie nach Rumänien?«

Ich begann noch mehr zu schwitzen. »Ich bin auf Besuch, mein Vater ist, war … Ich habe Familie in Rumänien.« Mein deutscher Akzent ließ die Worte klar und allein klingen, als hätte meine Zunge die verbindende Melodie vergessen. Ich ärgerte mich, dass ich die Zeiten verwechselt hatte.

»Familie in Rumänien«, wiederholte der Grenzbeamte. Jetzt stand auch sein Kollege neben ihm, und zusammen blätterten sie langsam durch meinen Pass.

»Hier ist keine Adresse angegeben«, der erste Grenzbeamte presste seinen Finger auf mein Foto. Ich dachte an meine Cousine Adriana und die vielen Male, als wir zusammen zu rumänischen Behörden gegangen waren, schaute ihm in die Augen und lächelte.

»Der Pass ist heute noch gültig«, sagte ich.

»Das ist egal«, sagte der Mann. Ich versuchte mich zu erinnern, was Adriana in solchen Situationen gemacht hatte, fühlte den Blick des Beamten auf mir und zog schließlich meinen anderen Pass heraus.

»Der ist noch länger gültig«, sagte ich.

»Ah, ein deutscher Pass, warum haben Sie das nicht gleich gesagt!«, rief der Mann, und seine Schultern lockerten sich. Er prüfte Datum und Foto und gab mir den Pass zusammen mit dem rumänischen zurück, nicht ohne mit einem letzten Blick über meine Lippen zu tasten. Der Touristenführer grinste.

Als die beiden verschwunden waren, trank ich den Kaffee aus, schob die Sonnenbrille wieder über die Augen, presste die Hand unter mein Bein, zog sie wieder hervor, stand auf und ging mit erhobenem Kinn aus dem Waggon. Im nächsten Wagen drückte ich mich an drei Männern mit dicken Bäuchen vorbei, die aus dem Fenster gelehnt über etwas diskutierten, von dem ich nur immer wieder den Satz »Zu Zeiten Ceauşescus« verstand. Ich wollte in keine Diskussion über den

Kommunismus geraten, also lief ich weiter, schob ein Fenster nach unten und hielt den Kopf hinaus. Die warme Luft streifte den Schweiß von meiner Haut und ließ die Stimmen der anderen davonfliegen. Ich hatte es über die Grenze geschafft, jetzt würde ich die letzten sechs Stunden auch noch durchhalten. Das Wochenende würde ich in der Stadt verbringen und dann mit dem Brief zur Behörde gehen, um das Gemälde abzuholen.

Neben mir bewegte sich etwas, und ich zuckte zusammen. Ein Mann mit Schnurrbart strahlte zu mir hinauf.

»Eine *Cosmopolitan*, mein Fräulein?«, fragte er und zeigte auf seinen Korb voller in Plastik eingeschweißter Zeitschriften. Ich schüttelte den Kopf und fragte mich, was an mir nach einer *Cosmopolitan* aussah. Der Mann klopfte an eine Abteiltür und wurde eingelassen.

Ich schaute wieder aus dem Fenster auf die Weizenfelder. Wir fuhren an einer Brauerei vorbei, neben der die Bierkästen so hoch gestapelt waren, dass sie fast in die Wolken reichten. Ich dachte an das rumänische Bier in den 2,5-Liter-Plastikflaschen und an Marius, der früher in den Sommerferien eine ganze Flasche an einem Abend trinken konnte und jetzt mit einem Baby zu Hause saß und sich für eine der neuen Parteien hatte aufstellen lassen, weil: *Engagiert euch! Revoltiert! Wir müssen etwas tun!*, zumindest stand es so auf Facebook, gleich unter: *Family out in town, best burger ever*.

Der Zug wurde langsamer und hielt an einem Bahnhof, über dessen Eingang die europäische Flagge neben einer hing, auf der *100 de ani Romania* stand. Ein Hund lief langsam auf den Zug zu und streckte die Schnauze in Richtung der sich öffnenden Tür. Als einige verschlafene Menschen hinauskletterten, zuckte er zurück und klemmte den Schwanz zwischen die Hinterläufe. Drei junge Frauen mit Rucksäcken zogen sich lachend in den Zug. Eine nach der anderen erschien im Waggon. Sie waren braun gebrannt und diskutierten laut auf Englisch. »Hier, das sind unsere Plätze, aber sie sind belegt! Das kann nicht sein!«, sagte eine von ihnen und schob sich an mir vorbei in das Abteil, in das auch der Zeitungsverkäufer gegangen war. Ihre nackten Beine berührten meine Hand, schnell zog ich sie zurück. Die Frau hielt ihr Ticket in die Höhe und zeigte auf die Plätze. »Was für eine Unverschämtheit, sie haben die Sitze doppelt verkauft«, sagte der Mann am Fenster auf Rumänisch. »Wieder typisch, dieses Land, nichts funktioniert hier«, die Frau ihm gegenüber nickte.

»Warten Sie, wo sitzen Sie denn genau?«, fragte ein anderer Mann und griff nach dem Ticket, während er einem der Kinder eine Neapolitaner-Waffel in den Mund schob. Die Fahrkarte wurde von Hand zu Hand gereicht, alle schüttelten den Kopf, bis eine dritte Frau, mit einer schmalen Narbe auf der Wange, schließlich bemerkte, dass die Gruppe im falschen Waggon war. Laut redend zogen die drei Touristinnen weiter, und die Frau mit der Narbe schob die Abteiltür zu. Als wir weiterfuhren, war es still um mich herum, und ich merkte zum ersten Mal, dass ich allein war.

Ich wollte nicht in den Speisewagen zurück, also ging ich weiter zu meinem Abteil und zog vorsichtig die Tür auf. Die Frau im unteren Bett lag noch immer auf dem Rücken. Das Tuch war ihr halb vom Kopf gerutscht und zeigte ihr graues Haar mit den weißen Strähnen. Die Hände hatte sie über den großen Brüsten gefaltet. Ihr Atem klang trocken und rasselnd.

Ich stieg die Leiter hinauf, setzte mich auf das Bett und legte die beiden Notizhefte auf die Decke: schwarz und blau. Das Trauertagebuch hatte ich für die Gesprächsgruppe geführt, ich schrieb auf, was ich nicht aussprechen konnte, schrieb es aus mir heraus und hoffte, dass der Schmerz mit der Tinte auf das Papier floss und dass ich ihn einschließen und ins Regal stellen konnte. Aber es hatte nicht geklappt, das Schreiben war ein Herumstochern in der Wunde gewesen, was ich mit einer Mischung aus Disziplin und Hoffnung über ein Jahr fortführte und irgendwann abbrach. Das blaue Heft sollte ein anderes werden. Ich schlug es auf und schrieb auf die erste Seite: *Trauer überwinden* und sah Nicu hinter der Absperrung am Flughafen stehen. Die Sonne schien durch die hohen Fenster, und obwohl überall Menschen waren, fiel das Licht nur auf ihn. Er war der Einzige, der stillstand, groß und schlank, sein Hemd so weit geöffnet, dass ich seine metallene Kreuzkette und die Lederschnur mit der Edelsteinscheibe sah. Er hob die Hand.

Ich drückte die Fingernägel fest in meine Handfläche und blinzelte schnell. Dann schrieb ich:

Ich werde das Pfauengemälde abholen. Ich werde das beenden, was Nicu nicht beenden konnte.

Die Frau unter mir schnarchte, und ich schaute aus dem Fenster. Es dauerte einige Zeit, bis ich die Landschaft wahrnahm.

Ein Pferdewagen, auf dem ein Mädchen in Rosa sitzt, ein Mann, der Heu wendet, eine Ziegenherde, Strommasten, viele Kabel, Schwärme kleiner Vögel. Hirten, die auf ihre Stöcke gestützt dastehen und vielleicht dem Zug hinterherschauen und sich vielleicht fragen, wer darin sitzt.

Wir fuhren durch ein Dorf und an Plakaten vorbei, auf denen Präsident Iohannis mit blauer Krawatte *Für ein normales Rumänien* warb, und an weiteren Werbetafeln, die eine stark geschminkte Frau, einen Mann mit Europapullover und einen Mann in Trachtenhemd zeigten. Es folgten Felder, dann eine größere Ortschaft mit glatten Neubauten und Villen mit zerstörten Stuckfassaden, und ich fragte mich, warum die Villen, die früher so märchenhaft gewesen waren, heute so kaputt aussahen.

Der Zug beschleunigte, und wir fuhren an den Sonnenblumenfeldern vorbei. *Vine, vine primăvara* schrieb ich in das Notizheft, und in meinen Handgelenken zog es.

Himmelfahrt

Ich stand mit meinem Gepäck neben der Toilette und hielt mir die Nase zu, vor mir die Frau, die in der Nacht unter mir geschlafen hatte. Sie schob den Fuß nach vorne und zog ihn wieder zurück, beugte sich nach unten, zog die Blumen auf ihrem Kleid zu Strichen und seufzte auf Rumänisch: »Aus dem Zug kann man nur springen.«

Ich schob meinen Koffer ein Stück nach vorne, und gerade, als ich sie fragen wollte, ob ich ihr helfen könnte, warf ein Mann auf dem Bahnsteig seine Zigarette auf den Boden und streckte die Arme zu uns hinauf.

»Komm, *tanti,* ich helf dir!«, sagte er und griff nach den Ikea-Tüten. »Nein!«, zischte die Frau und zog die Tüten zurück.

»Ich helfe Ihnen«, sagte ich. Auf Rumänisch klang meine

Stimme tiefer als sonst. Die Frau drehte sich zu mir, ich war mir nicht sicher, ob sie mich erkannte. Ihre Haut war faltenüberzogen, ihre Augen krochen über mein T-Shirt und die Leinenhose. »Na gut. Sie halten meinen Arm, ich klettere nach unten, dann geben Sie mir die Tüten!«

Ihre dicken Finger umklammerten mein Handgelenk, mit einem pfeifenden Geräusch landete sie auf dem Bahnsteig, und ich reichte ihr die Tüten. »Danke, Schätzchen, da bezahlen sie Millionen für die neue Kirche, und aus dem Zug kommt eine alte Frau wie ich nicht raus.« Sie bekreuzigte sich, scheuchte den Mann zur Seite und humpelte davon. Ich landete schwankend auf dem frisch asphaltierten Bahnsteig und zog meinen Koffer aus dem Zug heraus.

Kiki kam mir mit rostrot glänzenden Haaren entgegen.

»*Heeelllooo*!«, rief sie und küsste mich auf beide Wangen. Ihre Haut roch nach überreifen Pfirsichen. Neben ihr stand ein Mann, der mich mit fehlenden Zähnen angrinste.

»Das ist ein Bauer aus dem Dorf, ich habe ihn zum Bahnhof gefahren«, sagte Kiki auf Deutsch. »So macht man das hier, wir helfen uns gegenseitig! *You know*?« Der Mann griff nach meiner Hand und küsste sie mit einer leichten Verbeugung. »Danke, *bon voyage*!«, sagte ich und merkte zu spät, dass das die falsche Sprache war, aber Französisch ging auch immer irgendwie.

Kiki hatte auf dem Platz vor dem Bahnhof geparkt. Ich schleppte den Koffer, während sie meinen Rucksack und die Tasche trug, mittlerweile war es so heiß, dass mir der Schweiß die Beine hinunterlief. Ich erzählte von der Zugfahrt, Kiki nickte und knallte die Heckklappe über meinem Gepäck zu. Als wir im Auto saßen, fuhr sie mit heruntergedrücktem Gaspedal aus der Parklücke heraus und bremste scharf. Der rote Apfel mit der *New-York-City*-Aufschrift schwang nach rechts, der Riss in der Windschutzscheibe breitete sich aus.

»Idiot!«, schrie sie und schlug dreimal auf die Hupe. »Wo kommt der her?« Sie beugte sich aus dem Fenster. »Ah, Bukarest. Die fahren wie die Verrückten. Früher, da sind sie noch gefahren, wie es sich gehört, wie bei euch. Aber heute, da sind alle verrückt geworden. Alle verrückt! Besonders die aus Bukarest.« Ich drückte mich fest in den Sitz, Kiki schien sich nicht verändert zu haben. Ich überlegte kurz, ihr zu sagen, dass sie auch ein Bukarester Kennzeichen hatte, ließ es dann aber sein. »Jaja, aber man kann nichts machen«, redete sie weiter, »es geht immer weiter, was sollen wir machen. Aber gut, dass du da bist. Wir müssen ...« Ihr Handy klingelte, die Melodie irgendeines Hollywoodfilms. »Schau mal, ob das die Anwältin ist. Die wollte schon gestern anrufen, auf niemanden ist mehr Verlass, aber was soll man machen! Mach den Lautsprecher an!«

Ich hielt Kiki das Smartphone vor den Mund, während sie entlang der alten Stadtmauer fuhr, vorbei am *Dicken Turm*, durch den Kreisverkehr bei der *Piața Unirii* und am Einkaufszentrum links. Für sie schienen die letzten Jahre nicht stattgefunden zu haben. Obwohl wir kaum in Kontakt gewesen waren, schloss sie genau da an, wo wir aufgehört hatten. Aus dem Handy kam die Stimme eines Mannes, der etwas von einem kaputten Zaun erzählte.

»Du bist doch schon wieder betrunken!«, schrie Kiki. Der Mann sagte etwas von einem *parastas*, »du kannst dich nicht bei jeder Totenandacht volllaufen lassen. Lass es sein, ich such mir einen anderen Handwerker«, ihre Stimme überschlug sich. Ich hörte nicht mehr zu und drehte den Kopf Richtung Scheibe. Der Gurt drückte in meinen Hals, ich lehnte mich gegen ihn, löste mich und ließ ihn wieder tiefer in meine Haut schneiden.

Vor uns wartete ein Mietwagen auf eine Lücke im Kreisverkehr. »Drück aufs Gas!«, rief Kiki und stimmte in das Hupen der anderen mit ein. Der Mietwagen fuhr los und stieß fast mit einem Auto im zweiten Kreis zusammen. »Um Gottes willen!«, Kiki schüttelte den Kopf, umfuhr die Verkehrsinsel und bog in die Straße mit dem Haus voller Einschusslöcher. Die untere Fassade war renoviert worden, die obere zeigte noch die Zerstörung von 1989. Wieder ein Kreisverkehr, und wir fuhren an der Militärakademie vorbei. *Patrie, onoare, datorie,* stand in frischem Orange über dem Metalltor. Heimat, Ehre, Pflicht. Daneben auf jeder Seite zwei rumänische und eine europäische Flagge, die flach herunterhingen. Als wir am Sportplatz abbogen, zog es wieder in meinen Handgelenken. Vor uns stand Tante Lias Haus, sandig gelb, ein wie aus dem Boden gewachsener, eckiger Turm, mit einer Dachterrasse, zur Hälfte bebaut mit einem Glashaus.

In den Sommerferien hatte ich neben meinem Vater im Glashaus gelegen und in die Nacht hinausgeschaut. »Nirgendwo ist der Sternenhimmel so schön wie hier«, hatte er gesagt, und ich wunderte mich, dass die Sterne in Rumänien genauso aussahen wie die Sterne in Deutschland.

Kiki parkte vor dem Haus, ich stieg mit steifen Beinen aus, nahm das Gepäck aus dem Kofferraum und stellte mich in den Schatten der Bäume. Von der Hauptstraße kam ein entferntes Rauschen, irgendwo bellte ein Hund. Über uns hämmerte etwas gegen Glas, im ersten Stock schlugen zwei rosafarbene Umrisse gegen die Fensterscheibe. Ich winkte und fühlte die Aufregung durch meine Arme ziehen. Wir gingen den asphaltierten Weg zur Garage entlang. Kiki öffnete die Tür mit einem Ruck, der sie gegen die Wand schlagen ließ. Ein Geruch nach frischem Brot und heißer, abgestandener Luft kam mir entgegen. Alles sah so aus, wie es vor zwei, vor drei, vor zwanzig Jahren ausgesehen hatte. Über der Werkbank hingen Schraubenzieher, Zangen und Sägen aufgereiht, jedes Werkzeug in seinem mit Bleistift gezeichneten Umriss. Nur auf dem Boden hatte sich etwas verändert, dort lagen jetzt Plastikfahrräder und Bälle, über die wir hinwegstiegen, bevor wir durch die Tür das Treppenhaus betraten.

»Ana! Ana!«, rief es von oben. Die Zwillinge sprangen über die Treppenstufen in den Flur hinunter, rannten auf mich zu und umschlangen meine Beine. »Wir haben dich so vermisst!«, riefen sie auf Rumänisch. Es war das erste Mal, dass ich sie reden hörte, als ich das letzte Mal hier gewesen war, hatten sie sich noch murmelnd in ihrer Fantasiesprache unterhalten.

»Das ist unser schönes Haus!«, sagten die Mädchen und drehten sich in ihren rosafarbenen Kleidern mit ausgebreiteten Armen im Kreis. Die Tür zum Garten stand offen, und ich beugte mich nach vorne, um zu sehen, ob zwischen den Rosenbüschen und den Wäscheleinen die Perserkatze lag, aber die Zwillinge hatten mich schon an den Händen gefasst und zur Treppe gezogen. Meine Füße sanken in die teppichbezogenen Stufen, wir liefen an Ölgemälden in verschnörkelten Goldrahmen vorbei, die Heuballen und Bauern in Trachtenkleidung zeigten. Der Geruch von verbrannten Auberginen und Zigaretten lag in der Luft, vermischte sich mit dem meiner verbrannten Haut, und ich fühlte mich wieder wie das Kind, das sechs Wochen im Jahr in einem Land voller Abenteuer und Geheimnisse verbrachte, von denen die Freunde zu Hause nichts wussten und nichts verstanden.

Noch eine Kurve, und wir waren im ersten Stock, doch statt der rauchenden Tante Lia stand dort die halbe Familie. Die Zwillinge ließen meine Hände los und rannten durch die geöffneten Flügeltüren. Die Gespräche stoppten, alle drehten sich um. Mein Blick schweifte über die Tanten und Cousins mit den Weingläsern in den Händen, sie starrten mich an, und ich sah mich in ihren Augen, die Zuspätkommende, die nicht wusste, in welches Stück sie da geplatzt war.

Tante Judit lachte laut, und ich zuckte zusammen. Ihre roten Haare wurden vom Kronleuchter erleuchtet oder erleuchteten den Kronleuchter, so genau konnte ich es nicht erkennen. Ich versuchte ihr Gesicht zu fokussieren, aber schon stand sie vor mir, drückte mich an sich und küsste meine Wangen. Ihre kurzen Haare streiften über meinen Hals und meine Ohren. Ich spürte, wie sich ihre Finger in meinen Kinderarm bohrten, die schlanken Finger der fünf Geschwister, die auch meine Finger waren. Die Finger liefen den Berg hinauf, fragten die Dorfbewohner, wo der Pfarrer wohne. »*Unde locuiește popă?*«, fragten sie, wanderten weiter hinauf, liefen durch Gewitter, durch dunkle Wälder und kamen schließlich am Kinn des Kindes an, wo der Hund wartete, der gekitzelt werden musste, um den Pfarrer zu erreichen.

Judit fasste mich an den Schultern und schaute mir in die Augen.

»*Bună seara!*«, sagte ich endlich. »*Bună seara!*«, sagte die Familie.

»Ana! Die große Filmemacherin! Wie geht es dir?«, fragte Judit, während sie mich zu Naela führte, »im Frühling hundert Jahre geworden, unsere *Sequoia*, kannst du dir das vorstellen?«

Meine Großtante saß am Tisch in der Zimmermitte zwischen Tomaten, Schafskäse und Auberginencreme. Ihre schulterlangen weißen Haare wurden von einer rosafarbenen Schleife zusammengehalten. Ihre Augen schauten erst durch die Gläser der Hornbrille und dann durch mich hindurch.

»Wie geht es …«, begann ich und wusste nicht weiter. Die älteste Generation wurde gesiezt, »ein Ausdruck von Respekt«, hatte Marius einmal erklärt. Während ich darüber nachdachte, ob das auch für mich galt, begann Judit mich vorzustellen.

»Ana, sie hat oft mit uns Karten gespielt.« Naela reagierte nicht.

»Nicus Tochter«, ergänzte ich, und in den Augen der Tante erschien so etwas wie Erkennen.

Bevor ich es festhalten konnte, zog Judit mich weiter.

»Sie hat aufgehört zu sprechen, sitzt den ganzen Tag im Garten und schreibt französische Medizinbücher ab. Was für eine Zeitverschwendung!«

Wir traten zu Tante Lia, Judits Schwester, die mit einem Schnapsglas in der einen und einer Zigarette in der anderen Hand im Ohrensessel am Fenster saß. Die Zwillinge hatten die Köpfe auf ihren langen Rock gelegt und schauten auf den Fernseher, über dessen Bildschirm sich Fotos von Bergketten und Holzhütten schoben. Als sie sich selbst darauf erkannten, sprangen sie auf und klatschten in die Hände.

Ihre Hütte sei sehr groß und sehr schön, begannen sie zu erzählen, und der Bürgermeister des Berges habe Hunde, die groß wie Schafe seien und vor denen sogar die Bären Angst hätten, aber sie, sie hätten vor nichts Angst. »Wir blasen in unsere Pfeifen, und die Bären laufen in den Wald hinein.«

Judit beugte sich zu den Mädchen hinunter, küsste ihre Köpfe und murmelte so lange etwas von furchtlosen Prinzessinnen und mutigen Kämpferinnen, bis beide lachend davonrannten.

Tante Lia erhob sich, um mich zu begrüßen. Kurz blitze es hell in ihren Augen, ein Riss in der Mauer, die sie hier alle errichtet hatten. Unsere Gesichter entfernten sich wieder voneinander, ich drehte mich um und küsste mich weiter über faltige und weiche Wangen, bis ich bei meinem Cousin Iancu ankam, der Schnaps aus Plastikflaschen in Kristallgläser füllte.

»Aus dem letzten Herbst«, sagte er lächelnd und reichte mir ein Glas von der Anrichte, die wie alle anderen Möbel aus schwarz bemaltem Holz gefertigt war. Ich schaute auf die Grübchen in seinen Wangen und vergaß durch den Mund zu atmen, als ich den *ţuică* entgegennahm. Der beißende Geruch des Schnapses ließ mich husten. Mittlerweile war auch Kiki heraufgekommen, sie hatte sich eine Strickjacke über die Schultern geworfen und lächelte breit, sodass alle ihre Zähne sehen konnten.

»In Amerika gemacht«, hatte sie mir im Auto erzählt, »ich war ein paar Wochen da, Freunde besuchen, *you know*, und zu meinen Ärzten bin ich auch gegangen, jaja, ich hatte ein paar wichtige Termine, welche? Na, das ist meine Sache, aber sie waren wichtig, weißt du.«

Iancu verteilte die Schnapsgläser, und wir hoben sie in die

Luft. »*La mulţi ani mama!*«, rief er Tante Lia zu und beglückwünschte auch die Zwillinge. Ich schaute ihn verwirrt an.

»Hatten sie alle Geburtstag?«, flüsterte ich Judit zu. »Aber nein!«, rief sie viel zu laut. »Heute ist Maria Himmelfahrt! Aber meine Liebe, du heißt ja auch Maria! Herzlichen Glückwunsch zum Namenstag!« Ich schrumpfte hinter meinem Schnapsglas zusammen. Die anderen lächelten nachsichtig.

»*Sănătate!*«, riefen die Tanten. »*Noroc!*«, riefen die Cousins.

Ich kippte den Schnaps in einem Zug hinunter. Er brannte und wärmte, und ich dachte an das Gemälde, das irgendwo darauf wartete, dass ich es abholte.

Bald wusste ich nicht mehr, in welcher Zeit ich war. Die Standuhr hatte einige Male geschlagen, nach dem selbstgebrannten Schnaps hatte ich selbstgemachten Wein getrunken und den Essiggeschmack mit Weißbrot aufgesaugt. Ich schlängelte mich von Gruppe zu Gruppe, sprang in ein Gespräch und verließ es wieder. »Was hast du noch gemacht, Ana?«, fragten sie. Ich erzählte von der Dokumentation, die ich gerade schnitt und die »emotional, laut und schnell« sein sollte.

»Du musst einmal etwas über Rumänien machen!«, sagte Kiki, ich starrte auf meine Brotscheibe mit *salată de vinete*, hörte eine Stimme »Ich dachte immer, Transsilvanien sei erfunden« sagen und eine andere »Prostituierte und Auftragsmörder, das sind sexy Themen«.

»Gerade geht es bei uns mehr um das englische Königshaus«, murmelte ich und versenkte die Stimmen in der Auberginencreme.

»Lasst sie!«, sagte meine Cousine Adriana mit lauter Stimme und trat neben mich. Sie war wie immer ganz in Schwarz gekleidet, nur ihre Lippen waren rot. Mit dem schlanken Gesicht, den hohen Wangenknochen und schwarzen Haaren sah sie ihrem Bruder Iancu sehr ähnlich, nur die Grübchen fehlten.

»Komm zu André und mir, erzähl uns von deiner Dokumentation, du weißt, er liebt Geschichten über die Königshäuser, der letzte Monarch Rumäniens.«

André stand am Fenster und rauchte Pfeife, er war blond wie sein Sohn Marius, so blond, wie ich immer hatte sein wollen, seine Familie lebte nahe der ukrainischen Grenze. Ich musste nur ein paar Stichwörter nennen, dann begann er mit einem Vortrag über die Verbindung zwischen dem rumänischen und dem deutschen Königshaus.

»Interessant«, sagte ich und ließ mich in den Strom der Stimmen fallen, die mich davontrugen, nur hin und wieder von Wörtern unterbrochen, die ich nicht kannte. Ich wiederholte sie flüsternd, sie klangen fremd und vertraut.

Da klingelte es an der Tür. Die Zwillinge rannten zum Fenster, kletterten auf den zweiten Ohrensessel und schlugen gegen die Scheibe. »Bogdan!«, riefen sie.

»Ruhe!«, rief Lia.

Bogdan kam mit an die Brust gedrückten Pralinenpackungen die Treppe herauf, unter seinem Arm klemmten Sektflaschen. Oben angekommen, blieb er einen Moment stehen, auf seiner Stirn glitzerten Schweißperlen, seine blauen Augen flogen über den Raum, während er *servus* rief und dann »Ana!«, als würde er sich besonders freuen, mich zu sehen, obwohl wir immer nur wenige Worte miteinander gewechselt hatten. Er gehörte zu den Großcousins, bei denen ich immer wieder vergaß, wie genau wir verwandt waren. Die Zwillinge liefen auf ihn zu, er riss die Schokoladenpackungen auf und hielt sie ihnen hin. Sie schoben sich eine Praline nach der anderen in den Mund.

»Jetzt, wo alle da sind: Ich habe eine Überraschung!«, rief Kiki und ging in die Küche. Iancu räumte den Tisch frei, holte Sektgläser aus dem Schrank und wollte eine Flasche öffnen.

»Warte«, sagte Bogdan, »Champagner! Hab ich mitgebracht, als ich in Frankreich war!« Er drehte den Korken aus seiner Flasche und füllte die Gläser. Kiki kam mit einem Tablett aus der Küche, ging auf den Tisch zu und stellte die riesige Torte vor den Tanten ab. Lia kniff den Mund zusammen, Naelas Gesicht blieb ausdruckslos, Judit begann laut zu lachen.

Auf der Torte war ein von Sahne umrahmtes Foto platziert, ein Haus mit Türmen, hohen Fenstern und Spitzdach.

»Das Rumänische Haus auf einer Sahnetorte!«, rief Judit.

»Von meiner Freundin, der besten Konditorin der Stadt, das Originalfoto habe ich bei den Bauplänen des Ururgroßvaters gefunden. Das Foto ist aus Lebensmittelfarbe, ihr könnt es essen«, sagte Kiki strahlend.

»Auf das Haus!«, rief Bogdan und hielt sein Glas in die Höhe.

»Auf den gewonnenen Prozess!«, rief Kiki.

»Auf Lia und Judit, die dreißig Jahre lang gekämpft haben, dass wir alles zurückbekommen«, rief Iancu.

»Von wegen alles«, murmelte Lia.

Naela rührte sich nicht, also nahm Judit als Zweitälteste das Messer und schnitt durch das weit herunterhängende Dach mit den runden Fenstern. Bogdan ließ sich ein besonders großes Stück geben. Ich nahm ein kleineres, ein Stück Dach mit Holzschnitzereien, und spürte den Zucker, der mir als Kind zwischen den Zähnen gesessen hatte, wenn ich mit meinen Eltern in die Konditorei gegangen war. Ich hatte mir aussuchen dürfen, was ich wollte, egal, wie viel es kostete, und hatte mich immer für ein Stück mit Vanillepudding entschieden. Meine Mutter bestellte Nusskuchen, mein Vater Dobostorte aus Schokoladen-, Buttercreme- und Karamellschichten. Zusammen standen wir an den Stehtischen vor der Konditorei. Meine Mutter redete über die Pläne für die nächsten Tage, mein Vater schaute auf das Rumänische Haus auf der anderen Straßenseite, das einmal sein Zuhause gewesen war, »bevor die Kommunisten kamen«, ich aß langsam meinen Kuchen.

Irgendwann waren wir nicht mehr zur Konditorei gegangen, und Nicu hatte nicht mehr über das Haus gesprochen. Ich hatte die Geschichte des Hauses in die anderen Geschichten eingereiht, die er erzählte und die ich als Kind geglaubt und dann vergessen hatte.

Adriana reichte mir eine Gabel, ich probierte von der Torte, sie war weniger süß, als ich erwartet hatte.

»Die Torte ist nicht süß genug«, sagte Lia.

»*De gustibus non est disputandum*«, sagte Judit. »Was bedeutet das?«, sie schaute die Zwillinge an.

»Über Geschmack lässt sich nicht streiten«, antworteten sie und schoben sich Gabeln voller Sahne in den Mund.

»Ich habe nach der Bedeutung, nicht der Übersetzung gefragt! Und esst nicht so gierig«, Judit reichte beiden Servierten.

»Geschmack ist nicht richtig oder falsch«, beeilte ich mich zu sagen.

Iancu griff nach der leeren *ţuică*-Flasche.

»Ich hole eine neue«, sagte ich und ging zur Abstellkammer

am Ende des Flurs. Im Halbdunkel bückte ich mich zu den Plastikflaschen unter den Wandregalen voller Einmachgläser. Die erste fühlte sich hart an, musste also Sprudelwasser enthalten, die zweite war hart und gab nach, wahrscheinlich war sie mit Honig gefüllt. Bei der dritten hatte ich Glück, sie war weich und roch nach Schnaps. Ich nahm sie und wollte schon zurück ins Wohnzimmer gehen, als ich sah, dass etwas mit rotem Filzstift darauf geschrieben war. Kaum hatte ich den Namen gelesen, spürte ich, wie sich mein Hals zusammenzog. Meine Knie gaben nach, ich tastete mich an der Wand zur Küche hinüber und fiel auf die Eckbank. Ich starrte auf das Tischtuch mit dem Schachbrettmuster. Weiß und Schwarz, Weiß und Schwarz. Um mich herum wurde es leise, als hätte jemand den Ton ausgeschaltet. Nur das Schreien der Fliegen an dem Klebestreifen über mir war zu hören. Ich wartete, als es nicht besser wurde, atmete ich tief aus, als könnte ich den Schmerz aus dem Fenster in den Hof hinunterschicken.

»Ana, Liebes, findest du …«, hörte ich Judit hinter mir sagen. Sie stockte, schaute erst in mein Gesicht und dann auf die Flasche, die ich noch immer umklammerte. Sie öffnete den Mund und schloss ihn wieder. Ich hatte sie noch nie sprachlos erlebt. Wir starrten einige Sekunden auf die roten Lettern.

Dann sagte ich: »Ich bin müde«, Judit nickte.

Ich stand langsam auf und hielt immer noch die Flasche in der Hand. Am liebsten hätte ich sie mitgenommen, kam mir dabei aber albern vor.

»Ana! Hier bist du, du musst noch das Dokument für den Prozess unterschreiben, damit wir …«, Kiki kam durch den Flur auf uns zu.

»Das können wir morgen machen, Ana ist müde«, unterbrach sie Judit. Einen Moment standen wir da, bis Kiki den Namen auf der Flasche entdeckte und ein »Ach« ausstieß. Nicu, redete sie weiter, sie könne immer noch nicht glauben, dass er wirklich tot sei …

»Genug«, sagte Judit, die noch immer mein Gesicht betrachtete. »Ana muss sich jetzt ausruhen.«

Ich stellte die Flasche auf den Tisch und ging mit schnellen Schritten in den zweiten, dann in den dritten Stock hinauf und in das Badezimmer, wo ich T-Shirt und BH auszog und mich vor das Waschbecken stellte. Das Glas des Spiegels war trüb und zeigte mein von der Sonne gerötetes Gesicht über dem weißen Oberkörper. Nichts in meinem Gesicht zeigte, wie es mir wirklich ging. Die Kälte des Wassers ließ mein Herz schneller schlagen, als ich meinen Oberkörper einschäumte. Dann zog ich meine Hose aus, wusch meinen ganzen Körper, rieb mit der Seife über die trockene Haut, bis der Pfirsichgeruch alles andere überdeckte.

Auf der Terrasse war es angenehm warm und gerade noch hell genug, dass die Petunien auf der einen und das Glashaus auf der anderen Seite gut zu erkennen waren. Ich öffnete die Glastür, ging hinein und ließ mein Gepäck zwischen Tisch und Bett fallen. Mir fiel ein, dass ich keinen Schlafanzug mitgenommen hatte. Nach kurzem Zögern öffnete ich die Kommode. Ich nahm eines der dünnen Hemden heraus, zupfte Nicus weißes Haar vom Kragen, zog es an und fühlte nichts.

Das Abendlicht malte Linien auf die schwarze Tagesdecke, und die grobe Schafwolle kratzte auf meiner Haut. Ich holte mein Handy heraus und schrieb »Bin gut angekommen«, zögerte kurz, fügte dann »Grüße von allen« hinzu und schickte die Nachricht an meine Mutter, schrieb »Bin gut angekommen, wann hast du Zeit für ein Treffen?« und schickte die Nachricht an Marius. Dann kroch ich unter die Decke und drückte die Fingerkuppen auf meine geschlossenen Augen. Wie seltsam, dachte ich noch, dass Nicus Hemd nichts in mir auslöst und sein Name auf einer Plastikflasche so wehtut. Dann sackte mein Körper tief in die Matratze hinein, und das Kratzen auf meiner Haut wurde zu einem Flüstern.

Der Prozess

Ich rannte durch die labyrinthischen Gassen der Altstadt, spürte Schatten, die kalt über meine Haut tasteten, und suchte nach etwas, von dem ich nicht wusste, was es war. Plötzlich stand ich in einem Hinterhof vor einem Hühnerstall mit geöffneter Tür, aus dem lautes Schreien drang. In dem Stall saß ein Wolf. Er hatte sich in eines der Hühner verbissen und riss es in Fetzen. Im Stroh lagen Hühnerbeine und -köpfe, die anderen Hühner standen regungslos daneben, der Wolf war ein Umriss, nur das Maul war deutlich zu erkennen. Ich wollte die Hühner retten und griff in den Stall, bekam sie jedoch nicht zu fassen. Der Wolf ließ das Huhn los und fletschte die Zähne. Ich zuckte zurück, und er schnappte nach dem nächsten. Kurz überlegte ich wegzulaufen, griff dann aber doch nach dem Wolf und spürte sein klebriges Fell unter den Fingern. Er drehte den Kopf und schaute mich an. Ich wachte auf.

Meine Haut war schweißüberzogen. Die Decke lag zerknäult

unter meinen Füßen, und die Drahtfedern der Matratze drückten in meinen Rücken. Ich schaute in den Himmel, der durch das Glas hindurch zu einem Aquarell geworden war. In der Trauergruppe hätte ich den Wolf und die Hühner auf ein großes Blatt Papier gemalt. Die Therapeutin hätte gefragt, was das bedeuten könnte, der Wolf, die Hühner, die offene Käfigtür, und ich hätte von meiner Unfähigkeit geredet, die Tiere zu retten, und der Frage, warum sie nicht ihren Stall verließen und sich versteckten.

Ich ging auf die Terrasse. Meine Haut war so blass, dass meine Füße auf den Kacheln durchsichtig wirkten. An die Terrassenmauer gelehnt schaute ich auf die Dächer der Stadt, die in Rottönen zu den Bergen führten. Einige der Ziegel waren neu, hell und glatt, andere alt, fleckig, moosbewachsen. Auf den Schornsteinen saßen Metallfiguren, wie aufgerichtete Vögel kurz vor dem Sprung.

Über all dem schwebten die Glocken. Das rhythmische Läuten der katholischen und evangelischen Kirche bildete ein Muster, das vom Rasseln der orthodoxen durchzogen wurde. Ich kniff die Augen zu, um die Klanglinien zusammenzufügen, und sah Marius und mich über die Stadt fliegen.

Wir hatten in der Hängematte zwischen den Petunien gelegen, waren höher und höher geschaukelt, bis sich die Haken aus der Wand lösten. Unter uns zog die alte Stadtmauer vorbei, der *Piaţa Mare*, der *Piaţa Mică*, dann sahen wir Lia, die mit ihrem Korb durch die untere Altstadt lief. Wir schauten nicht auf das Rumänische Haus, weil das wehtat, und folgten ihr auf den Marktplatz. »Jetzt füllt sie ihren Korb mit Melonen«, sagte ich. »Nein, mit Bananen«, sagte Marius, und ich musste ihm, der noch nie Bananen gegessen hatte, beschreiben, wie sie schmeckten. »Wie Honig, Vanille und Mehl.«

Ich stieß mich von der Mauer ab, ging ins Bad und dann die Treppe hinunter. Im zweiten Stock saßen die Zwillinge auf dem Bett und sprachen mit ihrer Mutter, die gerade in England arbeitete. Im ersten Stock stand Lia am Herd und rührte in köchelnden Flüssigkeiten, die nach Kartoffeln und Fleisch rochen. Sie trug den knöchellangen Rock der letzten Sommer, der aus dem Stoff der Tischdecke gefertigt war. Auf dem Tisch lagen Tannenspitzen, die Iancu in Einmachgläser schob.

»*Bună dimineața!*«, begrüßten wir uns. Ich hielt den Kaffee hoch, den ich als Geschenk mitgebracht hatte, wie wir es immer getan hatten, zusammen mit der Kleidung und den Küchengeräten, die wir das Jahr über sammelten, die unseren Keller füllten und doch nur ein Ersatz dafür waren, was Nicu seinen Geschwistern eigentlich mitbringen wollte: die alte Anerkennung, den alten Wohlstand, den alten Einfluss der Familie. Während meine Eltern die Kisten überreichten, gab ich Marius die mitgebrachten Videokassetten. Zusammen rannten wir in den zweiten Stock, schoben sie in den Videorekorder und warfen uns auf Lias Ehebett, wo wir zu Robin Hood, Mary Poppins und Asterix und Obelix wurden.

Lia bedankte sich für den Kaffee und zeigte auf den Küchenschrank. Ich öffnete die Tür, schob die Tüten mit getrockneten Blüten und Kräutern zur Seite und stellte meine neben die englischen und französischen Kaffeepackungen.

»Einen türkischen Kaffee?«, fragte Lia, ich nickte, sie füllte das gepunktete Kännchen mit Wasser und stellte es auf die

Gasflamme. Ich erzählte von meiner Einzimmerwohnung, von meiner Ausbildung, von meiner Mutter und sah mich dabei im Winter zur Arbeit gehen, ruhig, als hätte mein Körper alle Funktionen auf Sparflamme gestellt. Sah mich im Sommer zur Arbeit gehen, neben mir der Schmerz, der frisch und rot war und mich umklammerte, als ich an einem Gerüst vorbeilief und die Arbeiter Rumänisch sprachen. Sah mich wieder im Winter, umgeben von Menschen, deren Stimmen die Leere in meinem Kopf füllten, bis ihre Worte zu einem Dschungel anwuchsen und nichts mehr von mir übrig blieb.

Das Wasser kochte, und Lia gab den Kaffee hinein.

»Ich habe euch und Rumänien vermisst«, beendete ich meinen Bericht. Lias Augen strahlten.

»Wenn du Rumänien vermisst, dann hat Nicu alles richtig gemacht«, sagte Judit und trat mit Kiki in die Küche. Beide trugen Kleider. Judit ein weites, Kiki ein enges. Die kurzen roten Haare lagen wie Helme auf ihren Köpfen.

»Schöne Haarfarbe«, sagte ich.

»Nicht wahr!«, antwortete Kiki. »Wir haben noch eine Packung, wenn du willst …« Ich schüttelte den Kopf. Lia reichte mir den Kaffee in einer Porzellantasse, auch ihre Haare waren rot. Die drei standen nebeneinander und sprachen über den Prozess und die letzten Papiere, die zur Anwältin gebracht werden mussten. Der Chor der Tanten.

»Du musst noch unterschreiben«, sagte Kiki, und Judit nickte. Sie schauten mich auffordernd an, als sei ein Abend Ruhe genug gewesen, um zu verarbeiten, dass ich zum ersten Mal ohne Nicu hier war.

Lia nahm einen Stapel zusammengehefteter Papiere vom

Kühlschrank, schob die Tannenspitzen zur Seite und legte sie auf den Tisch. Sie ähnelten den Dokumenten in meinem Brief, eng beschriebene Seiten voller Stempel.

»Hier, hier und hier!«, sagten die Tanten und zeigten auf verschiedene Stellen, die bereits mit spitzen und runden Unterschriften gefüllt waren. Ich drehte den Kugelschreiber in der Hand.

»Für was genau sind die Unterschriften?«, fragte ich.

»Dass du die Entscheidung des Gerichts anerkennst und die Bauarbeiten am Rumänischen Haus beginnen können«, erklärte Iancu, stand auf und füllte Wasser in die Einmachgläser.

»Du bist die Letzte, die noch unterschreiben muss«, rief Kiki.

»Und das Gemälde?«, fragte ich. »Das machst du alles auf der Behörde, das ist ein anderer Prozess, andere Zuständigkeiten …«, sagte Judit. Ich massierte mir die Schläfen. »Wie viele Prozesse gibt es denn?«, fragte ich.

»Was, wie viele Prozesse gibt es?«, rief Judit. »Den großen um das Rumänische Haus natürlich und dann die um die Einrichtung, das Land auf dem Berg, die Kleiderfabrik …«

»Die sie abgerissen haben«, rief Kiki.

»Die Kommunisten, nach der Enteignung«, fügte Iancu hinzu.

»Das Hotel in Bukarest …«

»Das sie zerstört haben, um einen grässlichen Block zu bauen! Dieses schöne Haus, Jahrhundertwende, wie in Paris.«

»… und das Bankgebäude des Großvaters.«

»Deines Urgroßvaters«, erklärte Iancu.

»Das sie zum Securitategefängnis gemacht haben.«

»Geheimdienstgefängnis.«

»Du weißt ja, dass Nicu dort ...«

»Ich weiß, ich weiß«, rief ich. »Ich unterschreibe!« Kiki blätterte auf die richtigen Seiten, während Judit mit lauter Stimme erklärte, dass ich jetzt alt genug sei, dass ich mich kümmern müsse. »Man muss kämpfen!«, rief sie. »Du musst die Anwältin kennenlernen, du kannst nicht nur rumlaufen und dich amüsieren. Ohne zu kämpfen, bekommt man nichts.«

Ich merkte, wie Tränen in mir aufstiegen. »Nicu hat mir nie irgendetwas erklärt«, verteidigte ich mich und unterschrieb die letzte Seite. »Sie hat recht, den Kindern wurde nie etwas erklärt«, sagte auch Iancu.

»Warum hast du nicht gefragt?«, rief Judit.

»*Tata! Tata!* Wo bist du?«, schrie es von oben, und es dauerte einen Moment, bis ich verstand, dass die Zwillinge nach ihrem Vater riefen.

»Was ist los? Ich komme«, rief Iancu und ging aus der Küche. »Ich komme mit«, rief auch ich.

»Lass es nicht so nah an dich heran, sie sind aus einer anderen Generation«, sagte Iancu, als wir die Treppe hinaufgingen. »Sie hätten alles für Nicu getan und würden jetzt alles für dich tun.«

Die Zwillinge standen mit blassen Gesichtern im Flur. Eine von ihnen hatte die Hand auf den Bauch gelegt. Plötzlich gab sie einen Würgelaut von sich und übergab sich. Die andere schaute sie entsetzt an und übergab sich dann ebenfalls.

»Was ist los?«, rief Judit von unten.

»Ihnen ist übel«, antwortete Iancu und schob die Mädchen ins Bad. Ich hielt den Atem an und drückte die Nase zu.

»Dieser Bogdan, er soll nicht immer so viele Sachen mitbringen. Das kommt davon, wenn sie so viele Pralinen essen«, sagte Lia. Ich ging ins Bad, eines der Mädchen hing über der Toilette, das zweite wusch sich das Gesicht.

»Kannst du kurz?«, fragte Iancu. »Ich mach schnell sauber.« Die Zwillinge hatten rote Augen und zitterten, ich strich ihnen mit einem nassen Handtuch über das Gesicht.

»Bringst du uns ins Bett, Tante Ana?«, fragten sie und griffen nach meinen Händen, wir gingen in den Flur. Iancu war dabei, den Boden zu wischen, und wollte sich aufrichten.

»Ich mach das schon«, sagte ich und ging an ihm vorbei ins Kinderzimmer. Die Mädchen legten sich nebeneinander in ihre Betten. Ich deckte sie zu, setzte mich auf den Disney-Prinzessinnen-Teppich und sah meine Mutter neben mir auf dem Bettrand sitzen. »Es waren zwei Königskinder, die hatten einander so lieb«, sang sie, und ich spielte mit ihren langen blonden Haaren, bis ich eingeschlafen war. Dann saß Nicu auf einem Stuhl neben mir und erzählte von einem Helden, der seine Familie verließ, um Tyrannen zu besiegen, der durch Wüsten ritt, eine Gefahr nach der nächsten überstand und verraten wurde, kurz bevor er das Tyrannenschloss erreichte. »Und so wurde er getötet, weil er sich von seinen Gefühlen mitreißen ließ, hätte er auf seinen Vater gehört, hätte er leben können.« Mein Herz pochte schnell. Ich verstand nicht, warum der Held sterben musste.

Die Zwillinge schauten mit weißen Gesichtern zu mir auf. Was sollte ich diesen Kindern erzählen? Ich schaute mich um und entdeckte ein Buch, das ein Mädchen mit rotem Kopftuch zeigte.

»*Scufiţa Roşie*«, begann ich, wusste nicht, was auf Rumänisch *Es war einmal* hieß, und stoppte.

»Warum erzählst du nicht weiter?«, fragte eines der Mädchen.

»Es war einmal«, begann ich. »Nein«, sagten die Zwillinge. Schnell rollte ich über den Teppich und griff nach dem Buch. Die Zwillinge schluchzten, bis ich wieder neben ihnen saß.

»*A fost odată ca niciodată, că de n-ar fi, nu s-ar povesti*«, las ich und stolperte über die Wörter. Es war einmal, wie es keinmal war, wäre es nicht gewesen, würde es nicht erzählt.

»Warum liest du so komisch?«, flüsterten die Zwillinge. Ich blätterte weiter, schaute auf die Bilder und begann von einem mutigen Mädchen zu erzählen. Es lief durch den Wald und blies in seine Pfeife, um wilde Tiere zu vertreiben. Als es in der Hütte der Großmutter ankam, lag ein Wolf mit dickem Bauch in ihrem Bett. Es schlich in die Küche, nahm ein Messer und rettete die Großmutter.

Die Zwillinge lagen mit weit geöffneten Augen da. »Ende der Geschichte«, sagte ich und klappte das Buch zu.

»Das war nicht richtig«, murmelten sie.

»Es gibt viele Rotkäppchen-Geschichten«, sagte ich.

»Nein«, sagten sie.

»Wir wollen die richtige hören.«

»Morgen«, sagte ich und legte meinen Arm auf die Bettdecke. »Jetzt müsst ihr schlafen, ich bleibe hier.« Sie schlossen die Augen.

»*Somn uşor*«, sagte ich.

»*Noapta buna, tanti Ana*«, flüsterten sie.

Ich fühlte ihre kleinen Körper unter der Bettdecke und

fragte mich, wie viel sie davon verstanden, was in der Familie passierte, ob Iancu ihnen all das erzählte, was Nicu mir erzählt hatte, oder ob die Geschichte der Verluste jetzt zu Ende war, weil wir den Prozess gewonnen hatten. Vielleicht kann sich die Wunde jetzt schließen, dachte ich.

Wir saßen im Wohnzimmer vor dampfenden Töpfen. Die Sonne schien durch die Spitzengardinen und malte Lichtflecken auf die weiße Tischdecke. Judit sprach ein Gebet, alle schauten mit gefalteten Händen in die *ciorbă de legume*, in der winzige Würfel Karotten, Blumenkohl, Bohnen und Tomaten schwammen.

»*Amin*«, sagte Judit. »*Amin*«, sagten auch wir und nahmen uns Tomaten, Paprika und Schafskäse vom Vorspeisenteller. Judit wartete, bis sich Naela genommen hatte, dann zog sie die Silberkette mit dem Ehering über den Kopf, berührte mit einem Finger das Essen und hielt mit der anderen Hand das Pendel darüber. Über den Tomaten kreiste der Ring, über dem Schafskäse schwang er in einer Linie. »Wusste ich es doch, die Tomaten sind gut für mich, der Schafskäse nicht«, sagte Judit. Lia schnaubte, und Iancu legte ihr eine Hand auf den Arm. Ich sah Nicu die Wasseradern in meinem Zimmer auspendeln, sah die Menschen, die zu ihm kamen, um zu erfahren, was sie gegen ihre Krankheiten tun konnten. Das alles war mir immer normal vorgekommen, so, wie es mir normal vorkam, dass ich einen *tata* mit einem weißen Bart hatte, der mit mir eine andere Sprache sprach. Bis ich eines Tages herausfand, dass für andere nichts davon normal war.

»Wer möchte Wein?«, fragte Lia, und Iancu schenkte uns von seinem selbstgemachten Wein ein, der diesmal süß schmeckte.

Auch Adriana und ihr Mann waren gekommen. Sie erzählten davon, dass sie gerade im Dorf gewesen waren, um die Orte für die neuen EU-Mülleimer zu prüfen. Kiki rief etwas von der hervorragenden Mülltrennung in den USA, und Judit fragte, warum die EU Mülleimer in einem rumänischen Bergdorf aufstellen ließ. Ich tat allen Suppe auf.

»*Smântână*, meine Liebe«, sagte Judit und reichte mir den Schmand.

Ich gab einen Löffel in meine Suppe und reichte ihn an Kiki weiter, die den Kopf schüttelte und verkündete, sie müsse auf ihre Linie achten. Naela griff nach dem Topf, rührte *smântână* in die Suppe und schaute zu, wie sie sich trübte. Judit nahm ihr den Schmand ab und erklärte, er sei schlecht für ihr Herz, aber ich, ich solle mir noch einen Löffel nehmen, so etwas hätten wir doch sicher nicht in Deutschland. Ich rührte noch mehr Schmand in die Suppe.

»Die *smântână* ist aus dem Dorf von einer Bäuerin, ich habe ihn selbst mitgebracht«, sagte Kiki.

»Hervorragend, was für eine Leistung!« Lias Stimme klang scharf. »Du solltest lieber Arbeiter für das Rumänische Haus suchen.«

»Mama, das mache ich doch«, sagte Iancu.

»Was muss repariert werden?«, fragte ich und bereute es gleich wieder, aber die Tanten sagten diesmal nichts über meine Unwissenheit.

»Alles muss renoviert werden«, sagte Iancu. Er habe sich das Haus zusammen mit Bogdan angeschaut, siebzig Jahre lang habe sich niemand darum gekümmert, und die Mieter hätten alles mitgenommen, was sie mitnehmen konnten, selbst Toiletten und Rohre. »Wir fangen mit dem Dach an, nächstes Wochenende gehen wir alle zusammen hin, dann werdet ihr es ja sehen.«

»Gott hat es uns zurückgegeben, jetzt müssen wir uns darum kümmern!«, sagte Judit.

»Wir brauchen Arbeiter, das Dach hat Löcher«, sagte Lia.

»Ich habe schon mit vielen gesprochen, aber die meisten arbeiten im Ausland, es ist schwierig …«, begann Iancu.

»Und sie müssen gut sein!«, rief Kiki. »Die meisten haben mehr *ţuică* als Wasser im Blut.« Lia winkte ab.

Ich half Adriana, die Suppenteller in die Küche zu tragen und die Schüsseln für die Hauptspeise zu holen.

»Ich fahr dich morgen zur Behörde«, sagte sie. »Vor der Arbeit kann ich mit dir hingehen.« Sie lächelte. »Es ist gut, dass du wieder da bist. Ich habe Nicu sehr geliebt, weißt du, und jetzt bist du Nicu für mich.«

»Danke«, sagte ich und war mir nicht sicher, ob das ein Kompliment war.

»Ana«, sagte Judit, als wir mit den Schüsseln zurückkamen. »Du musst morgen pünktlich auf der Behörde sein.«

»Natürlich«, sagte ich und fragte, ob sie ihre Sachen bereits geholt hätten.

»Aber sicher, wir sagen immer, sobald der Staat entscheidet, dir etwas zu geben, nimm es dir. Sonst entscheidet er sich wieder anders.«

»*Tanti Judit*, bei allem Respekt«, sagte Adriana, »aber wir sind jetzt in der EU.«

»Ha«, rief Judit und schlug auf den Tisch, »dann schau mal auf unsere Politiker, alles Kommunisten, nur dass sie sich heute anders nennen, aber das weißt du als Journalistin ja besser als ich.« Sie schlug ein weiteres Mal auf den Tisch. »Du gehst doch jeden Freitag zu den Protesten, sie wollen eine neue Diktatur errichten, als hätten wir nicht schon genug davon gehabt …«

Ich räusperte mich. »Was habt ihr abgeholt?«, fragte ich.

»Es ist kaum etwas übrig geblieben«, sagte Lia.

»Und es geht auch nicht um das Materielle, es geht darum, dass wir endlich … dass dein Vater nicht hier sein kann …«, Judit schüttelte den Kopf.

»Ein Teeservice, Bücher, ein paar Möbel, für dich sind auch Bücher dabei und dieses riesige Paket«, redete Lia weiter.

»Das Gemälde«, sagte ich, und es zog in meinen Handgelenken.

»Aber es war nicht einfach mit den Beamten«, sagte Iancu und grinste.

»Nein!«, rief Judit. »Lia und ich sind zur Behörde gegangen, mit unseren Papieren und den Urteilen, und sie haben uns wieder weggeschickt, zwei alte Frauen! Da habe ich ihnen erklärt, dass wir dreißig, nein, siebzig Jahre lang auf diesen Moment gewartet haben und ich extra mit dem Zug aus Bukarest gekommen bin, und wir haben uns hingesetzt, und ich habe mein Psalmenbuch aufgeschlagen und Lia ihren Krimi, und wir haben gesagt, dass wir nicht mehr gehen, bis wir die Sachen haben. Irgendwann ist der Chef gekommen, und ich habe ihm die Dokumente vor die Nase gehalten und angefangen, mit ihm zu reden. Es hat sich gelohnt, dass sie mich aus dem Studium geworfen haben und ich mit den Männern auf den Ölfeldern arbeiten musste! Und ihr hättet sehen sollen, wie er auf einmal gesprungen ist. In fünf Minuten hatten wir alle Stempel und einen Mann, der uns zur Lagerhalle fuhr und dann bis zur Haustür brachte!« Sie zeigte auf die Straße hinaus.

»Du hättest auch mit mir im Auto von Bukarest herfahren können«, sagte Kiki, »ich sage dir immer wieder …«

»Das ist nicht der Punkt!«, rief Judit. »Es geht darum, nicht aufzugeben und …«, sie holte Luft, »ich fahre Zug, bis ich sterbe! Ich fahre Zug, bis ich umfalle! Freie Fahrkarten, das Einzige, was sie uns dafür gegeben haben, dass sie uns verfolgt haben, dass wir nicht studieren, nicht arbeiten durften, dass sie uns unsere Zukunft genommen haben!«

»Kartoffeln?«, frage Iancu und griff nach meinem Teller. Es dauerte einen Moment, bis ich ihn verstand. Judits Worte hatten mich wie ein Trompetenstoß getroffen. Ich hatte vergessen, wie emotional hier selbst ein Mittagessen sein konnte, sobald es um die alten Verluste ging, die alten Verletzungen, die alle zusammenhielten.

»Ja«, sagte ich schließlich, »danke«.

»Der *ficat* ist sehr gut«, sagte Lia und zeigte auf die schwarzen Fleischstücke.

»Mhhh«, sagte ich und schaute Adriana an.

»Auf Deutsch ist es …«, begann sie.

»*Ficat*!«, sagte jetzt auch Judit begeistert.

»Das ist?«, fragte ich.

»*Foie, comme le Français dit*«, antwortete Judit.

»*Liver*!«, schrie Kiki.

»Nein, danke«, sagte ich.

»Was soll man machen«, sagte Judit und nahm sich ein großes Stück. »*De gustibus non est disputandum.*«

Alle griffen nach Messer und Gabel und aßen im selben

Rhythmus, bis die Teller geleert waren und Iancu aufstand, um die restliche Torte zu holen.

Ich lag in der Hängematte auf der Terrasse. Die dünnen Seile drückten in meinen Rücken, über mir zogen getupfte Wolken über den Himmel. Morgen um diese Zeit habe ich es abgeholt, dachte ich und malte ein großes Viereck in mein Tagebuch. In meinem Kopf tauchte das Bild von einer Lichtung, einer Burg, einem paradiesischen Ort auf, obwohl Nicu das Gemälde nie genau beschrieben hatte. Das Einzige, was ich wusste, war, dass auf dem Bild ein Pfau zu sehen war, mit geöffnetem Rad, der den Betrachter anschaute.

Nicu hatte mich jeden Freitag aus dem Kindergarten und später aus der Grundschule abgeholt, und jeden Freitag kam er zu spät. Ich wartete auf der Treppe, die anderen Kinder rannten an mir vorbei und riefen, ob ich wieder auf meinen Opa warten würde, und ich kniff die Lippen zusammen. Wenn Nicu schließlich erschien, lief ich zu ihm und schob meine Hand in seine. Wir schauten nicht zurück und sprachen wenig, bis wir die Weinberge erreichten. Kaum hatten wir den sandigen Weg betreten, hob mich Nicu auf seine Schultern, ich drückte die Beine fest an seinen Hals, und zusammen schwebten wir über allem, wir beide, eine verwachsene, irgendwie nicht zusammenpassende Gestalt in den Weinbergen über der Stadt. Wir zeigten auf die Bäume über uns und riefen ihnen zu, wie schön sie waren. Wir schoben uns Trauben in den Mund, und Nicu schüttelte den Kopf und sagte: »Warte nur, bis wir wieder in Rumänien sind. Da sind die Trauben viel süßer.«

Irgendwann erzählte er von dem Gemälde, das einer armenischen Prinzessin gehört hatte, die ihr Land verlassen musste und sich in den Urururgroßvater verliebte, davon, wie es an die »Mutigsten und Tapfersten« der Familie weitervererbt wurde und wie es schließlich sein Vater nach der Hochzeit zur Mutter in das Rumänische Haus brachte. Nicu war es, der am meisten Zeit davor verbrachte. Wenn er nicht schlafen konnte, weil die Eltern in der Oper waren, schlich er aus seinem Zimmer, setzte sich davor und schaute den Pfau an. Als er lesen lernte und er niemandem zeigen wollte, wie schwer es ihm fiel, las er jede Nacht dem Pfau vor, bis er sich einmal durch *Die drei Musketiere* und *Der Graf von Monte Christo* buchstabiert hatte. Wenn der Vater mit wichtigen Männern im Wohnzimmer saß und Reden hielt, saß er mit dem Pfau vor der Tür und hörte zu. Als die Kommunisten kamen, rannte er als Erstes zu dem Gemälde, doch sie hatten es bereits mitgenommen.

Wenn wir lange genug durch die Weinberge spaziert waren, setzte mich Nicu auf den Boden, schaute mich an und sagte: »Ana, meine Liebste, meine Liebe, sei nicht traurig. Ich werde alles zurückbringen! Du wirst sehen, du wirst das Gemälde bekommen, für dich, Ana, bringe ich es zurück, Ana, *fata lui tata*«. Ich schaute auf seinen Bart und in seine Augen, dachte an die Götter und Helden in meinen Büchern und glaubte ihm alles.

Ohne darüber nachzudenken hatte ich eine ganze Seite mit leeren Vierecken vollgemalt. Ich klappte das Tagebuch zu, sah aus den Augenwinkeln eine Bewegung und schwang die Beine aus der Hängematte. Die Perserkatze erstarrte, schaute mich mit ihren grünen Augen an, ich streckte die Hand aus, mit wenigen Sprüngen war sie bei den Petunien und hinauf auf das Dach der Nachbarn geklettert. Ich ging die Treppe hinunter und schaute auf mein Handy. Marius hatte noch immer nicht geantwortet.

Im Wohnzimmer saß Lia im Sessel und las.

»Worum geht es?«, fragte ich und zeigte auf das aufgeschlagene Buch.

»Worum es immer geht, Liebe, Rache, das Streben nach Macht. Die Bibliothek hat mir eine Urkunde verliehen.«

»Eine Urkunde?«

»Als ›treue Leserin‹, vor vielen Jahren habe ich bei ›A‹ angefangen, mittlerweile bin ich bei ›K‹ angekommen«, Lias Augen leuchteten.

»Wenn du etwas lesen willst, oben sind noch Bücher von deinem Vater. Alle haben immer ihre Sachen hier abgestellt, wenn sie umgezogen sind, nimm sie mit.«

Ich überlegte, philosophische Bücher auf Rumänisch würde ich sicher nicht verstehen.

»Kannst du mir ein Buch leihen, das in Rumänien spielt?«, fragte ich. »Etwas Leichtes«.

Lia überlegte und notierte einen Titel auf einem Zettel.

»Ein dünnes Buch, das einzige, das du über Rumänien lesen musst.« Sie schaute auf die Uhr und schaltete den Fernseher an. Auf dem Sessel neben ihr lag eine Zeitschrift von Kiki. Auf der Titelseite war eine Frau mit weit ausgeschnittenem Oberteil zu sehen. Über ihren Brüsten stand »Abnehmen durch Liebeshormone« und »Rezepte für die Fastenzeit, wie bei Großmutter«. Ich legte das Magazin zur Seite und setzte mich. Unsere Füße lagen auf zwei Stühlen, Lias, weil ihre Knie schmerzten, meine, weil es so bequemer war. Im Fernsehen schrien sich die stark geschminkte Frau und ein dicker Mann im Anzug an, während sie gleichzeitig auf ihren Handys herumtippten. Ihnen gegenüber saß eine Frau im engen Kostüm und klammerte sich an ihre Moderationskarten. Minutenlang ging es zwischen den beiden Gästen hin und her, sie sprachen so schnell, dass ich nichts verstand. Schließlich öffnete die Moderatorin den Mund, sagte »Aber« und wurde sofort wieder unterbrochen. »Unsere Regierung«, sagte Lia. »Sie wollen ein Gesetz erlassen, Straffreiheit für sich selbst, damit sie nicht wegen Korruption ins Gefängnis müssen, sie wollen die Justiz kontrollieren, deshalb gehen wir seit einem Jahr auf die Straße.« Sie schaltete um.

Nachrichten, erst der schimpfende Donald Trump, dann Aufnahmen von abgeholzten Waldflächen und Fotos von einem Bären, lebendig im Wald und tot neben einem Jeep.

»Der größte Bär Rumäniens, vor einigen Tagen von einem österreichischen Prinzen erschossen!«, sagte der Nachrichtensprecher. »Schweine«, kommentierte Lia, und ich war mir nicht sicher, ob sie die Politiker oder den Prinzen meinte. Die Bärenfotos verschwanden, und ein Mann erschien, der sich über die Menschen aufregte, die nach Rumänien kamen und sich nahmen, was sie wollten, »wir sind nicht die Müllhalde Europas«. Lia schaltete weiter, bei einem Beitrag über ein Musikfestival ließ sie die Fernbedienung sinken. Zusammen sahen wir zu, wie Arbeiter im Zentrum der Stadt eine Bühne aufbauten. Sie trugen Paletten und Metallstangen vor der Kirche hin und her. Dann wurde auf eine Moderatorin geschnitten, die einige Meter von ihnen entfernt stand und von dem Festival berichtete, das auf dem Platz stattfinden würde. Erst nach einigen Sekunden erkannte ich, dass es Adriana war, die in die Kamera sprach. Auf dem Bildschirm wirkte sie nicht mehr wie meine

Cousine, sondern irgendwie verschoben, als würde sie durch die Kameralinse zu einer anderen Person werden. Lia wartete, bis ihre Tochter fertig gesprochen hatte, als ein Politiker auf dem Bildschirm erschien, schaltete sie den Fernseher aus und verkündete, dass sie jetzt packen werde. »Ich fahre mit Kiki und Judit für einige Wochen ins Dorf, hier ist es zu heiß.«

Schnell stand ich auf, nahm das Kirschkissen von ihrem Bein und reichte ihr die Hand. Ihr Knie sah aus wie das Knie meines Vaters, nur dass es nicht sonnenverbrannt, sondern weiß war und eine kreisförmige Narbe sich deutlich von der restlichen Haut abzeichnete.

»Von meinen verrückten Brüdern«, sagte Lia, ignorierte meine Hand und drückte sich hinauf. »Wir waren auf dem Feld, sie sind gerannt, ich bin ihnen hinterhergelaufen und auf einen am Boden liegenden Metallzaun gefallen.«

»Wann war das?«, fragte ich.

»Vor einer Ewigkeit«, sagte sie, »das ist alles lange vorbei.« Ich starrte auf die Narbe und fühlte mich so voller fremder Geschichten, dass ich nicht wusste, wo noch Platz für meine eigene sein sollte.

Die Behörde

»Da bist du ja«, rief Adriana, »beeil dich, es ist spät.« Sie saß auf der Eckbank in der Küche und blätterte durch einen Ordner, auf dem Herd kochte Kaffee, die Gasflamme bewegte sich über das Rot des Topfes.

»Iancu hat die Zwillinge zur *tabăra de germană* gebracht

und fährt dann weiter zur Arbeit«, sagte sie und wollte zum Herd gehen. Schnell wehrte ich ab, griff nach einer Tasse, nahm das Sieb und goss den Kaffee hinein.

»Warum sind sie in einem deutschen Ferienlager?«, fragte ich.

»Damit sie besser Deutsch lernen, in der Schule verstehen sie kaum etwas, dort sind alle Fächer auf Deutsch und Englisch. Sie hätten im Kindergarten besser aufpassen sollen. Jede Sprache bringt eine Arbeitsstelle, das hat Lia früher immer gesagt.«

Ich trank im Stehen. Mein Rücken schmerzte von der durchgelegenen Matratze. Ich hatte von einem Kind geträumt, das auf einem Laufrad im Kreis fuhr. Marius lief mit ausgestreckten Armen hinter ihm her, seine Frau saß auf einer Bank daneben und tippte auf ihrem Smartphone. Ich stand abseits an die Häuserwand gelehnt und umklammerte ein großes, eckiges Paket. Im nächsten Moment fühlte ich das glatte Handydisplay unter meinen Fingern. Ich blickte an mir herunter, mein Körper war der von Marius' Frau geworden.

»Wir müssen los«, sagte Adriana, ich trank den Kaffee aus und verbrannte mir den Mund.

Das Auto stand gleich vor dem Haus, die Rückbank war voller Hefter und Papiere. Ich setzte mich auf den Vordersitz, Adriana gab Gas, wir fuhren aus der Straße hinaus, am Sportplatz vorbei, durch einen Kreisverkehr, bogen ab, und schon hielten wir vor einem grauen Häuserblock voller Satellitenschüsseln. Wir stiegen aus, und ich drückte meine Tasche mit den Dokumenten fest an mich. Auf den Klingelschildern standen Nachnamen, von denen die meisten auf »u« endeten.

»Bist du sicher, dass wir hier richtig sind?«, fragte ich.

Adriana nickte und drückte gegen die Tür. Sie bewegte sich nicht.

»Gut, dass wir früh gekommen sind«, sagte sie und klemmte sich eine dünne Zigarette zwischen die Lippen. Noch bevor sie nach Streichhölzern suchen konnte, kam ein Mann mit großen Schritten auf sie zu, ließ sein Feuerzeug aufschnappen und hielt es ihr hin. Adriana blies den Rauch Richtung Himmel und bedankte sich. Der Mann nahm jetzt selbst eine Zigarette aus seinem Hemd und zündete sie an. Adriana sagte etwas über das heiße Wetter und den Sturm, der für das nächste Wochenende vorhergesagt war. Oh ja, der Sturm, begann der Mann, dabei habe er sich gerade erst ein Motorrad für die Berge gekauft, ein deutsches Motorrad. Adriana zeigte auf mich und erklärte, dass ich gerade aus Deutschland gekommen sei. Der Mann wandte sich mir zu und fragte, wo ich wohne, er sei als junger Mann oft in Heidelberg und Berlin gewesen. Seine Augen waren sehr blau und erinnerten mich an den Mann im Zug. Adrianas Lächeln wurde kälter.

Beide warfen ihre Zigarettenstummel auf den Boden und traten die Glut aus. Der Mann fragte, ob wir zur Behörde wollten. Adriana nickte. Er drückte auf eine Klingel ohne Namen, die ich zuvor nicht gesehen hatte, und die Tür öffnete sich klickend. Wir betraten den engen Flur, in dem es kühl und dunkel war. Meine Sandalen klapperten auf den Fliesen, wir liefen an halb abgefallenen Briefkästen vorbei, bogen vor der Treppe nach rechts und blieben vor einer massiv aussehenden, weißen Tür stehen. Der Mann gab eine lange Zahlenkombination in das Codeschloss ein. Zunächst passierte nichts, dann waren drei helle Töne zu hören, und die Tür öffnete sich einen Spaltbreit. Wir betraten ein rundes Wartezimmer mit Holzstühlen. Am Ende des Raums stand eine Frau hinter einem schwarzen Holzklotz und blätterte in einem Hefter. Sie stoppte, lächelte dem Mann zu und blätterte weiter, als er in einem Gang voller Türen hinter ihr verschwand. Adriana ging auf sie zu, die Frau blickte kurz auf und brummte etwas. Neben ihr stand eine weiße Orchidee, hinter ihr an der Wand hing eine Holzikone neben eingerahmten Zertifikaten. Wir setzten uns neben die drei anderen Menschen und warteten. Die Frau blätterte, der Wasserspender gluckste. Alle zehn Minuten schaute ich auf meine Uhr, und alle zehn Minuten wurde ich nervöser. Endlich klingelte das Telefon der Empfangsdame, sie sprach einige Worte und nickte, ich richtete mich auf, doch sie zeigte auf einen Mann, der seinen Hut umklammerte. Er lief schwankend an der Frau vorbei in den Flur hinein, wo sich eine der Türen öffnete. Ich zog mein Handy aus der Tasche und prüfte die Uhrzeit. Nicht mehr lange, und Adriana musste in der Redaktion sein.

Wir warteten weiter. Dann klingelte das Telefon wieder, diesmal durfte eine Frau mit pinker Bluse in den Gang. Ich hörte ihren schnellen Atem, als sie an mir vorbeiging, der Teppichboden schluckte ihre Schritte. Ich dachte an das Gemälde, das in der Lagerhalle auf mich wartete, und stellte es mir in Plastikschichten eingepackt vor und so schwer, dass Adriana und ich es zusammen aus dem Regal heben mussten. Ich zählte die Zeit zwischen dem Glucksen des Wasserspenders und stand auf, um mir etwas zu trinken zu holen, aber der Becherhalter war leer.

»Entschuldigen Sie bitte«, sagte ich zu der Empfangsdame gewandt, »haben Sie einen Becher?«

Sie schüttelte den Kopf. Neben ihrem Hefter stand eine Kaffeetasse. Mit zusammengepressten Lippen setzte ich mich wieder. Ich hatte das Gefühl, dass irgendeine Stimme den Menschen zuflüsterte, dass ich keine Ahnung hatte, dass ich die Regeln nicht kannte, nicht wusste, wie ich gehen, was ich sagen sollte. Wir hätten längst an der Reihe sein müssen. Mein Kopf schmerzte, und ich stand wieder auf.

»Ich muss auf die Toilette«, sagte ich zur Empfangsdame und dachte an den Wasserhahn. Sie schaute mich wie ein zu groß geratenes Kind an.

»Wir haben keine Toilette.« Sie blätterte weiter.

Ich überlegte noch, was ich sagen könnte, als Adriana neben mich trat, sich bei der Frau für ihre Frage entschuldigte und lächelnd erklärte, dass sie leider nicht viel Zeit hätte, sie müsse gleich zum Fernsehen, und es sei so furchtbar heiß draußen, da werde es einem ganz schwindelig, ob sie vielleicht ein wenig Wasser hätte. Die Frau sah zu Adriana hinauf. Eine Sekunde war sie still, dann weiteten sich ihre Augen.

»Warten Sie«, sagte sie und sprang auf. »Ich hole Ihnen zwei Tassen.«

»Und die Dame dort hinten, die würde gerne auch etwas trinken«, fügte Adriana hinzu und zeigte auf eine Frau, die halb gegen den Kaminofen gelehnt in der Ecke saß und sich mit ihrem Pass Luft zufächelte.

»Oh, jaja, ich beeile mich«, rief die Empfangsdame und eilte davon. Kaum, dass sie in einem der Räume verschwunden war, stand sie auch schon wieder vor uns und hielt ein Tablett mit Sprudelwasser gefüllter Gläser. Sie habe gerade gesehen, dass eines der Zimmer frei sei, sagte sie. Ich leerte das Glas, und die Kopfschmerzen ließen nach. Wir folgten der Frau zu dem letzten Büro des Ganges. Sie klopfte, öffnete die Tür, sagte ein paar schnelle Sätze und nickte uns zu. Das Zimmer war fast vollkommen von einem u-förmigen Schreibtisch ausgefüllt, hinter dem ein Mann mit Glatze saß. Wir traten in das U hinein. Der Mann lehnte sich in seinem Schreibtischstuhl zurück, verschränkte die Arme hinter dem Kopf und musterte uns. Als er bei unseren Füßen angekommen war, rief er: »Mirella, die Akten!«

Ich zuckte zusammen. Im Nachbarzimmer rumpelte es, und eine junge Frau im engen Kostüm kam mit einem Stapel Akten durch die Tür. Sie platzierte sie neben dem Mann und setzte sich hinter den Computer. Der Mann blätterte durch die Ordner und zog einige eng beschriebene Seiten aus den Plastikhüllen.

Er begann zu diktieren, Mirella tippte, nach einigen Sätzen stoppte er. »Ihre Identifikationsnummer«, sagte er und blickte mir zum ersten Mal in die Augen. Ich begann zu schwitzen und konnte mich nicht erinnern, auf welchem Dokument die Identifikationsnummer stand.

»Pass«, sagte er schließlich. Ich zog meine Dokumente aus der Tasche und reichte ihm den rumänischen Pass. Er klappte ihn auf, blätterte, las, lehnte sich zurück und warf ihn auf den Tisch. Den könne er nicht benutzen, der sei abgelaufen. Ich klappte ihn auf, sah die Identifikationsnummer neben meinem Foto und erklärte, dass die Nummer doch gleich bleibe.

»Das geht nicht«, sagte der Mann.

»Aber die Nummer …«, erwiderte ich.

»Sie hat auch einen deutschen Pass«, ergänzte Adriana.

Ich suchte und reichte ihn dem Beamten. Er schaute hinein.

»Die Nummer ist zu kurz!«

»Wie zu kurz?«

»Sie passt nicht in unser System.«

Ich wusste nicht mehr, was ich sagen sollte, mir fielen weder die richtigen rumänischen noch die richtigen deutschen Worte ein. Der Beamte schaute mich mit einer Mischung aus Arroganz und Mitleid an, am liebsten hätte ich mich über den Tisch gebeugt und ihn vom Stuhl gestoßen.

»Beantragen Sie einen neuen Pass, *domnişoară*, und dann kommen Sie wieder«, sagte er und schlug den Ordner zu. Ich atmete tief ein und aus und erklärte betont langsam, dass ich mir extra freigenommen hätte, dass ich in Deutschland arbeitete, dass ich nur kurz in Rumänien sei. Er zuckte mit den Schultern, dann solle ich eben länger bleiben.

Wir liefen durch den Flur mit den geschlossenen Türen, an der Empfangsdame vorbei durch das Wartezimmer, in dem noch immer die Frau in der Ecke saß und Sprudelwasser trank. Draußen bohrte sich die Hitze in meinen Kopf, ich massierte meine Schläfen und hörte, wie Schüsse aus Richtung der Militärakademie kamen. Adriana schaute auf die Uhr und fluchte, sie müsse jetzt in die Redaktion.

»Wenn die Frau mich nicht aus dem Fernsehen gekannt hätte, würden wir immer noch hier sitzen«, sagte sie, »und dieser andere Beamte, das war ein Securist, der hat früher sicher für den Geheimdienst gearbeitet, sonst wäre er nicht so einfach nach Deutschland gekommen.«

»Warum wird mitten in der Stadt geschossen?«, fragte ich und lehnte mich an die Hauswand.

Adriana schaute mich verständnislos an. Sie müsse jetzt los, sagte sie schließlich, ob ich es allein nach Hause schaffen würde. Ich nickte, natürlich. Adriana ging mit schnellen Schritten zu ihrem Auto, ich schaute ihr hinterher und setzte mich in Bewegung. In meinem Kopf lehnte sich der Beamte in seinem Stuhl zurück und grinste. Meine Füße liefen schneller, und ich merkte erst nach einigen Minuten, dass ich Adrianas Auto folgte, statt an der Mauer der Militärakademie entlang zurück zu Lia zu laufen. Ich schaute mich um, ich war in der *Strada Revoluției*, an die ich mich nicht erinnern konnte. Nach einigen Metern tauchten zwei Villen rechts und links neben mir auf. Eine Villa mit gläserner Kuppel, Säulen und Stuckarbeiten und eine mit weit überhängendem Holzdach, Pflanzenmotiven auf der Fassade und Spitzbogenfenstern. Beide sahen aus wie aus einem Plastikbausatz für den barocken und den rumänischen Stil zusammengesetzt.

»Die Villen gehören dem Busunternehmer, er sitzt im Gefängnis, wegen Korruption, natürlich. Sie sind mit einem Tunnel unter der Straße miteinander verbunden«, hörte ich eine Stimme in meinem Kopf, die irgendeiner Person aus der Familie gehörte. Ich ging weiter. Die Bäume neben mir waren alt und verwachsen, die Restaurants geschlossen. Ich lief an einem Krankenhaus vorbei, vor dem Patienten in Bademänteln auf den Treppenstufen saßen und rauchten, und dachte an das letzte Gespräch mit Marius, das ich mit ihm nach der Geburt seiner Tochter geführt hatte. Mittlerweile sei alles gut, hatte er damals gesagt, aber sie würden nie wieder in ein staatliches Krankenhaus gehen, das nächste Mal auf jeden Fall in ein privates. »Wir haben hier ein Sprichwort, du gehst mit einer Krankheit ins Krankenhaus und kommst mit zwei zurück.«

An der Hauptstraße blieb ich vor dem Zebrastreifen stehen und wartete auf eine Lücke im Verkehr. Etwas Weiches berührte mich an der Schulter, ich fuhr herum und schaute auf einen riesigen roten Bullen. »Romaniacs … Rallye!«, murmelte der Mann unter dem Kostüm und hielt mir einen Flyer hin, auf dem ein Motorradfahrer einen schlammigen Hang hinunterfuhr. Sein Mund öffnete sich wieder, und schnell nahm ich das Papier, drehte mich um und lief die Straße entlang. Neben mir beschleunigten Autos, vor mir stand eine Gruppe kaugummikauender Mädchen, ich umkreiste sie und stieß fast mit einer winzigen Frau mit Kopftuch zusammen, die mir Gänseblümchen hinhielt und in einem Singsang »Schöne Blumen, *domnişoară*, schöne Blumen …« flüsterte. Ich schüttelte den Kopf, ging weiter, schaute über die Schulter, ob der Mann im Bullenkostüm oder die Frau mit den Blumen mir folgten, und hätte fast übersehen, dass ein Kind auf dem Laufrad direkt auf mich zukam. Im letzten Moment sprang ich zur Seite, der Vater rief mir etwas Wütendes zu, ich hatte genug, ich wollte zurück, ich bog in die nächste Straße und lief immer schneller, den Blick auf meine Füße gerichtet.

Nach einigen Metern verstummte der Straßenlärm, und ich ging langsamer, in meinem Kopf pochte es. Auch in dieser Straße standen kleine Villen mit bröckelnden Fassaden. Ich kam an einem Haus mit einem Balkon vorbei, von dem nur noch die Metallstreben und ein paar Steine übrig waren, und dachte an den Touristen, der vor einigen Jahren an einem verfallenen Haus vorbeispazierte, von dessen Dach sich genau in diesem Moment ein Ziegel löste, hinunterfiel und ihn erschlug, und an den anderen Touristen, der von einem Rudel Straßenhunde zerfetzt worden war. Nach diesem Vorfall hatte es jedes Jahr weniger Hunde auf den Straßen gegeben, bis sie schließlich ganz verschwanden. Ich überquerte eine Kreuzung und hatte das Gefühl, dass ich an dieser Stelle schon einmal gewesen war. Irgendwo hier musste das Haus mit den Einschusslöchern sein. Ich lief weiter, meine Haare fühlten sich heiß an, ich ging von Häuserschatten zu Häuserschatten und fühlte den Durst meinen Hals austrocknen. Jetzt stand ich an der nächsten Kreuzung vor einem orangefarbenen Häuserblock, den ich noch nie gesehen hatte. Ich drehte mich im Kreis und versuchte mich an den Nachhauseweg zu erinnern, aber nicht einmal Lias Adresse fiel mir ein. Ich bog nach links ab und zuckte zusammen, als ein Hund bellend am Zaun neben mir entlang sprang. Ich schaute mich um, ob ich irgendwo Wasser kaufen konnte, sah aber keine Möglichkeit. Ich tastete nach meinem Handy. Es hatte keinen Sinn, ich musste Adriana nach der Adresse fragen. Auf dem Bildschirm erschien eine Nachricht von Iancu. Er habe mit dem Passamt gesprochen, ich könne am Donnerstag einen Termin bekommen.

Darunter eine Nachricht von Adriana, dass Iancu mit dem Passamt gesprochen habe, und drei Anrufe von Kiki.

Mir wurde schwindelig. Ich stützte mich am Zaun ab und starrte auf den Strauch vor mir, dessen Blätter sich grau und dann schwarz färbten. Ein Schwarz, das mein Sichtfeld ausfüllte, bis es alle Farben überdeckte. Mein Herz klopfte immer schneller. Was würde passieren, wenn ich das Gemälde nicht abholen konnte? Ich rutschte auf den Boden.

Wieder sah ich Nicu vor dem Körperscanner am Flughafen stehen und die Hand heben. Er flog nach Rumänien, um nach dem Gemälde zu suchen, weil ich es nicht tat.

Weil ich es nicht wollte, weil ich lieber zu Hause für meine Klausuren lernen wollte, weil ich lieber mit meinen Freunden an den See fahren wollte, weil ich lieber mehr Schichten im Theater arbeiten wollte.

Und weil ich nicht mehr an das Gemälde und das Rumänische Haus glaubte, nicht mehr glaubte, dass es etwas gab, das wir zurückbekommen würden.

Also fuhr Nicu allein, und der Winter kam, und er stieg auf den Berg, und Adriana rief an und sagte, dass sie ihn ohnmächtig in einer Hütte gefunden hatten.

Und ich glaubte nicht, dass es schlimm war, und Adriana rief an und sagte, das Antibiotikum habe nicht angeschlagen, und rief an, das zweite Antibiotikum wirke nicht, und rief an, Nicu liege im Koma, und meine Mutter flog nach Rumänien, und sie rief an und sagte, die Ärzte fragen, ob sie die Maschinen abstellen sollen. »Entscheide du, ich kann das nicht«, und sie rief an und sagte: »Komm.«

Und ich lief die Treppe ins Flugzeug hinauf und schob meine Tasche ins Handgepäckfach und dachte zum ersten Mal, er ist wirklich krank, ich setzte mich auf den Platz, und Adriana rief an und sagte »Ana«, und ich wusste, was sie als Nächstes sagen würde, und sie sagte es. Und ich wollte schreien, doch da war keine Stimme, und ich legte auf. Und es passierte nichts, ich weinte nicht, fiel nicht in Ohnmacht, merkte nur, dass da in meiner Brust etwas nicht mehr war und dass dieses Etwas alle Gefühle mitgenommen hatte. Ich wartete darauf, dass der

Mann neben mir etwas sagte, weil er unser Gespräch gehört haben musste, weil er gehört haben musste, dass gerade ein Herz, ein Gehirn erloschen war, mit allen Erinnerungen, allen Erkenntnissen, allen Freuden und allem Schmerz. Aber er las weiter Zeitung, ich spannte meine Hand an, sodass sie ein wenig zitterte, dass irgendjemand etwas merkte, dass es irgendeine Reaktion gab, eine Unterbrechung, sich irgendetwas änderte. Aber alle redeten weiter. Ich starrte auf das Anschnallzeichen, als es ausging, stand ich auf und lief nach vorne. Ich war mir nicht sicher, wo ich war. Ich sprach eine der Frauen in den Kostümen an und sagte: »Mein Vater ist gerade gestorben«, und mir wurde übel, und um mich herum wurde alles schwarz, und meine Hand zitterte von ganz allein.

Als ich ankam, lag er auf einem weißen Bett. Sie hatten ihm den Bart abgenommen. Wegen der Schläuche, sagten sie. Zum ersten Mal sah ich sein Gesicht ohne Bart.

Ich hatte ihm eine Sonnenblume aus Deutschland mitgebracht und schob sie in seine gefalteten Hände. Ich starrte auf seine schönen Finger. Ich war zu spät gekommen.

»Was ist los, Schätzchen?«, fragt eine Frau neben mir. Ich hatte den Kopf auf die Knie gelegt, meine Wangen waren feucht.

»Ich kann nichts mehr sehen«, murmelte ich und presste die Stirn fest auf meine Kniescheiben. Ein Reisverschluss öffnete sich, es raschelte, und etwas Glattes berührte mich an der Hand.

»Du musst trinken, es sind heute über vierzig Grad, du musst trinken«, sagte die Frau. Ich bedankte mich murmelnd, alles sei in Ordnung, ich bräuchte keine Hilfe, nur etwas Wasser, danke, und ja, sie könne weitergehen. Als sich die Schritte entfernt hatten, griff ich nach meinem Kopf und zwang ihn nach oben, noch immer war alles schwarz. Meine Stirn war heiß, selbst der Asphalt unter mir glühte. Ich tastete nach der Flasche, drehte den Deckel auf und trank zuckrige Limonade. Als ich die halbe Flasche geleert hatte, kamen langsam die Umrisse zurück, dann die Farben, erst hell, dann immer dunkler und deutlicher. Als ich den letzten Schluck trank, war alles wieder so, wie es zuvor gewesen war. Ich blieb noch einige Sekunden sitzen, dann rief ich Iancu an und fragte nach Lias Adresse.

Dunkelkammer

Zurück im Haus, war ich endlich allein. Die Stille legte sich wie ein kühles Tuch um meinen Kopf, und das Klopfen in meinen Schläfen beruhigte sich. In Deutschland hatte ich in solchen Situationen eine Liste gehabt, der ich folgte. Essen, Sport, Überstunden, wenn alles nichts nützte, eine Zigarette und ein Glas Sekt. Jetzt duschte ich kalt, aß etwas aus den Töpfen, die sich im Kühlschrank stapelten, und ging auf die Terrasse hinaus. Die Sonne stand noch immer hoch am Himmel, und auf dem Bett im Glashaus lag Nicu. Er hatte die Arme unter seinem Kopf verschränkt und blinzelte.

»Ich denke noch ein wenig über meine Träume nach, dann komme ich«, sagte er.

Ich holte das Springseil aus meinem Rucksack und begann zu springen. Die Plastikschnur schlug auf die Kacheln, schlug auf meine Haut. Ich sprang, bis ich nicht mehr springen konnte. Wenn ich die ganzen Geschichten nur aus meinem Körper herausschütteln könnte, dachte ich und sah mich auf der Terrasse stehen, die alten Wunden fielen wie bunte Schuppen von meiner Haut. Aber was war ich dann noch, ohne die vielen Geschichten? Ich drehte mich zu den Petunien und begann mit einer Schlagabfolge. Zum ersten Mal, seit ich angekommen war, dachte ich an Michael, der wenig über mich wusste, was ich immer genossen hatte. Als ich gerade bei der dritten Schlagkombination war, vibrierte mein Handy. Eine Sprachnachricht.

»Hallo Ana!«, sagte Marius mit der Stimme aus vergangenen Sommern und schlug ein Treffen in einer neuen Bar vor. »Ich kenne sie vom letzten *Craft-Bier-Festival*, morgen Abend kann ich frei sein.«

Sofort schrieb ich zurück und sagte zu. Dann drehte ich mich um und ging ins Bad hinüber.

Als Kind hatte ich Angst vor dem roten Glühen gehabt, das aus dem kleinen Raum kam, den wir nicht betreten durften. Lias Mann hatte in der Dunkelkammer seine freien Stunden verbracht und Fotos entwickelt, die er in dicke Alben sortierte. Der Eingang zur Kammer war im Badezimmer neben der Terrasse, das nicht nur ein Zimmer mit Waschbecken und Toilette war, sondern auch ein Arbeitszimmer, mit Schreibtisch und Wandregalen voller Bücher. Die Titel auf den ausgeblichenen Buchrücken waren rumänisch, und ich kannte nur wenige von ihnen. Ich stemmte mich gegen die antike Holzkommode an der Wand gegenüber dem Schreibtisch, bis die tapezierte Tür dahinter zu erkennen war. Dort, wo der Türgriff hätte sein sollen, war ein Loch, in das ich hineingriff und zog. Aus der Kammer kam der Geruch von alter Luft und feuchtem Holz.

Über mir begann eine Röhre zu flackern. Das rote Licht ließ einen Tisch mit Schalen und Kisten sichtbar werden. Sie enthielten Dias, alte Briefe, Papiere mit Lias Handschrift, die Nicus ähnelte, nur dass sie besser lesbar war. Einer der Kartons war mit Schwarz-Weiß-Fotos gefüllt und drei Büchern mit farbigem Umschlag, auf denen *Nietzsche, Eliade* und *Borges* stand. Ich nahm sie heraus, der Einband war fest, die Seiten klebten aneinander, als seien sie nie geöffnet worden. Gerade wollte ich sie zurücklegen, als ich sah, dass auf der jeweils ersten Seite ein Stempel abgedruckt war: Nicus Vor- und Nachname mit Doktortitel, dazu unsere Adresse in Deutschland.

Nicu hatte den Großteil des Tages an seinem Schreibtisch verbracht, umgeben von Büchern, die er im Internet bestellte, bis unsere Wohnung ein Labyrinth aus Regalen geworden war, aus dem ich hinauswollte und das meine Mutter zusammenhielt, während mein Vater seinen Stempel in die Bücher drückte und Sätze markierte, auf der Suche nach etwas, das wichtiger als alles andere geworden war und von dem nur er wusste, wie es aussah.

Ich legte die Bücher zur Seite und griff nach den Fotos, kleine Bilder mit abgerundeten Rändern. Auf den Gruppenfotos waren Menschen vor Kirchen, Häusern, in Wohnzimmern und auf den Stufen der Veranda im Dorf zu sehen. Auf den Porträts Tanten, Onkel, Cousins und Cousinen mit Gesichtern wie aus Porzellan und so jung, dass ich sie kaum erkannte. Das größte Foto war ein Gruppenbild, das meine Großeltern mit den fünf Kindern zeigte. Alle waren am Ende eines Tisches versammelt, die Großmutter saß in der Mitte, die schmale Hand neben einem Kristallglas, der Blick unergründlich, hinter ihr stand der Großvater, der als Einziger in die Kamera schaute. Sein Mund war schmal, die Wangenknochen spitz, die Haut darunter eingefallen. Lia hielt den Kopf schräg und hatte das schmale Gesicht und die großen Augen, die Adriana und Iancu von ihr geerbt hatten. Judits Gesicht war von einem Lachen verzogen. Titus überragte alle und schaute ernst. Horia, der Jüngste, hatte sich zur Seite gedreht, den Mund leicht geöffnet. Nicu, der Älteste, stand in der hinteren Reihe, die Arme über die Schultern seiner Geschwister gelegt, und lächelte so breit, wie ich ihn noch nie hatte lächeln sehen.

Ich drehte das Foto in den Händen, auf der Rückseite war etwas mit Bleistift notiert.

Für Nicu: die rumänischen Buddenbrooks, stand darauf. Und dann: *In Liebe, E.*

Ich wusste nicht, wer E. war. Irgendjemand, der Thomas Mann gelesen hatte. Noch einmal betrachtete ich die Gesichter. Lia, die heiratete, in der Stadt blieb, ihr Haus für alle geöffnet hielt und zufrieden war, wenn »ich einmal im Jahr ins Konzert oder Theater gehen kann«.

Judit, die laute, verrückte, die jeder liebte und fürchtete, die sich mit allen anlegte und der keiner widersprechen konnte, die vor nichts Angst hatte, »nicht vor Wölfen, nicht vor den Männern in der Ölfabrik, nicht vor der Securitate und nicht vor dem Alter«, denn sie hatte »Gott dort oben«.

Auf dem Foto stand kein Datum, es konnte in den 1950er, 60er oder 70er Jahren aufgenommen worden sein. Ich wusste nicht, was Nicu in diesen Jahren gemacht hatte, nur dass er in Bukarest lebte und dass sein Vater immer wieder im Gefängnis war. »Festgenommen und wieder entlassen, je nachdem, welche Gesetze es gerade gab, fünfzehn Jahre lang in Gefängniszellen und am Kanal. Kanal? Der Donau-Schwarzmeer-Kanal natürlich, den Zwangsarbeiter graben mussten, nie beendet, Tausende sind gestorben …«

Meine Hand tastete nach dem Anhänger mit dem hellblauen Stein.

Von der Großmutter wusste ich nicht mehr, als dass sie einmal fröhlich gewesen war, »bevor alles anfing«, eine schöne Stimme hatte und jung starb. »Sie hatte ein schwaches Herz, und du kannst dir ja vorstellen mit fünf Kindern und dem Mann im Gefängnis …«

Auch von Nicus beiden Brüdern wusste ich wenig. Titus war noch vor der Revolution mit Frau und Kind nach Deutschland gekommen, weil Nicu sie »auf irgendwelche Listen« hatte setzen lassen. Horia, »der Lustigste von allen«, hatte mit Lia und Judit die Revolution überlebt, und war dann, »als wir dachten, es ist vorbei«, selbst auf der Straße erschossen worden. »Einfach so.«

Noch einmal griff ich in die Fotos und holte ein kleines Porträt heraus. Es zeigte einen Jugendlichen, der mit erhobenem Kinn in die Ferne blickte. Es dauerte einen Moment, bis ich Nicu erkannte. Nur seine abstehenden Haare und seine eckige Gesichtsform ließen an den Nicu denken, den ich gekannt hatte, der immer einen Bart trug und mit Augen in die Ferne blickte, die alle Hoffnung verloren hatten. Ich nahm die Fotos und Bücher, verließ die Kammer und fragte mich, wie viele unterschiedliche Nicus es gegeben hatte und wie aus dem verträumten Idealisten der geworden war, der in die Berge ging und starb.

Am nächsten Nachmittag lief ich mit Lias Zettel in der Tasche in die Altstadt. Ich ging am Sportplatz vorbei, überquerte den Kreisverkehr und bog in eine Straße voller ockerfarbener Häuser mit spitzen Dächern. Die grünen Fensterläden hingen schief in den Angeln, über die rostigen Zäune wuchs Efeu, nur die Kleidung auf den Wäscheleinen und die Autos in den Einfahrten zeigten, dass hier Menschen wohnten. Die Straße endete in einem Platz mit Grünfläche und Hochbeeten. Auf einem Schild davor stand etwas von Ökotourismus und dem Erhalt der Wälder, darunter das Logo des Umweltministeriums, wo Adrianas Mann arbeitete, ich dachte an die EU-Mülleimer im Dorf und musste lächeln. An der nächsten Kreuzung standen drei alte Villen, zwei von ihnen frisch gestrichen mit den Schildern der Universität neben den hohen Eichentüren. Ich wählte die Straße, die weiter nach unten führte. Wenn ich ihr folgte, musste ich in die Innenstadt kommen, und tatsächlich sah ich nach kurzer Zeit die Hauptstraße, überquerte sie und stand vor dem *Dicken Turm,* der in die Stadtmauer eingebaut war. Ich fuhr mit den Fingern über die kühle Mauer des Turms und dachte an die Soldaten, die dahinter gesessen hatten, um die Stadt vor den Osmanen zu verteidigen, die die Dörfer im Umkreis zerstörten, es aber nie über die Stadtmauer schafften, wenigstens hatte André es so erzählt. Jetzt saßen die Musiker der Philharmonie hinter den nach außen gewölbten Wänden und stimmten ihre Instrumente, ein Plakat kündigte die nächste Premiere am Wochenende an.

Ich ging über das kurz gemähte Gras den Hang hinauf, an

die Mauer gelehnt stand ein Brautpaar da und küsste sich. Der Fotograf ließ die Kamera sinken, als ich durch sein Bild lief, ich trat durch das Tor auf die andere Seite der Mauer und stand vor einer Reihe einstöckiger Häuser mit tief herunterhängenden Dächern, aus denen mich schmale Fenster wie schläfrige Augen anblickten. In die Straße waren Platten mit kupferfarbenen Sternen eingelassen. Ich folgte den deutschen zu den ungarischen zu den rumänischen Namen an der Backsteinmauer entlang, über mir standen Wandergesellen in einem Holzgang und rauchten. Die pastellfarbenen Häuser bogen nach rechts ab auf einen Platz mit Springbrunnen, wo nur das Plätschern des Wassers zu hören war. Ich war noch nie auf diesem Platz gewesen, und doch, kaum trat ich in die Straße dahinter, sah ich das Gymnasium, in das die fünf Geschwister gegangen waren. Ich lief weiter, schaute auf meine Füße, schaute noch einmal auf die blaue Fassade der Schule und sah Nicu, zusammen mit seinen Freunden, dastehen, in ihren Mundwinkeln glühten Zigaretten, deren Asche auf die Straße fiel. Nicu sah so aus wie auf dem Foto, nur dass er nicht schweigend in die Ferne schaute, sondern sich mit den anderen unterhielt, bis eine Gruppe Uniformierter vorbeimarschierte und sie mitten im Satz stockten und auf den Boden spuckten.

Als ich das Ende der Straße erreichte, bog ich nach links ab und stand auf dem *Piaţa Mare*. Der Platz war mit Menschen gefüllt, die mit Einkaufstüten in den Händen zwischen den Außenterrassen der Cafés und Restaurants umherliefen oder Eis essend auf den Bänken saßen. In der Mitte des Platzes schossen Fontänen aus dem Boden, zwischen denen Kinder in Badehosen versuchten, das Wasser einzufangen. Umringt wurde alles von der Kirche, dem Rathaus und dem Museum, alle Häuser waren renoviert worden, als die Stadt vor zehn Jahren Europäische Kulturhauptstadt wurde. Ich ging weiter, roch die aus dem Ofen geholten Blätterteigteilchen, die in Fett gebackenen *gogoși* und die über der Glut gedrehten ungarischen Baumkuchen, lief an Schaufenstern voller Bildbände mit Burgen und Wäldern und Dracula-Stoffpuppen vorbei und bog in die Einkaufsstraße mit deutschen Drogerien und schwedischen Modeketten ein. Erst wich ich einem weiß geschminkten Clown mit roten Tränen aus, der etwas aus seinem Zylinder ziehen wollte, dann einer Gruppe Frauen mit Jutebeuteln, auf denen mit goldener Schrift *All you need is inside* und das Logo eines deutschen Yogaladens gedruckt war. Dann stand ich plötzlich vor der winzigen Frau mit Kopftuch, die mit ihren Gänseblümchen auf dem Gehweg saß. Diesmal starrte sie stumm vor sich auf den Boden, und in ihrem Blick lag etwas so Verlorenes, dass sich mein Hals zusammenzog. Ich holte einige *lei*-Scheine aus dem Portemonnaie und legte sie neben die Sträuße. Die Frau griff nach meinen Händen, ihre Finger waren kalt und fest.

»Gott schütze Sie, Gott schütze Sie«, murmelte sie mit fehlenden Zähnen. Kurz drückte ich ihre Finger und ging weiter zum Buchladen, stieg die Stufen hinauf und drückte gegen die Tür. Im Geschäft war die Temperatur angenehm, hinter der Kasse stand eine Frau mit kurzen, grauen Haaren und Brille, daneben ein junger Mann, der ein Buch in Geschenkpapier einpackte. Ich ging an Regalen mit Reiseführern und bestickten Trachtenblusen vorbei durch eine Tür in die anschließende Kammer, die bis zur Decke mit Bücherregalen gefüllt war, und die Wendeltreppe hinunter in den Keller. Hier war nur das Zischen der Espressomaschine zu hören, der Geruch von Kaffee lag in der Luft, und meine Schultern entspannten sich. Ich trat durch einen der Backsteinbögen zu den fremdsprachigen Büchern, einem breiten Regal voller Romane mit blauen Buchrücken, auf denen englische, französische und deutsche Titel standen.

Auf einem Tisch lagen die rumänischen Übersetzungen skandinavischer Krimis und amerikanischer Bestseller. Im Regal dahinter standen die rumänischen Autoren. Aus den Lautsprechern in den Ecken des Gewölbes kam leise, klassische Musik. Ich holte Lias Zettel heraus, betrachtete die Titel im Regal, las *Nostalgia, Fünf Liter Zuika, Sonia meldet sich*, die Cover waren farbig und glänzend. Ich blätterte durch Papier, das nach Druckerschwärze roch, das Inhaltsverzeichnis war hinter der Geschichte zu finden, als würde sich der Zusammenhang erst zeigen, wenn alles zu Ende war. Beim Lesen stolperte ich über die vielen Akzente, Dächer und Häkchen, Lias Titel war nirgends zu sehen, schließlich fand ich im untersten Regal einen schmalen Band mit rumänischen Gedichten und ihren deutschen Übersetzungen und ging damit die Wendeltreppe hinauf. Als ich oben angekommen war, stoppte die Musik. Das nächste Lied begann mit dem Spiel einer Flöte, das so fordernd und voller Sehnsucht war, dass ich stehen blieb und sich mein Körper mit Menschen füllte, die auf den Boden spuckten, wenn Soldaten vorbeiliefen, die mit Gewehren an Lagerfeuern saßen und sagten, »wir riskieren alles für unsere Familie, für unser Land«. Jetzt begann ein Schlagzeug zu spielen, das sich zwischen die Töne der Flöte drängte, sie zerschnitt und sich ihnen anpasste. Zusammen bildeten sie eine Musik, die meine Handgelenke zum Kribbeln brachte.

»Was ist das für ein Lied?«, fragte ich den Mann mit dem Geschenkpapier. Er zeigte auf eine CD, auf der *Underground Folklore* und der Name der Band stand. An der Kasse legte ein Mann ein Buch auf den Tisch.

»Eine gute Wahl«, sagte die Frau und zog es über den Scanner.

»Dickens, einer meiner Lieblingsautoren«, sagte der Mann auf Rumänisch mit einem Akzent, den ich nicht zuordnen konnte. Mit den schulterlangen Haaren und dem kurzen Bart sah er aus, als sei er gerade aus einer Musketier-Verfilmung gefallen.

»Sie sind nicht von hier«, stellte die Frau fest, »nicht wegen Ihrer Sprache«, fügte sie schnell hinzu. »Sie sprechen sehr gut«, sie legte den Kopf zur Seite, »aber da ist etwas in ihrem Gesicht, eine Offenheit, das haben die Menschen hier nicht. Sie sehen aus wie jemand, dem es immer gut ging. Wo kommen Sie her?«

»Amerika«, sagte der Mann, und die Frau nickte. »Wir haben lange auf die Amerikaner gewartet«, sagte sie. »Sie sind frei, wir sind es nicht.«

Ich schaute auf die Uhr.

»Sie können auch zu mir kommen«, sagte der Mann und räumte das Geschenkpapier zur Seite. Ich bezahlte und hielt ihm Lias Zettel hin. Er runzelte die Stirn und sagte, das müsse er bestellen. Ich nickte, gab ihm meine Telefonnummer und Lias Adresse.

Draußen suchte ich die Band auf meinem Handy, drückte die Kopfhörer in die Ohren, dachte an die seltsamen Worte der Frau hinter der Kasse und dann, dass eine Buchhandlung eigentlich ein guter Ort war, um über Freiheit zu sprechen.

Die Bar befand sich in einer Gasse, die so schmal war, dass ich mit den Händen beide Seiten berühren konnte. Von oben kam das Piepsen junger Schwalben, vor mir wellte sich ein Schild im leichten Wind. Kaum dicker als ein Stück Pergament hing es an einer Metallstange. Darauf stand *Déjà-vu*, daneben drei Striche, die ein Martiniglas formten. Ich drückte gegen die runde Tür und trat auf ein Podest, von dem aus der ganze Raum zu überblicken war, die Theke auf der einen, die Bühne auf der anderen Seite und die als Tische aufgestellten Bierfässer in der Mitte, an denen vereinzelt Menschen saßen. Mit den Backsteinbögen ähnelte der Raum dem Keller der Buchhandlung, nur dass die Wände höher, die Bögen weiter geschwungen waren und nicht der Geruch von Kaffee und frisch gedruckten Büchern in der Luft hing, sondern der nach abgebrannten Kerzen und Honig. Ich stieg die Treppe hinunter, ging auf die Frau mit den grellroten Haaren zu, die hinter der Theke Gläser polierte, und bestellte eine Limonade. Wartend betrachtete ich die Seifenstücke auf dem Bierfass neben mir, weiße Blöcke, mit unregelmäßigen Kanten, in die Blüten und Kräuter gemischt waren. Jede Seife war mit einem Streifen Papier umwickelt, auf dem mit Tinte ein *R* geschrieben stand. Ich griff nach einer Seife mit Lavendelblüten.

»Beruhigend und angstlösend«, sagte jemand neben mir. Ich zuckte zusammen, drehte mich um und schaute in grüne Augen.

»Riecht gut«, antwortete ich und trat einen Schritt zurück.

»Wenn du Fragen hast, frag die Herstellerin«, sagte die junge Frau und zeigte auf ihr Gesicht, »ich bin im Tanzsaal.« Sie drehte sich um, durchquerte den Raum und verschwand durch die Tür neben der Bühne, etwas an ihren Bewegungen erinnerte mich an Lias Perserkatze.

Ich legte die Seife zurück und setzte mich mit meinem Getränk an einen Tisch in der Ecke. Die Limonade schmeckte fruchtig und bitter. Ich blätterte in dem Prospekt, den ich von der Theke mitgenommen hatte, überflog Werbeanzeigen für Museen und Festivals und stoppte bei einem Artikel, über dem das Foto einer Frau mit schwarzem Schleier gedruckt war. Es ging um eine Ausstellung über die am Rhein geborene ehemalige rumänische Königin, die Theaterstücke schrieb, rumänische Märchen übersetzte und den Tod ihrer Tochter nie überwinden konnte. Ich dachte an Nicu, der in Deutschland gewesen war, als sein Vater einen Herzinfarkt hatte, und der noch immer in Deutschland war, als sein Bruder erschossen wurde.

Die Bartür öffnete sich, aber es war nur eine Gruppe junger Frauen in kurzen Röcken. Ich bereute, nicht die seidige Bluse angezogen zu haben, schaute auf die Uhr und stand auf, um mir auf der Toilette Lippenstift aufzutragen. Als ich eintrat, wurde in einer der Kabinen die Spülung betätigt. Die Seifenherstellerin kam heraus und zog ihr beigefarbenes Kleid mit den dünnen Trägern zurecht.

»Und schon sehen wir uns wieder«, sagte sie und lachte mit gleichmäßigen Zähnen. Ich schaute in den Spiegel, bereute ein weiteres Mal, das T-Shirt angezogen zu haben, und malte mir einen bordeauxfarbenen Mund. Der Ton war in den letzten Jahren genau richtig gewesen, nicht zu grell und nicht zu sanft, passend zu meinen Haaren und meiner Laune, einer Mischung aus Rot und Schwarz. Jetzt erschien mir die Farbe zu dunkel, trotzdem malte ich weiter, bis die Ränder perfekt waren. Die Frau beobachtete meine Bewegungen, ich presste die Lippen auf ein Taschentuch, fand keinen Mülleimer und warf es in eine Toilette. Langsam sank der Kuss auf den Grund.

Mein Handy vibrierte. Eine Nachricht von Marius, es tue ihm leid, aber er würde es nicht schaffen, er müsse zu Hause bleiben, das Kind sei krank, wir würden uns ja bei der Familienfeier sehen. Enttäuscht und wütend trat ich aus der Kabine, die Frau stand noch immer da. Nebeneinander wuschen wir uns die Hände und schauten auf unsere Gesichter im Spiegel. Meines war rund, die Haare schulterlang und hellbraun, ihres schmal, die Haare schulterlang und tiefschwarz.

»Schöne Kette«, die Frau zeigte auf die Goldkette mit dem hellblauen Stein um meinen Hals.

»Danke, ist von meiner Großmutter«, antwortete ich, und wir gingen hinaus. Sie lief mit Keilabsatz-Sandalen vor mir her, ich blieb auf halbem Weg zwischen der Bar und meinem Platz stehen.

»Willst du schon gehen?«, fragte sie, schaute auf mein Glas und sagte, ich müsse erst noch einen Cocktail probieren.

»Komm, ich empfehl dir einen.« Sie berührte mich an der Schulter. »Ich heiße Raluca.«

»Ana«, sagte ich.

Mittlerweile standen mehrere Menschen vor der Theke, Raluca ging an ihnen vorbei auf die Barfrau zu und bestellte »drei 89er«. Ich brauchte einen Moment, bis ich verstand, dass sie Cocktails meinte.

»Was ist da drin?«, fragte ich.

»Viel Asche, Blut und Wodka«, antwortete Raluca und lachte.

Ich starrte sie verwirrt an.

»Keine Angst, sie ist etwas verrückt«, sagte ein Mann hinter mir und stellte sich mit einer Verbeugung als Viorel vor. Mit seinem schmalen Gesicht und den glatten schwarzen Haaren hätte er Ralucas Bruder sein können, nur dass er sie auf den Mund küsste.

»Er ist der Verrückte«, flüsterte sie mir zu und zwinkerte.

Viorel erklärte, dass die Bier- und Weinsorten alle in der Nähe der Stadt hergestellt wurden, um kleine Betriebe zu unterstützen. Die Cocktails seien nach Daten der europäischen Geschichte benannt.

»Ein Freund von Raluca ist der Besitzer, und sie ist für die Internetsachen zuständig«, fügte Viorel hinzu und drückte sie an sich. Raluca winkte ab und reichte uns Kupferbecher. Wir hielten sie in die Höhe, an den Rändern klemmten Holzklammern, auf denen *1989* stand, und ich dachte an den Mauerfall.

»Auf die rumänische Revolution!«, sagte Viorel.

»Auf deine erste Nacht im *Déjà-vu* und auf deine neue Rolle!«, sagte Raluca und schaute erst mich und dann Viorel an.

»*Noroc*!«, sagte ich, dachte an Marius und hätte mir fast mit der Klammer ins Auge gestochen. Der Cocktail schmeckte nach Wodka, Rhabarber und Ingwer und hinterließ einen metallenen Geschmack auf den Lippen.

Wir stellten uns um eines der Bierfässer, ich fragte Viorel nach seiner neuen Rolle, und er erzählte, dass er in Bukarest eine Serie drehe. Er spiele einen aufsteigenden Mafiaboss, ein

»charismatischer Mann mit einem Geheimnis, ein sehr interessanter Charakter, diese Verlorenheit der Figur, seine Suche nach etwas, an das er glauben kann, die zwei Herzen in seiner Brust«. Viorel schaute über uns hinweg auf die Backsteine oberhalb der Bar, die Hand auf sein schwarzes T-Shirt mit V-Ausschnitt gelegt.

»Raluca! Viorel!«, schrie jemand neben uns. »Nise!«, rief Viorel. Ein Mann mit langen, lockigen Haaren kam auf uns zu, presste uns gegen sein Band T-Shirt und küsste uns auf die Wangen.

»Ana«, sagte ich.

»Nise, von Dionysos, der Gott des Weins und der Fruchtbarkeit«, sagte er, und ich lachte, bis ich merkte, dass er es ernst meinte und zu husten begann. Er habe sich gerade ein Getränk holen wollen, sagte Nise, was er uns mitbringen könne. Raluca nannte eine weitere Jahreszahl und sagte, er solle alles über sie bestellen. Als Nise zurückkam, hielt er vier Gläser mit Klammern in den Händen, auf denen *1784* stand. Wir stießen an, und Nise begann mit einem Monolog über den »Horea-Aufstand, der Aufstand unterdrückter, rumänischer Bauern gegen den ungarischen Adel. Sehr interessant, weil nur wenige Jahre vor der Französischen Revolution …«

Raluca und Viorel küssten sich eng aneinandergedrückt, und ich versuchte mich auf Nise zu konzentrieren, doch immer wieder schweiften meine Gedanken ab. Erst als er plötzlich still war und mich erwartungsvoll anschaute, merkte ich, dass ich nicht wusste, was er in den letzten zehn Minuten gesagt hatte.

»Entschuldigung«, rief ich, »die Musik ist so laut.«

»Die Anführer wurden zum Tode verurteilt, Crişan hat sich im Gefängnis erhängt, Horea und Cloşca wurden öffentlich gevierteilt«, schrie er, und ich verschluckte mich.

»Nise!«, rief jetzt Raluca. »Drehst du uns Zigaretten, du drehst die besten.« Nises Blick hellte sich auf, und er zog eine Packung Tabak aus der Hosentasche. Wir unterhielten uns, die Bar wurde voller, Raluca brachte ihre Seifen in Sicherheit und kam mit zweimal Rumänische Revolution 1848 und zweimal Rumänische Revolution 1989 zurück. Ich dachte an den Behördentermin am nächsten Tag, stieß mit den anderen an, das Licht, die Geräusche und die Menschen um uns herum wurden zu einer pulsierenden Masse, deren Teil ich geworden war.

Wieder stießen wir mit bunt bemalten Keramiktassen an. Raluca hielt die Klammer mit der Zahl 1918 in die Höhe und verkündete, man müsse die Geschichte vor dem Trinken vom Becherrand nehmen, sonst steche sie einem ins Auge. Ich lachte und war mir nicht sicher, was sie meinte, doch in diesem Moment hätte ich über alles gelacht, was sie sagte. Nises Lippen erzählten vom Königreich Rumänien und von Siebenbürgen, von der Vereinigung vor hundert Jahren und dem Nationalfeiertag am 1.Dezember, und in meinem Kopf legte sich ein Schalter um, der mich aus der Masse hinauskatapultierte. Klar und allein stand ich da und sah Nicu im weißen Bett liegen, die Sonnenblume zwischen den Fingern.

»Warum heißt die Bar eigentlich Déjà-vu?«, rief ich, um das Thema zu wechseln.

»Weil es wichtig ist, seine Geschichte zu kennen, alles wiederholt sich«, antwortete Viorel und drehte sich im Kreis.

»Das reicht aber jetzt mit der Geschichte. Das kann Ana später im Internet nachlesen, dafür mache ich es ja …«, rief Raluca, aber Viorel setzte erneut an: »Du denkst, du kannst alles haben, was du willst, kannst sein, wer du willst, und plötzlich passiert etwas, von dem du dachtest, dass es nie wieder passieren wird …«, er schaute mir in die Augen und kam auf mich zu, »… und du erinnerst dich an das, was deine Eltern, deine Großeltern erlebt haben. Und obwohl du gedacht hast, du lebst jetzt in einer anderen Welt, fühlst du dich auf einmal wie sie, und es stimmt, die Welt ist heute eine andere, aber die Wünsche bleiben gleich, Menschen wollen immer Macht, wollen immer Freiheit.« Jetzt stand er direkt vor mir, ich konnte seinen Atem auf meiner Haut spüren und fragte mich, ob gerade sein Filmcharakter oder er selbst gesprochen hatte.

»Genug davon«, sagte Raluca.

Viorel ging einen Schritt zurück und schaute uns alle an: »Deshalb müsst ihr zu der großen Demonstration in Bukarest in zwei Wochen kommen!«

Raluca klatschte in die Hände. »Ich geh jetzt tanzen!«, sie griff nach meiner Hand. Wir schlängelten uns zum Tanzzimmer, traten ein und ich löste mich auf. Die Zeit begann von einem Moment zum anderen zu springen, eine Minute wurde zur Ewigkeit, und eine Stunde ging verloren. Ich sah Ralucas Haare fliegen, sah Viorel jemandem über die Wange lecken, sah einen Umriss die Stange hinaufklettern und Karten in die Menge werfen, hob eine auf und konnte die Buchstaben nicht lesen, die nicht stehen bleiben wollten, sah den DJ hinter seinem Pult schreien, sah meine Hände in der Luft, sah Raluca und Viorel nicht mehr, sah Nises Hände, die Hemdknöpfe öffneten, fühlte seine Hüfte, drehte mich um, tanzte davon und fühlte etwas Weiches unter mir.

Ich lag neben Raluca auf dem Sofa, wir bliesen Rauch in die Luft und formten Kreise und Linien. Um uns herum war es still, in meinen Ohren rauschte es, und dazwischen war Ralucas Stimme zu hören, die erzählte, wie sie nach der Schule ins Ausland gegangen war wie fast ihr ganzer Jahrgang, erst zu ihrer Mutter nach London, was nicht lange gut ging, dann an andere Orte.

»Aber, weißt du, ich habe jedes Mal festgestellt, ich hab mich immer mitgenommen«, rief sie und schickte einen Kreis zu meinem Kreis.

»Was?«, rief ich.

»Ich hab mich mitgenommen«, rief sie.

»Und Viorel?«

»Den habe ich beim Bogenschießen kennengelernt.«

»Was?«

»Beim Bogenschießen in Berlin, da war ich einen Sommer, und dann sind wir geblieben, bis ich das Haus von meinen Großeltern hier geerbt habe.«

»Was?«, rief ich, merkte plötzlich, dass wir Englisch sprachen, und konnte mich nicht erinnern, wann wir die Sprache gewechselt hatten. Raluca sprang auf.

»Seit ich zurück bin«, sie zog an ihrer Zigarette, »seit ich zurück bin, hab ich das erste Mal das Gefühl, genau da zu sein, wo ich sein will, wo ich sein soll. Verstehst du?«

Ich nickte, Raluca legte den Kopf schief.

»Und du?«, fragte sie. Ich wurde rot und murmelte etwas von Dingen, die ich erledigen musste, und meiner Familie.

»Komm schon!«, sagte Raluca und zog an meinen Schultern. »Erzähl! Warum bist du hier?«

»Es gibt da einen Prozess«, sagte ich schließlich, es war schwer, Sätze zu bilden, ich hatte zu viel getrunken und keine Lust auf die Fragen, die an dieser Stelle immer kamen.

Doch Raluca wiederholte nur: »Einen Prozess! Dieses ganze Land ist ein einziger Prozess! Erzähl mir mehr!«

Und ich lehnte mich zurück, zog noch einmal an der Zigarette, blies den Rauch in die Luft über uns und ließ daraus ein Schiff werden. Dann erzählte ich von den Sommerferien im Dorf, von Marius, von unserem Nussbaum, auf dem wir saßen und Ritter waren, und von Nicu, der nach Rumänien fuhr, um nach dem Gemälde zu suchen. Und auf einmal sagte ich: »Ich hätte ihn nicht gehen lassen sollen, ich hätte früher fliegen müssen …«, und Raluca drückte mich an sich.

»Das Schlimmste ist«, redete ich weiter, »dass ich nicht einmal genau weiß, was passiert ist, als er auf den Berg ging und ohnmächtig in einer Hütte gefunden wurde, warum wurde er ohnmächtig in einer Hütte gefunden? Ich hätte früher da sein müssen, manchmal fühle ich mich so schwach, aber bei Nicu, ich hätte doch alles für ihn getan, ich wollte, dass er glücklich ist, wollte ihn so gerne glücklich machen. Warum konnte ich nicht früher fliegen? Warum konnte ich ihn nicht retten?«

Wir schwiegen.

»Weißt du«, sagte Raluca irgendwann, »es gibt Menschen, die kann man nicht retten. Meine Großmutter hat einmal gesagt, ›wenn ich eine Sache gelernt habe, dann ist es, dass man einen anderen Menschen nicht für immer glücklich machen kann‹.«

Etwas Nasses lief über meine zu Ralucas Wange, alles kippte, und das Schiff löste sich in Rauch auf. Dann stand Viorel vor uns. Das Licht hinter ihm war blau, und er streckte seine Arme aus. Raluca zündete sich eine Zigarette an, und ich stand auf, und er drehte mich im Kreis, und wir stießen zusammen. Und plötzlich war da dieses große Bedürfnis, ihn zu küssen, also küssten wir uns, und dann waren wir draußen und rannten durch die Gassen wie durch Jahrhunderte.

Außer unseren Schritten war alles still, das Licht der Laternen schien golden auf die Steine. Raluca und Viorel liefen vor mir, bogen um die Ecke, und ich hörte ein Platschen. Raluca war in einen Brunnen gesprungen, Viorel sprang hinterher, und dann war auch ich im Wasser, alles drehte sich, war da und löste sich auf, war rauschend und still. Ich legte den Kopf auf den Brunnenrand, suchte im Sternenhimmel nach dem Großen Wagen, Raluca fand ihn zuerst, »da ist der Große Bär«, sagte sie. »Nein, der Große Wagen«, sagte ich. »Das ist dasselbe«, sagte Viorel, irgendwo heulten Hunde. Viorel richtete sich auf, kletterte aus dem Brunnen, krümmte sich und sprang hin und her.

»Wölfe! Bären! Sie werden uns fressen, kommt! Wir müssen uns verstecken!«, er griff nach unseren Händen. Wir rannten durch weitere Gassen und Straßen, über Kopfsteinpflaster vorbei an zusammengeketteten Stühlen und Tischen. Jetzt waren wir am *Dicken Turm*, ich blinzelte den Häusern mit den schläfrigen Augen zu, die beiden blieben stehen.

»Kommst du mit hoch?«, fragte Viorel, und es dauerte einen Moment, bis ich verstand, dass sie hier wohnten, und ich schaute auf das Haus und sah, wie sich der Himmel rosa färbte. Der

Behördentermin, dachte ich, schaute in die Gesichter der beiden, alles zog mich zu ihnen, aber ich rief: »Ich muss gehen, jetzt, sofort!«, und küsste sie auf die Wangen.

»Warte«, rief Raluca und suchte in ihrer Tasche nach einem Zettel, schrieb etwas darauf und gab ihn mir. Ich rannte los, die Kleidung klebte an meinem Körper, meine Sandalen waren nass. Nach einigen Metern drehte ich mich noch einmal um, doch die beiden waren verschwunden. Vor dem Haus stand ein hoher Holzbalken, in dem Metallstücke steckten und auf dessen Ende ein steinerner Drache saß, der mir nachschaute.

Das Passamt

Als ich am nächsten Tag vor dem Passamt stand, war mir noch immer übel. Ich hatte lange geschlafen und war zum ersten Mal aufgewacht, als Judit anrief und mich erinnerte, dass ich am Samstag mit in das Rumänische Haus kommen musste, das zweite Mal von der Mittagshitze, die im Glashaus kaum zu ertragen war. Ich rollte mich aus dem Bett, duschte erst warm und dann kalt und versuchte Übelkeit und Kopfschmerzen mit Essen, Tee und Tabletten aus meinem Körper zu spülen, was nicht klappte. Die nächsten Stunden lag ich im Garten unter einem Kirschbaum und beobachtete die Perserkatze, die hinter dem Efeu an der Mauer hervorkam und sich in der Sonne ausstreckte.

»Hallo *pisică*«, murmelte ich gähnend.

Die letzte Nacht kam mir unwirklich vor, ich konnte mich nicht mehr an den Weg nach Hause erinnern, und auch die

Stunden davor sprangen als einzelne Bilder in meinem Kopf umher. Ich sah mich mit Raluca auf dem Sofa sitzen und hörte eine Stimme von Dingen erzählen, die sie noch nie jemandem erzählt hatte. Ich sah Viorels Mund auf meinen zukommen und fragte mich, warum Raluca nichts gesagt hatte, ob sie uns nicht gesehen hatte oder es ihr egal gewesen war. Ich konnte weder sie noch Viorel einschätzen, sonst hatte ich das Gefühl, immer den gleichen Charakteren in unterschiedlicher Umgebung zu begegnen, bei den beiden war es anders.

Das Passamt war in einem der Jahrhundertwende-Häuser im Stadtzentrum untergebracht. Neben der hohen Holztür listeten Messingschilder auf, welche Behörden und Anwälte in den Etagen zu finden waren. Ich trat ein. Gleich drei aufgestellte rote Pfeile zeigten auf die Tür des Amtes, vor der ein Polizist an der Wand lehnte. Kaugummi kauend untersuchte er seine Fingernägel, schaute erst auf, als ich vor ihm stand, stieß sich von der Wand ab und fragte, ob ich einen Termin hätte. Die Goldkette um seinen Hals fiel nach vorne. Ich nickte, und er begann murmelnd in den Taschen seiner Uniform nach etwas zu suchen.

»Wie bitte?«, fragte ich.

»Wollen Sie eine Wartenummer, oder soll es schneller gehen?«

»Aber ich habe einen Termin.«

»Jaja«, sagte er und suchte noch immer, »aber wollen Sie eine Wartenummer, oder soll es schneller gehen?« Ich starrte ihn an, in seinen blauen Augen war ein Blitzen, als würde er mich gleich nach meiner Telefonnummer fragen.

»Wartenummer«, sagte ich, und schon hielt er eine riesige Rolle in der Hand, von der er eine Nummer abriss. Ich trat durch die Tür in das Weinen von Kindern und Diskutieren von Erwachsenen hinein. Obwohl die Fenster geöffnet waren und sich an der Decke ein Ventilator drehte, war es unglaublich heiß. Hinter der Glasscheibe des Schalters stand eine Frau mit kurzen blonden Haaren, die mit düsterem Gesichtsausdruck auf die Menschen vor sich starrte. Ich stellte mich in die Schlange, holte meine Wasserflasche heraus und trank langsam. Als sie leer war, stand ich vor der Frau, die Papiere von einem Stapel auf den anderen sortierte.

Ich sagte: »*Bună ziua*!«

Sie sortierte weiter.

»*Bună ziua*!«, sagte ich ein weiteres Mal.

»Ja?«, fragte sie und schaute mich mit einem Gesichtsausdruck an, als würde ich sie bei einer sehr wichtigen Tätigkeit stören. Ich erklärte, dass ich einen Termin hätte, sie schaute über meine Schulter in Richtung des Polizisten und dann zu mir.

»Was ist Ihre Nummer?«

Ich hielt meinen Zettel hoch, und sie deutete auf einen Monitor mit einer blinkenden 0.

»Das Gerät funktioniert nicht«, sagte ich.

»Ich rufe Sie auf«, sagte die Frau und zeigte auf die Stühle.

Ich setzte mich, so nah es ging, an die geöffneten Fenster. Der Stuhl war hart, und mir war noch immer übel, trotzdem fühlte ich mich besser als im Warteraum der Behörde einige Tage zuvor. Ich lehnte den Kopf an die Wand und schloss die Augen. Raluca hatte mir ihre Telefonnummer aufgeschrieben, aber ich war mir nicht sicher, ob ich die beiden wiedersehen wollte. Ich sah ihre Gesichter vor mir, schmal mit hohen Wangenknochen und heller Haut. Wenn ich an Viorel dachte, musste ich lächeln, wie wahrscheinlich alle lächelten, wenn sie an ihn dachten. Er hatte etwas Leuchtendes, das einen mitreißen konnte, und gleichzeitig etwas anderes, irgendwie Dunkleres, das ich nicht benennen konnte. Raluca war ähnlich und auch anders. Wenn sie einen Raum betrat, schauten die Männer ihr hinterher, gleichzeitig war sie ruhiger, weniger impulsiv, und wenn sie eine Frage stellte, wollte sie die Antwort wissen. Ich hatte mich von ihr verstanden gefühlt, so wie ich mich von Marius verstanden gefühlt hatte, nur dass sie eine Fremde war, was es aufregender machte.

Ich öffnete die Augen und schaute auf die blinkende o und die Frau am Schalter, die sich mit einem jungen Mann unterhielt. Dann holte ich den neuen Gedichtband aus der Tasche und begann darin zu blättern. Ich las hier und da eine Zeile, schloss das Buch, öffnete es wieder und versuchte mich auf ein Gedicht zu konzentrieren. Ich las:

In einem Einmachglas,
ganz vom Regen naß,
sitzt ein blauer Polizist,
der einen grünen Apfel ißt.

Ich dachte an den Polizisten mit der Goldkette und konnte seinen Blick auf mir spüren. Ich schob die Schultern nach hinten und las weiter.

In einer Konditorei,
heute mittag um 1/2 3,
kauft einer Himbeerbrot,
seine Zunge ist rosenrot.

In einem Zimmer,
bei Kerzenschimmer,
dichtet ein Mann,
was man heute so dichten kann.

Hätt' ich die drei nicht besungen,
das Herz im Leib,
das Herz im Leib,
es wäre mir zersprungen.

»Nummer 245!«, rief die Frau, ich zuckte zusammen, ging an der Schlange vorbei und stellte mich vor den Schalter. Die Frau schaute mich schweigend an, und ich erklärte, dass ich dringend einen neuen Pass bräuchte. Sie griff nach einem Stapel Papier, schob ihn durch den Spalt unter der Scheibe, zeigte mit dem Kugelschreiber auf mich und sagte: »Ausfüllen.«

Ich erklärte, dass ich den Pass besonders schnell bräuchte. Sie sagte, dass es sechs Wochen dauere, drehte sich um und rief der Kollegin im Hinterzimmer etwas zu. Ich räusperte mich und erklärte noch einmal, dass es schnell gehen müsse.

»Mir wurde gesagt, dass es einen Pass gibt, der schneller ausgestellt werden kann.«

»Ah, Sie wollen einen *paşaport temporar,* warum haben Sie das nicht gesagt?«, fragte sie, zog die Papiere wieder zurück, griff nach einem anderen Stapel, schob ihn mir zu und rief: »Nummer 144!«

Ich nahm die Blätter und trat einen Schritt zur Seite. An den Schalter gelehnt buchstabierte ich mich durch die eng bedruckten Seiten. Immer wieder musste ich Zeilen leer lassen, da ich nicht verstand, was ich dort eintragen sollte. Ich wartete auf eine Lücke vor dem Schalter, sprang hinein und hielt der Frau die Papiere hin.

»Was ist das?«, fragte sie und zeigte auf die frei gelassenen Stellen. Ich erklärte, sie seufzte und begann mir die richtigen Sätze zu diktieren. Mit schwitzigen Fingern schrieb ich undeutlich mit und schämte mich, dass ich noch nie auf Rumänisch geschrieben hatte. Die Frau blickte auf meine Schrift und seufzte wieder. Als ich fertig war, riss sie die Papiere zu sich und streckte die Hand aus.

»Der alte Pass, Personalausweis und Geburtsurkunde«, sagte sie, und die Kinder im Warteraum weinten lauter. Ich suchte in meiner Tasche nach den Dokumenten. Schnell hatte ich den rumänischen Pass gefunden, holte meinen deutschen Personalausweis aus dem Portemonnaie und schob ihr beides zu. Sie klappte den Pass auf, schaute auf das Foto, dann in mein Gesicht, nahm die deutsche Karte und drehte sie in den Händen.

»Das ist kein rumänischer Personalausweis«, stellte sie fest. Ich erklärte, dass ich in Deutschland wohne.

»Ah, *domiciliul în străinătate*«, sagte sie. Das hätte ich am Anfang sagen sollen, dazu gäbe es ein anderes Formular. Sie griff wieder in ihren Stapel und knallte mir andere Papiere hin. Die Geburtsurkunde bräuchte sie noch.

»Eine rumänische Geburtsurkunde?«, fragte ich vorsichtig.

»Natürlich«, antwortete sie. »Wir sind hier in Rumänien, die Geburtsurkunde ist blau.« In meinem Kopf erschien die Erinnerung an ein blaues DIN-A4-Blatt, auf dem mein Name stand. Ich hatte es seit Jahren nicht mehr gesehen.

»Die habe ich leider nicht, aber auf meinem Pass steht meine Identifikations…«, begann ich. Die Frau zog die Papiere wieder zurück.

»Dann geht es nicht«, sagte sie und schrie: »Nummer 15!«

Ich war kurz davor, mich den weinenden Kindern anzuschließen, atmete tief ein und aus und erklärte ihr sehr langsam, dass ich dringend den Pass benötigte. Die Frau zuckte nur mit den Schultern.

»Sie brauchen die Geburtsurkunde.«

»Die habe ich nicht dabei.«

»Dann müssen Sie eine neue beantragen.«

»Wo kann ich das machen?«

»In Bukarest.«

Ich schaute sie verständnislos an. Sie nahm ein kleines Stück Papier, schrieb »Geburtsurkunde, blau, Bukarest« darauf und schob es mir zu. Ich nahm den Zettel und ging mit schnellen Schritten durch den Raum. Der Polizist trat einen Schritt zurück und tippte seine Finger gegen die Mütze.

»Bis zum nächsten Mal, *domnişoară*, stets zu Diensten«, sagte er mit einem Zahnstocher zwischen den Lippen. Als die Tür hinter mir zufiel, sprang ich die Treppe hinunter und lief durch den Park, ging an Schach spielenden Männern und Roma-Frauen vorbei und lief durch gurrende Tauben, die sich um sich selbst drehten. Die ganze Situation auf dem Passamt kam mir so absurd vor, dass ich anfing zu lachen. Ich trat fester auf, die Tauben flatterten und flogen, graue Geister voller Parasiten. Ich lief weiter, eine Frau mit dickem Make-up und ein Mann mit dickem Bauch kamen mir entgegen, und ich dachte, dass ich auch so etwas bräuchte, dicke Schminke oder einen dicken Bauch, zwischen mir und der Welt.

»So ist das bei uns, Menschen aus anderen Ländern haben keine Ahnung, wie es hier läuft«, sagte Adriana und blies Rauch aus dem Küchenfenster. Von oben waren die Stimmen der Zwillinge zu hören, die nicht ins Bett gehen wollten, und Iancu, der geduldig auf sie einredete. Ich biss in mein Brot, das so dick mit *salată de vinete* bestrichen war, dass die Auberginencreme meinen ganzen Mund ausfüllte. Jetzt sei es zu spät, aber nach dem Wochenende würde sie die Familienanwältin anrufen, vielleicht gäbe es noch eine andere Möglichkeit, als nach Bukarest zu fahren, fuhr Adriana fort. Iancu kam mit dem Handy in der Hand die Treppe herunter.

»Ah, Adriana«, sagte er, »du willst etwas abholen?«

»Die alten Westen, weißt du, wo sie sind?«

»Wahrscheinlich in der Dunkelkammer«, sagte Iancu stirnrunzelnd. Adriana drückte ihre Zigarette aus und ging hinauf.

»Mach dir keine Sorgen wegen des Passamtes, das bekommen wir hin«, sagte Iancu.

»Welche Westen sucht Adriana?«, fragte ich.

»Schlagschutzwesten, Lia hat uns früher welche genäht, sie nützen nicht viel, ich weiß auch nicht, was Adriana damit will. Übrigens, ich fahre am Samstag ins Dorf, wenn du mitwillst.«

Sein Handy klingelte. »Die Arbeiter, ich muss kurz …«, er nahm ab.

»Ana! Sagst du uns Gute Nacht?« Die Zwillinge standen in rosafarbenen Schlafanzügen auf der Treppe.

»Einen Moment«, sagte ich und schob mir das restliche Brot in den Mund.

Nachdem ich die Mädchen wieder ins Bett gebracht hatte, legte ich mich in die Hängematte. Die Berge wurden von der untergehenden Sonne in rosa-blaue Pastelltöne getaucht. Ich überlegte, wie sich Nicu jetzt fühlen würde, wenn er hier wäre, und fragte mich, warum er mir so viel von dem Gemälde und so wenig über das Haus erzählt hatte. Vielleicht, weil das Haus so alt und die Familie so groß war, dass ich kaum etwas davon bekommen würde, vielleicht, weil wir kein Geld hatten, um die Reparaturkosten zu übernehmen. Jeden Abend hatte Nicu mit der Yogamatte zwischen den hohen Bücherregalen im Flur gestanden. Er war fast achtzig, sein Rheuma war zurückgekommen, trotzdem verließ er jeden Tag die Wohnung, um Yoga und Philosophie zu unterrichten. Meine Mutter hatte als Kindergärtnerin immer mehr verdient als er, was nie ausgesprochen wurde und immer zwischen ihnen hing. Seit der ersten Klasse wusste ich, dass meine Eltern am wenigsten verdienten, sogar weniger als die Eltern von Massimo, die Geld vom Staat bekamen, was ich einmal angesprochen haben musste, denn ich erinnerte mich an Nicus Worte: »Ich bin nicht nach Deutschland gekommen, um vom Staat abhängig zu sein.«

Einmal im Jahr bestand Nicu darauf, Elisabeth in die Oper einzuladen. An diesem Tag zog sie ihr langes Kleid und den Verlobungsring an und er einen Anzug und die Manschettenknöpfe seines Vaters. Nachdem sie die Wohnung verlassen hatten, legte ich mich ins Bett, um zu lesen, und machte das Licht erst aus, wenn die Kirchturmglocke zwölf Mal schlug, denn kurze Zeit später drehte sich der Schlüssel im Schloss. Dann schlich ich zur Zimmertür und spähte hinaus. Meine Mutter zog lachend und weinend die hohen Schuhe aus. Mein Vater öffnete leise singend die Krawatte. Beide sahen glücklich aus.

Einige Wochen bevor Nicu nach Rumänien flog, lud ich ihn ins Theater ein, wo ich neben dem Studium an der Garderobe arbeitete. Arm in Arm gingen wir zur Bushaltestelle, die Menschen lächelten uns zu, sie wussten nicht, dass er an diesem Tag besonders starke Knieschmerzen hatte und ich ihn stützte. Während der Fahrt erzählte Nicu, wie er mit seinen Eltern und Geschwistern jede Woche ins Theater gegangen war, schon sein Großvater hatte ein Abonnement gehabt und natürlich, als Bankdirektor, eine eigene Loge. In der Pause kaufte Nicu zwei Gläser Champagner, ich sagte, »das ist doch viel zu teuer«, aber er lächelte nur. Wir lehnten uns an das samtbezogene Geländer, schauten auf den Kronleuchter über dem Foyer, und Nicu reichte mir eine Schachtel. Darin lag eine dünne Goldkette mit einem Anhänger. »Von meiner Mutter«, sagte er.

»Der Stein sieht aus wie eine Träne«, sagte ich.

Ich blieb noch eine Weile in der Hängematte liegen, bis es so kühl wurde, dass ich Gänsehaut bekam. Dann ging ich zum Bett und breitete die Decke über mir aus. Durch das Glasdach war der Himmel zu sehen, ein Stern nach dem anderen erschien im Schwarz der beginnenden Nacht.

Lügenbrücke

Am nächsten Tag war ein Knoten in meiner Brust. Ich machte Liegestütze auf der Terrasse, doch er zerrte weiter. Ich versuchte zu schreiben, aber er löste sich nicht. Schließlich klappte ich den Gedichtband auf.

Züge dürfen nicht grau sein.
Sie nehmen so alle Farbe mit.
Und man bleibt zurück,
ihnen ähnlich,
voll fremder Leute.

Ich wiederholte die Zeilen so oft, bis ich sie verstand, dachte an die Fotos aus der Dunkelkammer und beschloss, etwas anderes zu versuchen, um die vielen Leute in mir loszuwerden. Mit meinem Handy in der Hand ging ich die Treppe hinunter, filmte die Lichtstreifen auf dem beigen Teppichboden, ging ins Badezimmer und schwenkte über den hellblauen Boden zur hellblauen Badewanne, in der Marius und ich im Schaumbad gesessen und mit leeren Shampooflaschen gespielt hatten. In der Küche filmte ich die rote Metallkanne und die Eckbank im Orange der siebziger Jahre, in der Abstellkammer die Einmachgläser mit Gurken und Paprika und die Sirupgläser mit Tannenspitzen, Rosenblättern und Holunderblüten. Ich zögerte einen Augenblick, dann filmte ich auch die Plastikflasche, auf der Nicus Name stand. Kurz hörte ich die Fliegen am Klebestreifen aufschreien, dann war es still. Ich zählte die Sekunden, das Handy zitterte, aber ich hielt es weiter auf die roten Buchstaben gerichtet und sah zu, wie sich die Geschichte ablöste, wie sie herausgezogen wurde, bis die Flasche wieder zu dem geworden war, was sie sein sollte, ein Behälter, der Flüssigkeit enthielt.

Im Wohnzimmer wartete ich auf das Schlagen der Wanduhr und drückte die aufgesprungenen Tasten des Klaviers hinunter. Nicu hatte hier oft gesessen und gespielt, während ich auf einer alten Geige übte, die er in einer Kiste gefunden hatte und in Deutschland restaurieren ließ. Ich hatte immer Klavier spielen wollen, liebte die klaren Töne, das Gefühl der glatten Tasten unter den Fingern. Mit Nicu zusammen durfte ich einfache Melodien spielen, Unterricht nehmen durfte ich nicht. Unterricht gab es nur im Geigenspielen, bei einer Lehrerin, die mein Vater bei einem Treffen der Exilrumänen kennengelernt hatte und die mir das Geigenspielen beibrachte, so wie es Nicu als Kind beigebracht worden war, und wenn ich spielte, hörte er mir mit einer Mischung aus Stolz und Trauer zu, und ich wusste, ich spielte, weil er es nicht mehr konnte.

Ich war in der Garage angekommen, wo ich Werkzeuge und Heiligenbilder filmte, im Garten schwenkte ich über das Gemüsebeet, die Rosenbüsche und die noch grünen Weintrauben. Ich stellte mich vor die Vogelhäuschen, die an den Metallpfeilern der Laube hingen. Sie zeigten eine Frau im weißen Kleid und einen Mann mit Harfe. Ich fuhr mit den Fingern über die abblätternde Farbe und ließ das Handy sinken. Wer weiß, überlegte ich, vielleicht hilft das Filmen wirklich, Dinge loszulassen, ohne sie zu verlieren. Der Wind tastete über meine nackten Unterarme, und ich dachte daran, wie aufregend es gewesen war, neben Raluca auf dem Sofa zu sitzen und Rauchringe in die Luft zu blasen. Was wohl passiert wäre, wenn ich mit ihr und Viorel ins Haus gegangen wäre? »Du hättest den Termin im Passamt verpasst«, antwortete eine Stimme, »das wäre passiert.«

Am Abend ging Iancu mit den Kindern in ein Theaterstück in der neu eröffneten Mall und ich mit meinem Gedichtband in die Altstadt. Nachdem ich die Stadtmauer durchquert hatte, überlegte ich kurz, drehte mich dann nach links und lief auf das Haus zu, vor dem Raluca, Viorel und ich uns verabschiedet hatten. Über dem Eingang hing in eisernen Lettern *Casa Calfelor*, Wandergesellenhaus, ergänzt von einem QR-Code neben der geschlossenen Tür. Ich schaute zu den Fenstern hinauf, doch Raluca und Viorel waren nirgends zu sehen, also spazierte ich weiter über Kopfsteinpflaster bis zum *Piaţa Mare*, auf dem eine Bühne aufgebaut war, und durch den Tunnel auf den *Piaţa Mică*. Die Terrassen vor den Restaurants waren voller Menschen, auf der gusseisernen Brücke standen Touristen und lächelten zwischen Geranien in ihre Kameras. Ich setzte mich auf einen der Korbsessel neben der *Lügenbrücke* und bestellte eine Pizza. An den anderen Tischen wurde unter beigefarbenen Sonnenschirmen Italienisch und Französisch gesprochen, neben mir saß ein deutsches Paar in Funktionskleidung und zerteilte ein Steak. Zwischen den Tischen stand ein Flügel, ein Mann drehte den Klavierhocker auf die richte Höhe, ein zweiter holte sein Saxophon aus dem Koffer, ein dritter legte ein Tuch in seine Schlagzeugtrommel. Die Musiker begannen mit ihrem *Smooth Jazz*, und die Kellnerin kam mit der Pizza, die über den Tellerrand hing und knusprig und gut aussah. Ich biss hinein und schaute einem Mann und einer

Frau hinterher, die Hand in Hand zwischen den Restauranttischen hindurch Richtung evangelischer Kirche gingen. Auf den Schultern des Mannes saß ein kleiner Junge, und schon spürte ich, wie sich meine Kinderbeine an den Hals meines Vaters drückten, damit ich nicht von seinen Schultern fiel.

Es war eine der letzten Wochen, bevor ich in die erste Klasse kam, wie jeden Freitag hatte Nicu mich abgeholt, wir spazierten durch die Weinberge, und er erzählte mir die Geschichte eines Jungen, der fast mit der Schule fertig war, als er beschloss, die Regierung zu zerschlagen. Zusammen mit seinem besten Freund gründete er eine Gruppe, und sie schworen, sich den Partisanen in den Bergen anzuschließen, schworen, ihre Eltern, ihre Geschwister, ihre Nachbarn aus den Lagern zu befreien, wo sie zu Knochen wurden, schworen, nicht aufzugeben, niemals, bis sie die Kommunisten besiegt hätten, bis sie wieder frei waren.

Der Vater des Jungen hatte gerade seine Stelle als Anwalt verloren und sagte: Ihr werdet es nicht schaffen, Schüler, Bauern und Frauen können die Regierung nicht stürzen, sie werden euch alle erschießen. Der Junge hörte nicht auf ihn, und sie begannen, Waffen zu sammeln. Als der Geheimdienst kam, saß der Junge gerade im Lateinunterricht. Die Männer stellten sich vor die Tür und die Fenster. Einer stand vor der Tafel und las den Namen des Jungen und die Namen der Freunde vor, nur ein Name fehlte. Die Stimme des Mannes war leise und hoch und wurde zu der Stimme, die der Junge in den ersten Monaten jede Nacht hörte, wenn er in der Zelle neben den anderen lag, versuchte zu schlafen und doch nur an den Namen dachte, den der Mann nicht vorgelesen hatte: den seines besten Freundes.

Was ich als Kind immer wieder sah, wenn ich versuchte zu schlafen, waren die Menschen, die zu Knochen wurden. Mein Großvater, der nach Arbeitslager und Gefängnis nach Hause kam, an die Tür klopfte, und Tante Lia, die ihm öffnete und fragte: »Wer sind Sie?«, weil sie nur den Knochen sah.

Den Knochen trug ich lange mit mir herum. An unserem ersten Schultag saß ich mit den anderen Kindern an den Tischen zwischen bunten Schultüten. Die Lehrerin war freundlich und hatte lange blonde Haare wie meine Mutter. Sie las unsere Namen vor und fragte Desirée, ob sie eine Geschichte aus dem Land ihrer Mutter erzählen könnte. Desirée erzählte etwas von Pferden, Lavendelfeldern und Croissants, was ich langweilig fand. Also überlegte ich, was ich erzählen könnte, legte mir Satz für Satz eine Geschichte zurecht, die mit Verstecken in Heuhaufen, Bären und Knochen zu tun hatte. Als die Lehrerin meinen Namen vorlas, öffnete ich den Mund, aber sie sagte nur: »Da fehlt ein N«, schrieb etwas auf ihr Papier und las weiter.

Einige Zeit später stand ich mit meiner besten Freundin auf dem Schulhof. Wir teilten alles, das Pausenbrot, unsere Diddlblätter, unsere Kleidung, und an diesem Tag erzählte ich ihr, dass mein Vater im Gefängnis gewesen war. Ich weiß nicht mehr, ob ich damals schon den Jungen aus der Geschichte mit meinem Vater in Verbindung brachte, aber ich wusste, dass Nicu als politischer Gefangener verhaftet worden war. Was das genau bedeutete, wusste ich nicht, nur: Er hat nichts Böses getan. Das hatte meine Mutter gesagt. Und: Darauf kannst du stolz sein. Das hatte Tante Lia gesagt. Und: Er ist ein Held. Das hatte Tante Judit gesagt.

Die Schulleitung schickte einen Brief an meine Eltern. Mein Vater zerriss ihn mit dem Brieföffner. Während der Sprechstunde saß ich neben meiner Mutter und fühlte mein Gesicht rot werden, als der Schuldirektor und die Lehrerin erklärten, meine Freundin habe zu Hause erzählt: »Anas Vater ist ein Mörder.« Ich ließ die Beine baumeln und beschloss, nie wieder über meine Familie zu reden.

Ich aß das letzte Stück Pizza und wischte mir die Finger mit der Serviette ab. Etwas hatte sich in der Atmosphäre um mich herum verändert. Ich schaute auf und sah eine Bewegung einige Meter vor mir. Ein Mann lief auf die Restauranttische zu. Er hatte die rumänische Flagge um die Schultern geschlungen.

»Ihr sitzt hier und trinkt Bier!«, schrie er plötzlich. »Und was diese Schweine machen … Wie kann euch das egal sein?« Die Gäste um mich herum erstarrten, der Pianist drückte fester auf die Tasten.

»Wir müssen uns wehren, sie ändern die Gesetzte, sie errichten eine neue Diktatur! Geht zum Protest! Oder geht wenigstens zur Wahl«, rief der Mann und fuhr mit den Händen durch die Luft, als versuche er etwas zu malen. Einige klatschten, andere beugten sich über ihre Teller, meine Muskeln spannten sich an, ich konnte jeden Schritt um mich herum hören.

»Immer diese Nationalisten!«, zischte der Mann in Funktionskleidung seiner Frau zu. Eine Ader an meinem Hals begann zu pochen. Der Mann mit der Rumänienflagge drehte sich um, jetzt stand ein weiterer neben ihm, der ein Pappschild hielt, auf dem *#rezist* stand. Marius, dachte ich und hatte schon halb die Hand erhoben, aber er war es nicht. Das Paar vor mir grunzte, es würde jetzt reichen, sie würden ihren Nachtisch lieber in einem anderen Restaurant essen, wo sie nicht von solchen Radikalen gestört würden. Der Mann schnippte mit den Fingern nach der Kellnerin, alles um mich herum färbte sich rot. Ich trank den letzten Schluck der Limonade, legte Geld auf den Tisch und stand auf. Ich wollte den Mann anschreien, dass es leicht war, über Menschen zu urteilen, wenn man mit seinem dicken Portemonnaie in einem gemütlichen Restaurant saß und in einer Sprache redete, bei der alle zu lächeln begannen, und aus einem Land kam, um das einen alle beneideten. Ich wollte ihn anschreien, dass er keine Ahnung hatte, wie es war, zu bleiben und nicht wie die anderen vier Millionen zu gehen, dass er keine Ahnung hatte, wie es war, auch dreißig Jahre nach der Diktatur mit einer Anstellung nicht genug zu verdienen, wie es war, sich an der Universität die Prüfungen kaufen zu müssen, wie es war, die Polizei zu rufen, und sie kam nicht, mit einer Krankheit ins Krankenhaus zu kommen und mit zwei entlassen zu werden, ins Ausland zu gehen und gefragt zu werden, ob man Müllmann sei, obwohl man einen Doktortitel hatte.

Aber ich schaute nur noch einmal zu den zwei Männern hinüber, die sich schon wieder umgedreht hatten, und ging dann mit schnellen Schritten über die *Lügenbrücke*, fühlte sie unter meinen Schritten zittern, fühlte die Blicke der anderen auf mir und die vielen Wörter in mir. Ich schüttelte den Kopf und ging immer schneller, über den *Piața Mică*, an Souvenirbuden vorbei, ich wollte losrennen und nicht mehr stehen bleiben, bis ich angekommen war, nur wo das sein sollte, wusste ich nicht. Ich lief durch den Tunnel zum *Piața Mare*. Auf Klappstühlen saßen Menschen, die durch Programmhefte blätterten und sich Luft zuwedelten, auf Bänken Frauen in langen geblümten Röcken mit passenden Kopftüchern, daneben Männer mit flachen, schwarzen Hüten, zwischen ihnen kleine Kinder. Ich setzte mich auf den Boden und schaute auf die Moderatoren, die die Bühne verließen. Vor den Orchestermusikern stand eine Frau in glitzernder Robe. Zuerst begannen die Streicher zu spielen, dann setzte die Sängerin ein. Ich legte den Kopf auf die Knie und merkte, wie ich mich an den Rändern aufzulösen begann.

Irgendwann hörten die Musiker auf zu spielen, kurz bevor die Moderatoren anfingen zu sprechen, war es still, und in dieser Stille konnte ich Pfiffe und Rufe von der Hauptstraße hören, und mir fiel ein, dass der Protest heute war. Jetzt kamen die Sirenen, und ich sah die Touristen schimpfend im Restaurant sitzen, sah den Mann mit der Rumänienflagge, sah den achtzehnjährigen Nicu, der zitternd auf dem Zellenboden lag, und sah mich, wie ich zusammengesunken auf den warmen Steinen saß und mich in der Musik verlor. Und ich schämte mich für alles, was ich vor zwei Jahren nicht getan hatte, für mein Vergessen und dafür, dass ich auch nicht wusste, wie es war, hier zu leben.

Das Rumänische Haus

Adriana und Bogdan standen vor dem Rumänischen Haus. Bogdan fuchtelte an die Wand gelehnt mit einem zusammengerollten Plan durch die Luft, das Hemd spannte über seinem Bauch, auf seiner Stirn glitzerten Schweißperlen. Adriana trug Stiftrock und Bluse, der Blick ihrer schwarz umrandeten Augen schlug alles aus, was Bogdan ihr zuwarf.

»Jetzt sind die Schlüssel da, wir können hinein«, sagte Bogdan, als Iancu und ich dazukamen.

»Nein, wir betreten das Haus nicht zum ersten Mal ohne Lia und Judit!«, antwortete Adriana.

»Iancu und ich waren schon …«, begann Bogdan.

»Nein, wir haben uns verabredet, und wir warten.«

Ich legte den Kopf in den Nacken. Jetzt, da ich vor dem Haus stand, die kaputte Fassade, die hohen Schornsteine, die letzten vorhandenen Ornamente sah, verstand ich zum ersten Mal, dass wir es wirklich zurückbekommen hatten, das Rumänische Haus, mit Wohnungen, die uns gehörten, die mir gehörten, zumindest ein Teil davon. Ich sah, wie die Reste des ockerfarbenen Putzes von den Backsteinen fielen und sich eine gelbe Schicht über ihnen ausbreitete, und auch in mir breitete sich etwas aus, ein Kribbeln und Pulsieren, das durch meinen Körper rollte und Zerbrochenes verschwinden ließ.

Iancu drehte sich zu mir. »Im Westflügel sind die großen Wohnungen, da sind unsere Eltern aufgewachsen«, sagte er und zeigte auf den linken Teil des u-förmigen Hauses. »Im Mittelbau haben ihre Großeltern gewohnt, und im Ostflügel direkt am Markt sind die kleineren Wohnungen, wo die Bauern übernachtet haben, wenn sie aus den Dörfern kamen, um Obst und Gemüse zu verkaufen. Sie haben ein eigenes Treppenhaus im hinteren Turm«, er zeigte nach rechts auf einen der vier Türme, die die Hausteile verbanden und abschlossen.

Vor der Konditorei hielt ein Auto, Kiki, Judit, Lia und Naela stiegen in Sommerkleidern aus und überquerten die Straße. Naela stützte sich auf einen Gehstock mit geschnitztem Knauf.

»Auf was wartet ihr, hinein ins Haus!«, rief Judit.

Iancu holte einen riesigen Schlüsselbund aus der Tasche und schob einen Schlüssel nach dem anderen ins Schloss.

»Der mit den fünf Zacken«, rief Judit.

»Das Schloss wurde ausgetauscht«, sagte Lia.

»Vorsicht!«, rief Kiki einem Mann zu, der mit einer Schubkarre voller Melonen auf uns zukam. »Wir stehen hier, weil, das ist unser Haus, das Haus der Familie, jaja, jahrzehntelang haben wir gewartet, und jetzt werden wir endlich wieder in den Wohnungen stehen, wunderschöne Wohnungen, unser Haus!« Der Mann umkreiste uns, schaute auf die Löcher in der Wand und sagte: »Na hoffentlich erschlägt es Sie nicht«, aber Kiki hatte sich schon wieder der Tür zugewandt. Bogdan trat nervös von einem Fuß auf den anderen und schaute immer wieder auf sein Handy. Iancu war mittlerweile bei den letzten Schlüsseln angekommen.

»*Bună dimineața*!«, sagte jemand hinter uns, und ein Blitz leuchtete auf.

»Was denken Sie sich!«, rief Adriana. Ich fuhr herum, hinter uns stand ein Mann mit erhobener Kamera. Über seiner Schulter hing eine zweite, die vielen Taschen seiner Funktionsweste waren mit Stiften gefüllt.

»Alles in Ordnung!«, rief Bogdan. »Das ist mein Fotograf.«

»Fotograf?«, rief Kiki.

Es klackte.

»Die Tür!«, riefen alle und drehten sich um. Iancu rüttelte und drückte.

»Nach oben ziehen«, rief Judit, er zog, und die Tür öffnete sich. Zuerst traten die Tanten ein. Ich wollte warten, aber Adriana schob mich ins Haus und trat schnell hinter mich, bevor der Fotograf folgen konnte. Die Luft im Flur war kühl, unsere Schritte hallten auf dem Steinboden, als wir in Richtung der Eingangshalle gingen. Hinter uns fiel die Tür ins Schloss, und es wurde dunkel.

»Der Lichtschalter ist neben der Tür«, rief Judit. Adriana und ich tasteten über die Wand, ich fand den Schalter.

»Funktioniert nicht«, rief ich nach vorne. Wir tasteten uns weiter.

»Gleich kommen drei Stufen«, rief Iancu den Tanten zu.

»Ich weiß, Schätzchen«, rief Judit zurück. Ein Stampfen war zu hören und dann ein »Puuuh!«.

»Alles in Ordnung?«, rief Iancu, »wenn Sie gewartet hätten, wir können das Licht am Handy …«

»Nur Spinnweben, Ianculeţ, nur Spinnweben«, sagte Judit, und jetzt war auch ich die Stufen hinaufgestiegen und fühlte klebrige Fäden auf meiner Haut. Ich senkte den Kopf, trat in die Eingangshalle und fühlte mich wie auf einer dämmrigen Lichtung. Ich blinzelte, um den Raum vor mir besser erkennen zu können. Die Wendeltreppe füllte die runde Halle fast gänzlich aus. Rechts und links führten geschlossene Türen in die Geschäftsräume. Schweigend standen wir da und blickten die Treppe hinauf in eine Kathedrale ohne Weihrauch, einen Palast ohne Bewegung. Diesmal war es Naela, die den ersten Schritt machte. Stufe für Stufe zog sie sich an dem verschnörkelten Eisengeländer die Treppe hinauf. Das Geräusch ihres Stocks hallte durch den Raum. Der Fotograf machte ein Foto.

»Bogdan!«, rief Adriana, »sag diesem Mann, er soll keine Fotos machen!«

»Er ist ein Fotograf!«, rief Bogdan zurück.

»Dann soll er verschwinden!«

Wir gingen die Treppe hinauf, den Blick auf Naelas Beine gerichtet, um nicht schneller als sie zu werden, selbst Judit überholte sie nicht. Ich fuhr mit der Hand über das dunkle Holz des Geländers und blickte durch die schmutzigen Scheiben in den Innenhof zwischen den beiden Hausflügeln. Der Boden war mit aufgeplatztem Zement bedeckt, die Hütte des Gärtners eingestürzt, der Garten dahinter von Dornenbüschen überwuchert. Dort hatten Nicu und seine Geschwister gespielt, Tage, Monate und Jahre, von denen eine einzige Geschichte übrig geblieben war, die immer dann erzählt wurde, wenn Judits Charakter beschrieben werden sollte.

Es war ein Nachmittag im Sommer, und Nicu war mit einem italienischen Nachbarsjungen im Garten, sie gerieten in Streit, und der Junge begann Nicu zu schlagen. Er umgriff ihn von hinten, da kam Judit aus dem Haus gerannt, »wie eine Furie«, und sprang dem Jungen auf den Rücken, riss ihn auf den Boden und warf sich auf ihn. »Sie dachte nicht eine Sekunde daran, dass er viel größer und stärker war, sie dachte nur, dass sie Nicu verteidigen musste. Nach diesem Vorfall rannte der Nachbarsjunge jedes Mal so schnell er konnte davon, wenn er das kleine dicke Kind mit den abstehenden Haaren aus der Ferne sah.«

Naela war im ersten Stock angekommen, jetzt wurden auch wir schneller, Adriana lief in ihren Stöckelschuhen an mir vorbei.

»Zuerst in Wohnung 5!«, verkündete Bogdan.

»Unsere Wohnung!«, rief Judit.

Iancu steckte einen Schlüssel in das Türschloss, ich starrte auf die Wände, die aussahen, als sei etwas aus ihnen herausgerissen worden, Kabel, Stromkästen, von allem war nur noch ein letzter Rest vorhanden. Ich hatte nie darüber nachgedacht, wie die Wohnungen aussahen, vielleicht war noch der Abdruck des Gemäldes auf einer der Wände sichtbar.

»Im Schloss steckt ein abgebrochener Schlüssel«, sagte Iancu.

»Natürlich«, antwortete Lia und wandte sich dem Mittelflügel zu. Judit sog scharf die Luft durch die Nase. »Die Wohnung unserer Großeltern«, sagte sie und drückte gegen die Tür, die sich langsam öffnete.

Wir traten in einen langen Flur, von dem rechts und links Zimmer abzweigten.

»Der Parkettfußboden ist gut erhalten«, sagte Bogdan, »aber da ist Schimmel und da …«, der Fotograf machte Bilder von der Decke.

»Der ist ja noch immer da«, rief Adriana.

»Jetzt ist er hier, wenn Bogdan alles dokumentieren will, dann soll er es machen«, rief Judit, und Adriana verstummte.

Wir gingen durch die leeren Zimmer. Die hohen Fenster zeigten in den Innenhof oder auf die Konditorei. Im Bad waren kopfgroße Löcher in den Wänden, die Rohre aufgesprengt, Badewanne und Toilette fehlten. Am Ende des Flurs lag das größte Zimmer, wir betraten es durch weiße Flügeltüren, deren Glasscheiben als einzige nicht zerbrochen waren. Das helle Blau der Wände passte zum dunklen Blau des Kamins. Bogdan, Iancu und Adriana breiteten die Pläne auf dem Boden aus und diskutierten über Grundrisse, Zertifizierungen und Stempel. Naela stand neben dem Kaminofen und strich mit der Hand über die Figuren an den Kanten. Lia trat neben mich und schaute schweigend in den Raum hinein. Vielleicht erinnerte sie sich an das Feuer im Kamin, vielleicht an die Bücherregale, die an der Wand standen. »Bücherregale sollten nie höher als bis zur Hüfte gehen«, hatte irgendjemand einmal zu mir gesagt.

»Hier habe ich gestanden und zugeschaut, wenn mein Vater und mein Großvater morgens abgeholt wurden«, sagte Lia und trat ans Fenster. »Ich kann mich noch genau an die Kappe des Chauffeurs erinnern. Er nahm sie ab, wenn er ihnen die Tür öffnete.«

Sie schwieg. Ich wollte sie umarmen, trat jedoch stattdessen zu Judit, die etwas in ihrer Handtasche suchte.

»Dort hat immer der Tannenbaum gestanden«, sie zeigte neben den Kaminofen. »Er war sehr schön.«

»Ein großer, schöner Tannenbaum aus dem Wald«, sagte Nicu. Er stand auf der Leiter vor meinem Kleiderschrank und suchte wie jedes Jahr nach den Kassetten mit den rumänischen Weihnachtsliedern. »Wir durften nur zu den Großeltern, wenn wir Weihnachtslieder vortrugen. Ich spielte Geige, Judit Klavier, die anderen Kinder sangen zweistimmig *colinde.*«

Beim letzten Weihnachtsfest im Rumänischen Haus fragte der Großvater vor dem Essen: »Was wollt ihr mit eurem Leben machen?« Judit öffnete den Mund, doch er hob die Hand. »Überlegt es euch gut, eine falsche Entscheidung, und ihr lebt das falsche Leben. Wollt nicht zu wenig, aber auch nicht zu viel, wer zu nah an die Sonne fliegt, der fällt.«

Nicu stieg von der Leiter und rief nach meiner Mutter, die den Schuhkarton mit den Weihnachtskassetten nach wenigen Minuten fand.

»Um Gottes willen!«, schrie Kiki.

Ich blinzelte und sah sie auf Judit zeigen, die das Pendel über den Boden hielt. Es bewegte sich in großen Kreisen.

»Du kannst doch hier nicht dein Pendel auspacken!«, rief Kiki und riss die Arme über den Kopf. »Die letzten Bewohner sind gerade erst ausgezogen und wütend, du weißt, was das heißt«, sie zeigte auf Judit, die ungerührt weiterpendelte, »negative Energie und dann das ganze Unglück der Vorfahren. Wie sagen die Deutschen?! Die Geister, die ich rief, und so weiter und so weiter. Ana?!« Sie drehte sich zu mir um.

»Ich glaube nicht, dass hier Geister …«, begann ich.

»Vorsicht, rede niemals schlecht über die Toten!«, rief Kiki und drehte sich um sich selbst, als verjage sie Moskitos.

Hinter mir zündete jemand ein Streichholz an.

»Mama, sollten Sie nicht besser …«, begann Iancu. Lia hob die Hand und zog an ihrer Zigarette, »das Haus hat das 20. Jahrhundert überlebt und wird jetzt nicht wegen einer Zigarette abbrennen.«

»Ich meine die Treppen und die vielen Wohnungen, das ist anstrengend …« Iancu verstummte, als seine Mutter ihn anschaute. »Mit Elise habe ich früher so viel geraucht, dass wir unsere Gesichter nicht mehr sehen konnten.«

»Wir gehen jetzt in den nächsten Stock«, verkündete Judit, und wir folgten ihr die Treppe hinauf. Kiki redete leise weiter vor sich hin. Die Wohnung im Mittelgang des zweiten Stockes war mit Brettern zugenagelt, die im Westflügel geöffnet und bis auf die Toiletten ausgeräumt, der Parkettboden schimmlig, die Tapete halb von den Wänden gerissen. Der Flur war noch breiter als in der Wohnung der Großeltern. Ich stellte mich neben Judit, die auf die Kabel schaute, die aus der Mitte der Decke ragten.

»Unsere Wohnung war genau wie diese aufgeteilt«, sagte sie. »Hier hing ein riesiger Kronleuchter. Darunter ein Spiegel mit verziertem Goldrand und am Ende des Flurs, neben dem Arbeitszimmer, Nicus Gemälde.« Sie zeigte auf das letzte Zimmer, blieb noch einen Augenblick stehen und ging dann weiter.

Hinter ihr rollte sich ein Perserteppich aus, der an Spiegel und Gemälde vorbei bis zum Arbeitszimmer führte. Die Tür des Zimmers öffnete sich, Nicus Vater trat im weißen Anzug heraus und schaute auf seine Taschenuhr, wie immer war er zu spät, die anderen würden schon mit dem Dinner begonnen haben. »*Sero venientibus ossa*«, rief er den Kindern zu, die mit dem deutschen Kindermädchen spielten.

»Was heißt das?«, fragte das Fräulein.

»Wer zu spät kommt, isst die Knochen«, antworteten die Kinder.

»Richtig!«, rief Nicus Vater und verabschiedete sich von seiner Frau, die auf dem Sofa lag und las, neben ihr ein Stapel Romane auf Französisch, Italienisch und Englisch. Von irgendwoher kam der Geruch von Hühnersuppe, die Köchin klapperte mit den Töpfen. Kaum hatte der Vater die Wohnung verlassen, rannten die Kinder zu ihrer Mutter und bettelten so lange, bis sie ihnen etwas vorlas, eines ihrer Lieblingsgedichte, in dem es um einen Stern ging, der, gerade aufgegangen, viele tausend Jahre brauchte, bis sein Licht die Menschen erreichte. Die letzten Strophen flüsterten die Kinder mit.

Des toten Sternes Bild so nah
Erklimmt des Himmels Licht
Er war, als man ihn noch nicht sah,
Heut' sehn wir ihn … ist nicht.

Gleich unsrer Wehmut, wie ein Dieb,
Verschwand im dunklen Glimmer
Das Licht der uns erloschnen Lieb,
Verfolgt uns heut noch immer.

»Ha!«, rief Kiki, die plötzlich vor mir aufgetaucht war und eine rosafarbene Sprühflasche vor die Wand hielt. Ein Nebel aus Salbei, Minze und Lavendel legte sich auf meine Haut.

»Was machst du da?«, fragte ich, doch sie sprühte weiter, über die Türen und in die Ecken und murmelte etwas von Energien und dem neuen Pfarrer, dem sie davon erzählen musste. Bogdan trat aus einem der Zimmer, schaute sich hektisch um und wischte mit dem Taschentuch über seine Stirn. Mit dem eingerollten Plan zeigte er nach oben. »Wir müssen weiter«, sagte er. Ich lief noch einmal durch die Zimmer, auch hier waren nur die Kaminöfen zurückgeblieben. Durch die Fenster war die ganze Stadt zu überblicken, Dächer und Kirchtürme und die Berge in der Ferne. Wir stiegen weiter die Treppe hinauf, mit jedem Schritt roch es mehr nach Kohl. Der dritte Stock bestand aus einem steinernen Flur und einer einzigen dünnen Holztür, die halb geöffnet war und hinter der sich etwas bewegte.

»*Bună dimineața, doamna* Florescu! Sind die Gurken schon fertig?«, rief Iancu und schaute auf die Einmachgläser auf der Holztreppe, doch niemand antworte.

»Sie ist alt und verwirrt«, erklärte er leise, »wir haben beschlossen, sie hier wohnen zu lassen.«

»Was ist mit den anderen Bewohnern?«, fragte ich.

»Das Gericht hat entschieden, dass sie gehen müssen, wie sie reagiert haben, siehst du ja«, antwortete Iancu.

Wir stiegen über eingelegte Gurken und Kirschen und einen Topf mit Tomatensuppe, der auf der Holztreppe zum Dachboden stand. Oben angekommen, steckte Iancu einen kleinen, gezackten Schlüssel in das Türschloss.

Als wir den Dachboden betraten, breitete sich Gänsehaut auf meinen Unterarmen aus. Die Wohnung bestand aus einem einzigen großen Raum, der noch komplett eingerichtet war. Das Licht fiel von oben aus runden Fenstern auf Teppiche, einen Tisch, einen Schrank, ein Sofa, die Polster in Tannengrün und Senfgelb, das Holz dunkel. Am anderen Ende des Raums war eine hohe Backsteinwand, vor der ein Doppelbett stand, die Bettwäsche war bezogen, die Decke zur Seite geschlagen, als sei gerade jemand aufgestanden. Ich stieg über einen alten Computer, einen Gameboy und Bücher. An der Wand hing *Das letzte Abendmahl.* Der Schrank war geöffnet und mit Mänteln, Lederjacken und Hemden gefüllt. Unter den Stühlen standen Schuhe. Auf der Kommode ein Plattenspieler und ein Kartenspiel, die Schubladen waren geöffnet, darin lagen Briefumschläge, Fotos, ein Heft voller handgeschriebener Anleitungen für *salată de vinete* und andere rumänische Rezepte. Alles war mit Staub bedeckt. Von irgendwoher kam das Flattern einer Taube.

»Was passiert mit all den Sachen?«, fragte ich.

»Werden wir wohl wegwerfen«, antwortete Bogdan und ging auf das Bett zu. »Dort kommt ein neues Bett hin, Kingsize«, er zeigte vor die Backsteinmauer, »und dort ein großer Schrank …«, sein Hemd war über dem Bauch aufgeplatzt.

»Alle zur Seite«, sagte der Fotograf, »ich kann bei so vielen Menschen keine Schärfe ziehen.« Er hob die Kamera und machte ein Foto von Bogdan.

»Das reicht!«, rief Adriana. »Raus!«

»Aber …«, sagte Bogdan.

»Raus!«, sagte Adriana noch einmal, und Bogdan winkte dem Fotografen zu. Er drehte sich murmelnd um und verließ den Raum. Iancu trug den Tisch zur Backsteinmauer, stellte einen Stuhl auf die Platte, einen Hocker auf den Stuhl und stieg hinauf.

»Was machst du da?«, fragte Lia.

»Auf die andere Seite schauen«, antwortete er, und Kiki murmelte etwas von Gefahr. Adriana schüttelte den Kopf. Ich lehnte mich gegen den Tisch, damit er nicht verrutschte, als Iancu auf den Stuhl und dann auf den Hocker stieg. Zwischen der Backsteinmauer und dem Spitzdach war ein Spalt, der gerade groß genug war, dass ein Mensch hindurchpasste.

»Du brichst dir die Wirbelsäule«, rief Judit, doch Iancu drehte sich nur zu seiner Schwester.

»Komm, Adriana, steig rauf.«

Adriana schüttelte den Kopf.

»Komm schon, ein kleines Abenteuer …«

»Ich hab dir oft genug gesagt, ich will keine Abenteuer, ich warte auf den Schlüssel«, sagte sie.

Iancu zuckte mit den Achseln, zog sich auf die Mauer, schwang ein Bein auf die andere Seite und leuchtete mit seinem Handy hinüber.

»Und, was siehst du?«, riefen Kiki und Bogdan.

»Eine riesige leere Fläche, bis die nächste Mauer kommt.«

Während Adriana und ich Tisch und Stuhl festhielten, überlegte Bogdan, wie die riesige leere Fläche genutzt werden könnte, Büros, Hotelzimmer …

»Büros und Hotelzimmer?!«, rief Judit. Bogdan redete weiter von Touristenzahlen und geplanten Festivals.

»Büros und Hotelzimmer?!«, rief Judit ein weiteres Mal, der Stuhl unter Iancu kippte, und ich konnte ihn gerade noch festhalten, bevor Iancu auf den Boden sprang.

»Wir werden sehen«, sagte er an Judit gewandt, »erst einmal bekommen alle eine Wohnung, die wollen, jeder hat seine Prozente, jeder kann …«

»Was?!«, rief Bogdan, ein Schweißtropfen fiel auf einen Turm von Brillen mit dicken Gestellen.

»Was denkst du dir eigentlich? Dass wir hier alle zusammenwohnen?«

»Aber sicher«, antwortete Kiki, »unsere Vorfahren haben auch …«

»Wir werden sehen, aber jeder sollte mit seinen Prozenten machen, was er will«, ergänzte Iancu.

»Das ist das Zentrum der Stadt«, rief Bogdan, und weitere Schweißtropfen fielen auf Brillengläser, »Zone A, der Gewinn, wenn die Wohnungen …«

»Der Gewinn!«, riefen jetzt Judit und Lia, »wir haben nicht dafür gekämpft, dass du die Wohnungen für einen Gewinn aufteilst …«

Die Stimmen wurden immer lauter und vermischten sich, bis sie zu einem einzigen Ton wurden, der im Raum hin und her geschleudert wurde.

Langsam ging ich zurück, ein Schritt nach dem anderen über den abgelaufenen Teppich. Plötzlich trat ich auf etwas, das knirschte und sich gleichzeitig weich anfühlte. Ich schaute hinunter, und mir wurde übel. Ich war auf eine tote Taube getreten, die, halb verwesendes Fleisch, halb Skelett, hinter mir lag. Ich sprang zur Seite, legte eine Hand über meinen Mund, hielt mir die Nase zu und schaute mich nach etwas um, mit dem ich meinen Schuh abwischen konnte. Neben dem halb kaputten Kaminofen lag ein Stapel Zeitungen. Ich nahm die oberste und wischte meinen Schuh ab. Noch immer klebten Federn auf meiner Haut und zwischen den Sandalenschnallen. Ich nahm eine zweite Zeitung, kratzte über meine Haut, warf sie neben den Kamin und versuchte mich abzulenken. Die erste Zeitungsseite war eng beschrieben, ich blätterte weiter, bis ich bei einem Foto innehielt. Es zeigte Menschen mit Sektgläsern vor einem Holztor. In ihrer Mitte stand ein Mann mit einer Schaufel, und neben ihm stand Nicu, mit einem kleinen Baum in den Händen. »Die Eröffnung der Hütte der historischen Gesellschaft«, stand unter dem Bild. Hinter mir war es leiser geworden. Ich schaute auf das Datum der Zeitung. Sie war Mitte November erschienen, vor zwei Jahren. Ich fühlte eine Bewegung.

»Was ist los?«, fragte Judit.

»Ich bin auf eine tote Taube getreten«, antwortete ich und starrte auf das Foto. Judit folgte meinem Blick, griff nach der Zeitung und schwieg einen Moment.

»Das war der Abend, an dem Nicu die Widerstandsurkunde überreicht wurde«, sagte sie.

»Widerstandsurkunde«, wiederholte ich. Erst jetzt sah ich, dass die Menschen Urkunden in den Händen hielten. Ich hatte noch nie etwas von einer Widerstandurkunde gehört.

»Die Elektrizität«, sagte Adriana und stieß an meine Schulter, »*scuză*, Ana, die Elektrizität muss als Erstes repariert werden.«

»Erst das Dach«, entgegnete Iancu, »ich habe Arbeiter gefunden, die sich nächste Woche alles anschauen.«

»Ich gehe nach unten an die Luft«, sagte ich. Die anderen nickten und verließen das Zimmer Richtung Ostflügel, um sich die kleineren Wohnungen anzusehen. Ich lief die Treppe hinunter, durch die Eingangshalle und in den Flur. Die Stille kroch durch meine Haut, durch meine Muskeln in die Knochen, und ein Schrei brach aus mir hervor, der durch das Haus schallte und erstarb. Ich fuhr mit den Fingern über die grauen Wände und fühlte mich wie in einem Tunnel zwischen zwei Welten.

Früher hatte ich davon geträumt, etwas Besonderes zu sein, eine Prinzessin, die durch Berge ritt und Drachen besiegte. Jetzt wünschte ich mir nichts mehr, als einen normalen Vater zu haben, einen Vater ohne ein leeres Schloss, ohne Widerstandsurkunde, einen Vater, mit dem ich in ein Café gehen und einen Kaffee trinken konnte.

Draußen rasten die Autos über den Asphalt, ich wartete auf eine Lücke und rannte auf die andere Straßenseite. Erst jetzt sah ich, dass die Konditorei mittlerweile zu einer Bäckereikette gehörte. Ich kaufte eine Limonade, setzte mich an einen der Tische vor dem Eingang und schrieb Raluca, ob sie Lust auf ein Treffen hätte. Dann klappte ich mein Tagebuch auf. Ich stellte mir vor, eine Schreibmaschine zu haben, auf deren Tasten ich so lange einschlug, bis alle Erinnerungen auf das Papier gestampft waren, einen Füller zu haben, der mir das Blut mit allen Geschichten aus den Fingern zog.

Doch womit würde ich anfangen? Mit dem Urururururgroßvater, der aus dem Dorf in die Stadt zog, Kaufmann wurde und das Rumänische Haus baute? Mit Nicus Geburt? Oder mit dem Weihnachtstag, an dem der Großvater die Enkel fragte, was sie aus ihrem Leben machen wollten. Nicu hatte nie erzählt, wie es weiterging. Ich hatte den Rest der Geschichte von den Tanten zusammengesammelt.

Nachdem der Großvater nach den Lebensplänen der Kinder gefragt hatte, antwortete Nicu, dass er Jurist werden wollte, wie sein Vater, und viele Philosophiebücher lesen würde, wie der Großvater, Judit sagte, dass sie Medizin studieren werde, Titus, dass er sich für Geschichte interessiere, Lia, dass sie in einem Buchverlag arbeiten wolle. Als Letzter erklärte der kleine Horia, dass er gerne mit Autos spiele. Der Großvater bestimmte, wer in Oxford, wer an der Sorbonne und wer in Heidelberg studieren würde.

Aber das Leben der Geschwister wurde ein anderes. Judit war die Einzige, die studieren konnte, was sie wollte. »Bei der Aufnahmeprüfung war sie die Zweitbeste, und als sie einer Leiche den Kopf aufsägen sollte, fielen die Männer in Ohnmacht, sie war die Einzige, die die Säge ansetzte.« Doch schnell tauchte ihr Dossier auf, und sie wurde aus dem Studium geworfen. »Sie haben eine ungesunde Herkunft«, sagte die Sekretärin.

Auf meiner Stirn juckte es, ich wischte darüber, ein Käfer fiel auf den Tisch. Er war riesig.

In Rumänien ist alles größer und dramatischer, schrieb ich in mein Tagebuch.

Ich könnte auch mit mir beginnen, überlegte ich. Heute hatte ich zum ersten Mal nicht nur den Schmerz über das Kaputte gefühlt, sondern gesehen, was entstehen konnte. Als wir das Haus betraten, hatte ich geglaubt, dass die neuen Eindrücke die alten Geschichten überlagern konnten, dass sich dem ungewissen Schmerz eine Realität gegenübersetzen ließ, die gestaltet werden konnte. Aber vielleicht reichte das nicht. Ich dachte an den Dachboden und an Kikis Sprühflasche. Vielleicht war das Haus tatsächlich voller Geister, die für jeden anders aussahen.

Ich blickte auf den Marktplatz an der Ecke, auf die Schülerin, die gelangweilt Softeis verkaufte, die Frau mit Kopftuch, die geschnitzte Löffel in die Höhe hielt, die Käse- und Fleischbuden, die überdachten Tischreihen, auf denen Berge von Tomaten, Pfirsichen, Gurken und Auberginen lagen. Ich zeichnete die kleinen Enten, Hühnerküken und Kaninchen, die Iancu mir früher auf dem Markt gekauft hatte. Sie hatten alle den Sommer nicht überlebt und waren auf dem Misthaufen oder im Topf gelandet.

Mein Handy vibrierte. Eine Nachricht von Raluca. Sie habe gerade Viorel zum Bahnhof gefahren, sei aber schon wieder im Dorf. Komm mich nächste Woche besuchen, dann können wir zusammen schnitzen. Schrieb sie. Ich erinnerte mich nicht daran, etwas von Schnitzen gesagt zu haben. Am Ende der Nachricht stand die Adresse neben einem Kussmund-Emoji. Ich starrte sie einen Moment an und begann zu lachen.

In Rumänien gibt es keine Zufälle, schrieb ich in mein Tagebuch.

Das Dorf

Iancu stemmte sich gegen das Lenkrad, und der Jeep schoss um die Kurve, gerade noch rechtzeitig wich ein entgegenkommendes Auto aus, ich wurde mit den Zwillingen auf die andere Seite der Rückbank geworfen, Adriana in den Gurt gepresst. Eine Sekunde hielten wir die Luft an, dann rutschten wir zurück auf unsere Plätze.

»Laurenzia, liebe Laurenzia mein, wann werden wir wieder beisammen sein? Am Miiitwoch«, sangen die Mädchen weiter. Adriana kontrollierte ihren Lippenstift im Spiegel, Iancu kurbelte das Fenster hinunter und hielt die Hand hinaus.

»Dieser Duft nach Wiesen, Feldern und Äpfeln, bald sind wir da«, rief er und schaute zu den Bergen, »wir müssen uns beeilen, das Gewitter beginnt bald.«

Adriana ließ mit einem Knall den Spiegel zuklappen. »Setz mich einfach bei meinem Team ab«, sagte sie, »und was ich eben noch sagen wollte, Bogdan sollte sich schämen. Warum hat er nicht vorher mit uns gesprochen, bevor er den Fotografen bestellt hat? Wer weiß, was er vorhat …«

»Es ist klar, was er vorhat, er will Geld machen, und das ist nicht schlecht …«, begann Iancu.

»Nicht schlecht! Wir haben das Haus zurückbekommen, dafür müssen wir etwas zurückgeben«, unterbrach ihn Adriana. »Wir haben eine Verantwortung … Aber Bogdan, der denkt nur an Profit!«

»Meine Theorie ist«, Iancu hob einen Finger, »meine Theorie ist, dass es zwei Seiten in der Familie gibt, die, die möglichst viel Geld verdienen will, und die, die nach dem Hohen, dem Schönen sucht.«

»Aha«, sagte Adriana.

»Es ist interessant«, redete Iancu weiter, »wie die Vorfahren unseres Großvaters Pfarrer waren und die unserer Großmutter Geschäftsleute, angefangen vom ersten Nicolae …«

»Eine schöne Theorie«, unterbrach ihn Adriana. »Sie hilft uns aber nicht, wenn Bogdan sich die Prozente von allen zusammenkauft, Ana«, sie drehte sich zu mir um, »pass auf, was du mit deinem Anteil machst, und wenn du ihn verkaufst, an wen. Ich hoffe, die Arbeiter sind gut«, sie wandte sich wieder an Iancu, »der Sommer ist schnell vorbei, und im Winter will keiner mehr draußen arbeiten, ich habe nachgeschaut, die Strafen sind hoch.«

»Die Strafen?«, fragte ich.

»Nächstes Jahr ist hier eine EU-Konferenz«, erklärte Iancu, »alle großen Häuser in der Altstadt müssen renoviert werden, zumindest die Fassade und das Dach, wer es nicht macht, muss eine Strafe zahlen.«

»Statt die Fassaden renovieren zu lassen, sollten die Politiker lieber ihre Parteien reparieren«, sagte Adriana.

»Wie war der Protest gestern?«, fragte Iancu, und meine Wangen wurden warm, als ich mich auf dem *Piața Mare* sitzen sah.

»Harmlos«, sagte Adriana, »es waren nur ein paar Polizisten da.«

»Dann hast du deine Weste nicht gebraucht?«, er grinste.

»Die habe ich für den großen Protest in Bukarest geholt.«

Iancu bremste und schlug auf die Hupe, ich wurde nach vorne geschleudert, konnte mich gerade noch mit einer Hand am Sitz vor mir abstützen und mit der anderen die Zwillinge festhalten. Ich starrte auf den langen Riss in der Windschutzscheibe, der mir zuvor nicht aufgefallen war.

»Lauf!«, rief Iancu dem Hund zu, der auf der Straße aufgetaucht war. Er starrte mit schmutzigem Fell zu uns hinauf und humpelte weiter.

»Der Arme!«, die Zwillinge pressten ihre Gesichter an die Fensterscheiben.

Wir fuhren an halbfertigen Häusern vorbei, die immer vollständiger wurden, je mehr wir uns dem Dorf näherten. Vor uns bog ein Wagen vom Feld auf die Straße. Zwei Pferde zogen den meterhoch mit Heu beladenen Holzkarren, auf dem ein Mann mit dickem Bauch, kleinem runden Hut und Peitsche saß. Die Straße war so schmal, dass wir hinter ihm herfahren mussten. Einzelne Strohbündel lösten sich und fielen hinunter.

»Bald sind alle Pferdewagen verschwunden«, hatte Nicu vor vielen Jahren gesagt, aber auch heute gab es noch Bauern, die sich kein Auto leisten konnten.

Weitere Häuser erschienen am Straßenrand, glatt und neu, von Gärten umgeben. Das Dorf hatte sich ausgebreitet, das Kreuz, das früher den Eingang markierte, war jetzt im Dorfinneren. *Cultural heritage* stand in großen Buchstaben auf dem neuen Ortsschild.

Wir fuhren an der Kirche und dem Friedhof vorbei, schnell drehte ich den Kopf zur anderen Seite und zeigte auf das Storchennest auf dem Strommast.

»Wie viele Störche leben dort?«

»Drei!«, riefen die Zwillinge, wie ich gerufen hatte, wenn meine Mutter dieselbe Frage stellte. Wir hatten um die Wette gezählt. Die Nester mit Störchen zählten doppelt, die mit Küken dreifach. Ich gewann immer, weil ich in jedem der Nester Küken vermutete. Einmal hatte Nicu zu Elisabeth gesagt: »Du bist so ehrlich und gut, du hättest hier früher keine zwei Wochen überlebt.«

»Du kannst mich hier rauslassen, da steht mein Kamerateam«, Adriana zeigte auf zwei Männer mit Kamera und Mikrofon, die an den Holzbalken des Friedhofstors lehnten. Um sie herum standen Priester in langen schwarzen Gewändern, die sich unterhielten und Kuchen aßen. Zwischen ihnen rannte eine Frau mit rostroten Haaren umher und verteilte Schnapsgläser.

»Sieht aus, als würde Kiki bei der Ikonenkonferenz helfen«, sagte Iancu, hielt neben dem Souvenirladen und grüßte die Frau, die Schafsfelle auf Stühlen platzierte.

»Vielleicht versucht sie rauszubekommen, wie man die Geister im Rumänischen Haus loswird«, sagte ich.

»*Țuică* hilft sicher«, sagte Iancu lachend. Während Adriana zu ihrem Team hinüberging, schaute ich auf die Häuser neben der Kirche, die Schulter an Schulter aufgereiht an der Straße standen. Alle entsprachen der Denkmalschutzordnung: einstöckig, in Pastellfarben, mit zwei Fenstern, einem hohen, abgerundeten Tor und einem Kreuz auf dem Dach. An den meisten Toren war ein Schild befestigt, auf dem *pensiune* stand, darunter zwei oder drei Gänseblümchen, je nach Ausstattung der Unterkunft. In meinen Handgelenken zog es, als ich daran dachte, dass eines der Häuser Raluca gehörte. Vielleicht saß sie gerade am Fenster und beobachtete die Priester durch die Spitzengardienen.

»Wir wollen ins Wasser!«, riefen die Zwillinge und zeigten auf den Bach rechts neben uns.

»Ein anderes Mal«, sagte Iancu und fuhr weiter über die *Strada Bisericii*, die vom Dorfeingang zum Dorfausgang führte. Über den Bergen hatten sich dunkle Wolken zusammengezogen. Ich wollte Iancu nach Nicu und der historischen Gesellschaft fragen, doch schon waren wir auf dem Dorfplatz angekommen und fuhren an dem Soldatendenkmal vorbei. Ich schaute auf die Rosenbüsche daneben und die Plastikgestecke davor und dann auf die Statue selbst, auf den Mann mit schmalem Gesicht in Uniform, der kaum älter als achtzehn gewesen war, als er in den Krieg ging, und in Stein gehauen wiederkam. Sein Name war der oberste auf der Tafel. »Der Held der Familie«, hörte ich Kikis Stimme in meinem Kopf. Wir hielten vor dem Haus im »typischen Blau der Region« und stiegen in den Geruch von heißem Asphalt, gemähtem Gras und Pferdeäpfeln. Die Zwillinge liefen auf einen Mann mit langem Pferdeschwanz zu, der auf der Bank vor dem Dorfladen saß.

»Radu, wir haben dich so vermisst!«, riefen sie und umarmten seinen Bauch. Radu griff nach dem Halsband des Schäferhundes neben sich.

»Rex«, riefen die Zwillinge und umarmten auch ihn.

»*Ce faci Radu*?«, rief Iancu zu ihm hinüber.

»*Stau la soare*«, rief Radu zurück und blickte zur Sonne.

Aus Richtung der Kirche war das Beschleunigen von Motoren zu hören. Drei Motorräder kamen an uns vorbeigeschossen und hinterließen Benzingeruch. Radu hob die Hand zum Gruß.

Ich ging mit meinem Gepäck zum Haus hinüber und drückte gegen die ins Tor eingelassene Tür. Das alte Holz schleifte über grasbewachsene Steine. Ich trat ein, schloss die Tür und lehnte mich gegen das abgeblätterte Grün. Der Hof und der anschließende Garten füllten sich mit Bildern. Die Tanten kamen mit Körben voller Äpfeln aus dem Kellereingang, um sie zu Most pressen zu lassen. Marius und ich sprangen aus dem grünen Holzhaus gegenüber. Wir rannten durch die überdachte Terrasse zur Wasserpumpe im Hof, stemmten uns auf den Hebel und liefen mit gefüllten Eimern in den Garten hinauf, jagten uns zwischen den Obstbäumen hindurch, das Gras strich über unsere Beine, bis einer dem anderen das eisige Wasser über die verbrannten Schultern schüttete. Ich blinzelte und fragte mich, was andere Menschen über die beiden Häuser, den Hof und den Garten dachten, die direkt auf die Dinge blickten, ohne den Filter der Erinnerung.

Vor mir krachte etwas, und ich zuckte zusammen. Judit saß auf den Steinstufen vor der Veranda und schlug mit einem Hammer auf eine Nuss ein. Hinter ihr lag Lia auf einem Liegestuhl im Schatten vor der geöffneten Küchentür, das Gesicht halb von einem Sonnenhut, halb von einem aufgeschlagenen Buch verdeckt. Naela saß am Tisch unter der Weinlaube, die mit ihren grünen Metallstangen der in Lias Stadtgarten glich, nur dass sie größer war und von der Küche bis zum Garten hinaufreichte.

»Ana!«, Judit winkte mir mit dem Hammer zu, »willkommen in unserem Dorf, komm her!«

Ich begrüßte die Tanten, der Hund in seiner Hütte neben der Küche begann zu bellen.

»Aus, stopp, sei still«, rief Lia.

»Cloclo, aus!«, rief auch Judit, der Hund verstummte und legte sich auf den Boden. Ich schaute auf sein kurzes, braunes Fell.

»Ist das Lola?«, fragte ich.

»Der Hund, den du gefunden und hiergelassen hast? Ja«, antwortete Judit. »Kiki kümmert sich um ihn, er heißt jetzt Cloşca.« Ich blickte noch einmal auf den Hund, der jetzt den Kopf auf die Pfoten legte. Als ich ihn am Bach gefunden hatte, war er kaum größer als meine Hand gewesen und so dünn, dass ich sein Herz schlagen sah.

»Einen Hund Cloşca zu nennen …«, sagte Lia und wedelte sich mit dem Buch Luft zu. »Das ist wirklich nicht normal. Als Nächstes kauft sie sich zwei Hühner und nennt sie Horea und Crişan, dann hat sie alle Nationalhelden zusammen.«

Judit zuckte mit den Schultern. »Ana, Liebes, wir haben das Dachgeschoss für dich vorbereitet, bring deine Sachen nach oben, ruh dich aus.«

Ich ging an ihr vorbei in die Veranda, die aussah, wie sie

immer ausgesehen hatte. Auf dem Tisch zwischen den hohen Fenstern stand ein Strauß Rosen, auf dem Sofa lagen Zeitschriften, von der Wand blickten die Vorfahren auf mich herab. Schnell ging ich auf den Wandteppich neben dem Tisch zu, auf dem Männer mit Turbanen gegen Männer mit Hüten kämpften, zog ihn zur Seite und schob mich durch die Tür. Es roch nach Putzmittel und feuchtem Holz und war so dunkel, dass ich nichts sehen konnte. Die Tür hinter dem Teppich hatte ich als Kind entdeckt. Irgendwann hatten Marius und ich den Schlüssel gefunden und waren hinaufgegangen. Der Dachboden war voller Kartons und Koffer gewesen. Wir hatten mit der Taschenlampe über die Kisten geleuchtet und waren schnell wieder die Treppe hinuntergelaufen, als wir ein Zucken in den Ecken spürten. Später wurden die Wände verputzt und die Fenster zum Garten vergrößert, und mein Vater fing an, auf den Dachboden zu gehen, um seine Bücher zu lesen, wenn draußen zu viele Verwandte herumliefen. Ich griff vor mir in die Luft und bekam die dünne Metallkette zu fassen, die sich kalt und rostig anfühlte. Als ich daran zog, erhellte eine Glühbirne die Treppe. Auf dem Dachboden hing ein silbriges Licht in der Luft, das durch die Gartenfenster hereinkam. Ich durchquerte das Zimmer und legte den Koffer auf das Bett. In Deutschland hatte ich vor meiner Kleiderstange gestanden, auf meine roten und schwarzen Blusen geschaut und beschlossen, im nächsten Laden alles zu kaufen, was hell und fröhlich aussah. Jetzt räumte ich die pastellfarbenen T-Shirts und Röcke in den leeren Holzschrank. Das schwarze Notizheft fiel auf den Boden, ich starrte es einige Sekunden lang an und schob es mit dem Fuß unter den Schrank. Dann öffnete ich die Fenster, schaute auf den Schuppen mit dem Hundehäuschen, die Laube und die Bäume dahinter, die so dicht standen, dass ich nicht erkennen konnte, wo der Garten aufhörte und das Gebirge begann.

»Der Ort, an dem ich an keinen anderen denke«, sagte eine Stimme in meinem Kopf.

Erbschaften

Durch die Kamera sah das Haus aus wie ein Museum. Das Gewitter hatte begonnen, der Regen fiel so dicht, dass der Hof nicht mehr zu erkennen war. Ich stand im Rumänischen Zimmer, unter freigelegten Dachbalken und schwenkte mit dem Handy über die Tücher und Ikonen an der Wand. Über den heiligen Georg, der mit seiner Lanze einen Drachen tötete, über Jesus, der mit einem Tuch um die Hüften auf einer Truhe saß. Aus seinem Oberkörper wuchs ein Weinstock, der sich um das Kreuz hinter ihm schlang. »Der Erlöser mit der Weintraube.«

Ein einziges Mal hatte ich in den Ferien einen Sommerkurs im Dorf besucht. Zusammen mit den anderen Kindern saß ich in einem kühlen Raum in der Schule. Auf unseren Tischen lagen Glasscheiben, Pinsel und Farben. Der Lehrer zeigte auf die Ikone auf seinem Pult. Der Erlöser mit der Weintraube sei die am meisten verbreitete Ikone, gefolgt von der Muttergottes, erklärte er. Die rumänischen Ikonen würden die Motive nur in ihren wesentlichen Grundzügen zeigen. Insgesamt seien leere Stellen zu vermeiden, alles müsse ausgefüllt werden, mit Blumen, Pflanzen, Engeln, Sternen. Dann sagte er etwas über den »harmonischen Geist des Gleichgewichtes« und die »Harmonie der Farben«, an das ich mich noch erinnerte, weil auch Nicu immer über die Harmonie der Dinge sprach, die Mitte, die immer eingehalten werden musste, in allen Lebenslagen. Wir sollten die Ikone auf dem Tisch abmalen, begannen mit den schwarzen Umrissen und malten die entstehenden Flächen aus. Der Lehrer lief durch die Reihen und schaute auf unsere Hände. Nachdem ich die Hälfte des Glases bemalt hatte, blieb er hinter mir stehen, beugte sich über mich. »Das sind die falschen Farben«, schnaufte er und nahm einen Lappen. Hier müsse rot gemalt werden, dort blau, er wischte quer über mein Glas, sodass nur ein farbiger Nebel übrig blieb.

Ich versuchte mich an die anderen Kinder zu erinnern, vielleicht war eines davon Raluca gewesen, doch in meiner Erinnerung waren ihre Gesichter nur noch verschwommene Flecken.

Ich ging durch die Tür in die Veranda, stellte mich vor die Wand mit den Familienporträts und hob gerade die Hand, um sie auszurichten, als ich ein neues Foto entdecke. Es zeigte Nicu mit Naela. Sie saß im Sessel, er stand neben ihr, eine Hand auf ihrer Schulter, die andere hinter dem Rücken. Ich hatte es aufgenommen und mich über Nicus Lächeln gewundert, jetzt erkannte ich darin das Lächeln des Buddenbrooks-Fotos. Nicu und Naela hatten am Tisch gesessen und sich unterhalten, als ich das Wohnzimmer betrat. Naela hatte aufgeblickt und mir einen Stuhl angeboten. »Frag mich, was du willst, ich habe fast hundert Jahre gelebt.« Mein Kopf war voller Fragezeichen gewesen, doch die Worte kamen nicht aus meinem Mund. Die einzige Frage, die es herausschaffte, war die nach einem Foto.

Ich trat einen Schritt zurück und betrachtete die Wand. Die Bilder waren nach Generationen und Familienzweigen geordnet. Ganz oben hingen auf der einen Seite ein Mann im Anzug mit gezwirbeltem Schnurbart und Stock und auf der anderen Seite ein Mann in langer schwarzer Robe, mit Bart und Schriftrolle.

Beide Männer waren zu Familienlegenden geworden, ihre Leben zu unterschiedlich erzählten Geschichten.

Das Leben des ersten Nicolae wurde als Geschichte des Aufstiegs erzählt. Nicolae, der als Kind aus dem Dorf in die Stadt geschickt wurde, um eine bessere Schule zu besuchen, der in weißer Pluderhose und bestickter Weste zwischen den deutschen Kindern in der Klasse saß, die ihm die Hefte klauten und ihn auslachten, und der es mit einem Stipendium an die Wiener Universität schaffte, zu einem erfolgreichen Kaufmann wurde, das Rumänische Haus baute und der »nie vergaß, wo er herkam«.

Aus dem Leben des Pfarrers waren zwei Anekdoten übrig geblieben, die mir Nicu zum Einschlafen erzählte.

Der Pfarrer lebte in einem Dorf nahe der ungarischen Grenze, das von einem Wolf bedroht wurde, einem Wolf, der größer und bösartiger war als alle anderen Wölfe und der jede Nacht die Schafe der Bauern riss. Niemand konnte ihn fangen, und keiner wusste, wie das Tier besiegt werden konnte. Eines Nachts saß der Ururgroßvater noch spät am Fenster und schaute in den dunklen Garten hinaus. Er hörte die Grillen, die Fledermäuse, den Hund an der Kette, dann hörte er, wie die Schafe im Stall über das Stroh sprangen und gegen die Wände stießen. Da wusste er, dass der Wolf gekommen war. Er nahm seinen größten Stock, öffnete die Haustür, spähte hinaus, und tatsächlich, hinter dem Zaun sah er die hellen Augen eines Wolfes. Er trat hinaus, und genau in dem Moment, in dem andere Wölfe zurück in den Wald gelaufen wären, sprang dieser Wolf über den Zaun in den Garten hinein und rannte los. Die Schafe hinter dem Ururgroßvater begannen zu schreien, er umfasste den Stock fester. Als der Wolf ihn ansprang, war der Aufprall so laut, dass die benachbarten Bauern in ihren Betten hochschreckten, sich aufrichteten und aus den Häusern eilten. Im Licht ihrer Fackeln sahen sie, wie der große Ururgroßvater mit dem riesigen Wolf kämpfte, wie erst der eine, dann der andere zu Boden ging, wie sie sich über das Gras rollten und Blut hinterließen. Der Ururgroßvater krümmte sich und richtete sich auf. Mit einer Hand hielt er den Nacken des Tiers umklammert, mit der anderen Hand seinen Rücken. Dann riss er den Wolf mit einer Bewegung in der Mitte durch.

Die zweite Anekdote spielte in einer Zeit, in der die Region besetzt wurde, ob von den Osmanen oder den Ungarn, hatte ich vergessen. Woran ich mich noch genau erinnerte, war, dass der Pfarrer den Anführer der aufständischen Bauern in einem Heuhaufen im Garten versteckte, der hoch und breit um einen großen Pfahl herum aufgetürmt war. Als die Soldaten kamen und fragten, wo der Anführer sei, sagte er: »Ich weiß es nicht!«

Sie durchsuchten das Haus und den Garten, stießen Lanzen in die Heuhaufen, doch sie fanden ihn nicht. Also fragten sie ein weiteres Mal. Der Pfarrer sagte wieder: »Ich weiß es nicht.«

Da zündeten die Soldaten eine Kerze an und hielten sie ihm vor das Gesicht. Aber der Pfarrer sagte nichts.

»Seitdem konnte er nie wieder richtig sehen«, beendete Nicu die Geschichte. »Was lernen wir daraus?« Ich lag unter der Bettdecke, sah den zerrissenen Wolf und den Mann im Heuhaufen und wusste die Antwort nicht.

»Ana, Schätzchen, der Kaffee ist fertig!«, rief Judit aus der Küche. Langsam ließ ich das Handy sinken und ging in das Grüne Zimmer. Naela saß auf einem der vielen Holzbetten, neben ihr ein Stapel Schallplatten.

»Sie will nichts trinken«, erklärte Judit und nahm Teller aus der Vitrine. Ich setzte mich auf den Hocker neben Lia und legte die Unterarme auf den Küchentisch. Er war so hoch, dass alle zu Kindern wurden, die sich an ihn setzten. Auch hier hatte sich nichts verändert, nur der alte Kaminofen in der Ecke war durch einen neuen ersetzt worden.

Ich atmete tief aus.

»Was atmest du so laut?«, fragte Kiki.

»Ich darf doch wohl …«, begann ich, stoppte, machte eine Pause und begann von den Behördengängen zu erzählen.

»Mach dir keine Sorgen, so ist das eben bei uns«, sagte Lia und reichte mir den Kaffee.

»Hier brauchst du Ausdauer«, sagte Judit und schob mir den Apfelkuchen zu.

»Ich werde nicht fahren, bis sie mir das Gemälde gegeben haben«, kam es aus meinem Mund.

»Da spricht das Blut deines Vaters in dir«, sagten die Tanten. Ich trank einen Schluck Kaffee. Was für ein seltsamer Satz, der so sehr hierher und so wenig nach Deutschland passte.

»Nicu war ganz besessen von diesem Gemälde, kaum etwas anderes hat ihn interessiert, als er hier war«, begann Lia.

»Auch die Verleihung der Widerstandsurkunde nicht?«, fragte ich.

»Die empfand er als lächerlich«, rief Judit.

Ich versuchte mich an das Foto auf der Zeitungsseite zu erinnern.

»Was wusstet ihr von der Verleihung?«

»Nichts, nur dass die Leute von der historischen Gesellschaft die Hütte eröffnet und die Urkunden überreicht haben, von der Stadt war jemand da, auch ein Professor aus Paris, den Nicu kannte. Er hätte nicht gehen sollen, mit seinem Rheuma …«, antwortete Judit.

»Und das Gemälde?«, fragte ich.

»Es wurde von einer armenischen Prinzessin nach Rumänien gebracht, die sich in den Ururururgroßvater verliebte, und in der Familie, väterlicherseits, weitergegeben, an die Mutigsten, sieben Generationen Pfarrer!«, erklärte Judit.

»Was für ein Quatsch«, sagte Lia.

»Das hat Nicu immer erzählt, und er, als der Älteste, hat am meisten mit den Großeltern geredet«, sagte Judit.

Lia verzog den Mund.

»Kiki«, fragte ich, »weißt du, woher das Gemälde kommt?«

Kiki richtete sich in ihrem Stuhl auf und erzählte von einer Reise meines Urgroßvaters nach Jerusalem, »für die Bank, wichtige Geschäfte«, als er wiederkam, habe er ein riesiges Gemälde dabeigehabt.

»Das war kein Gemälde, das war ein Wandteppich mit dem *Letzten Abendmahl*, der hier in der Kirche hängt«, sagte Judit.

»Ich weiß!«, rief Kiki, »aber auch ein Gemälde.«

»Nein«, rief Judit.

»*Parlez-moi d'amour*«, sang es aus dem Rumänischen Zimmer. Draußen donnerte es, und ein Blitz erhellte den Himmel. Ich zuckte zusammen.

»Mach dir keine Sorgen, Ana«, sagte Judit, die meinem Blick zum Fenster gefolgt war. »Der Blitz schlägt immer im höchsten Haus ein. Die Kirche hat einen Blitzableiter.«

Cloclo begann zu bellen, und etwas funkelte im Regen. Ein Augenpaar, zu hoch für einen Hund.

»Kommen eigentlich Wölfe ...«, begann ich und wurde von Kiki unterbrochen, die zur Tür sprang und sie aufriss.

»Die Kuh! Die Kuh!«, rief sie. Ihre Worte waren kaum zu verstehen, so laut fiel der Regen auf das Metalldach des Schuppens. Ich trat neben sie. Im Hof stand eine Kuh mit einem weißen Dreieck auf der Stirn und kaute auf einem Grasbüschel. Wir starrten sie an, zwischen den Steinen hatten sich kleine Bäche gebildet.

»Mach, dass du wegkommst!«, rief Kiki.

Die Kuh kaute weiter, zog den Kiefer nach unten, zur Seite, nach oben und wieder nach unten. Kiki fuchtelte mit einem Stockschirm in ihre Richtung. Die Kuh schaute uns noch einen Moment an, drehte sich dann um und ging mit schwingender Glocke in den Garten hinauf.

»Diese verfluchte Kuh«, sagte Kiki. »Wahrscheinlich kommt sie über den kaputten Zaun in den Garten.«

Die Tanten begannen über den Zaun zu diskutieren.

»Irgendwas an dieser Kuh ist seltsam«, stellte Kiki fest.

»Ach was«, antwortete Lia.

»Ich sag dir, irgendwas liegt in der Luft, vor ein paar Wochen in der Kirche, da hat mir eine Frau erzählt, dass ihre Freundin aus dem Nachbardorf ein brennendes Pferd auf einer Brücke gesehen hat, das ist ein böses Omen.«

»Mach die Nachrichten an«, sagte Lia, »dann weißt du, was in der Luft liegt.«

Ein Blitz zuckte über den Himmel, und ich dachte an Iancu und die Zwillinge im Jeep. »Hoffentlich ist Iancu gut in der Hütte angekommen.«

»Sicher«, sagte Lia, »Iancu fährt auch im Gewitter durch die Berge, oder im Schnee. Er hat schließlich Nicu nach unten gebracht, als er in der Hütte des Professors gefunden wurde. Hat ihn den steilen Hang bis zum Auto hinuntergetragen.«

Ich sah Iancu mit dem ohnmächtigen Nicu auf dem Rücken durch den Schnee laufen und zwinkerte schnell.

»Das war mir nicht klar …«, murmelte ich.

»Was hast du denn gedacht, wie er vom Berg hinuntergekommen ist?«, unterbrach mich Judit.

»Ich dachte, der Krankenwagen …«, antwortete ich heiser.

»Der Krankenwagen? Wenn du hier auf den Krankenwagen wartest, bist du tot, bevor er ankommt«, sagte Lia. Ich starrte in ihre hellbraunen Augen, die denen meines Vaters so sehr ähnelten, nur dass sie hart statt traurig waren. Meine Hand zuckte, ich schob sie unter meine Beine und biss in den Kuchen.

Marius

»*Like a virgin*«, sang Madonna, und ich wachte auf. Meine Füße ragten unter dem leeren Deckenbezug heraus. Es hatte die ganze Nacht gedonnert, der Regen hatte auf das Dach getrommelt, immer wieder war ich aufgewacht. Ich hatte von einem anderen Dachboden geträumt, auf dem ich eine blaue Urkunde zwischen Tauben suchte, deren Flügel mir ins Gesicht schlugen, und schließlich unter dem Bett eine tote Kuh entdeckte, der die Augen fehlten.

»*Das ist Magic FM, die Musik der Neunziger und das Beste von heute*«, die Stimme des Moderators, die aus dem Radiowecker kam, war tief.

»*Und jetzt zu unserer Ummmmfraage heute am Feiertag*«, sagte eine Moderatorin mit hoher Stimme. Mir war heiß, das Gewitter war vorbei, und die Sonne schien auf mein Gesicht.

»*Wer ist der wichtigste Rumäne und wer der wichtigste Heilige? Sie können noch bis heute Abend im Internet abstimmen. Bis jetzt haben wir viele verschiedene Einsendungen bekommen. Maria Tănase ist weit vorne und Jesus auf Platz zwei. Sogar Ceaușescu wurde vorgeschlagen. Ohoh.*«

Der Moderator übernahm: »*Und jetzt zu unserer Frage von gestern: Wann sind Sie glücklich? Da haben viele angerufen.*« Verschiedene Stimmen wurden abgespielt, die alle Ähnliches sagten: »*Wenn ich aufwache und mein Kind neben mir liegt und noch halb im Schlaf ›Guten Morgen‹ sagt. Wenn ich nach einem langen Arbeitstag nach Hause komme und mein Mann und meine Kinder auf mich warten.*«

Ich rollte aus dem Bett, schlug nach dem Radiowecker und

verfehlte ihn. Ein rumänisches Lied begann, ich ging zum Waschbecken neben dem Schrank. Das Wasser war so kalt, dass mein Herz schneller schlug. Ich öffnete eines der Gartenfenster und ließ die warme Luft meinen Oberkörper und mein Gesicht trocknen, irgendwo krähte ein Hahn.

»*Jeder hält es mit der Spiritualität anders*«, sagte der Moderator, »*aber Feiertage sind wichtig. Eine wichtige Tradition, das wissen wir alle, und das sagt auch unser Priester.*«

Ein Mann mit Autorität in der Stimme sprach darüber, dass gefeiert werden sollte, nicht gearbeitet, dabei gelte es aber nicht zu übertreiben, es sei schließlich ein religiöses Fest. Während ich ein Kleid überstreifte und hinunterging, wunderte ich mich über den weiteren Feiertag. In der Veranda war es so hell, dass ich blinzeln musste, der Staub glitzerte in der Luft. Das Knarren der Holzdielen war das einzige Geräusch, das zu hören war, die Tanten mussten in der Kirche sein. Ich machte mir einen Kaffee, nahm das Gedichtbuch und ging durch das Grüne in das Gelbe Zimmer. Fast hätte ich die Holzhalterung mit der Schüssel umgeworfen, über der wir uns früher gewaschen hatten. Ich stieg auf eines der Betten und setzte mich in das geöffnete Fenster. Auf dem Dorfplatz flogen Schwalben zwischen einer Gruppe von Jungen auf Fahrrädern hindurch. Neben dem Laden putzte eine Frau mit kurzen, pinken Haaren den Regen der Nacht von den Stühlen. Ich fuhr mit der Hand über das aufgesprungene Holz des Fensters. Hier hatte meine Mutter gestanden und »die Kühe kommen« gerufen.

Marius und ich waren über den Dorfplatz gerannt, bis wir an der Mauer waren. Wir stiegen auf die rot-weißen Stäbe, die

die Pfosten miteinander verbanden. Die Kühe gingen die Straße entlang, die vollen Euter schwangen zwischen ihren Beinen hin und her. Immer wieder blieben sie stehen, zupften Gras zwischen den Steinen heraus, bis sie an ihrem Tor angekommen waren. Wenn die letzte Kuh in ihrem Hof verschwunden war, stellten wir uns auf die Stäbe und balancierten mit ausgebreiteten Armen von einer Seite auf die andere. Wir probierten, wer länger auf einem Bein stehen konnte, tauschten auf dem bröckligen Metall die Plätze und lachten, wenn einer von uns abrutschte und hinunterfiel. Dann rannten wir zu den Bauern, um Milch zu holen. Jeden Abend waren wir zu früh, und jeden Abend saß die Bäuerin auf dem Melkschemel neben der Kuh und zeigte auf die offene Scheunentür. Wir liefen an den Hühnern vorbei in die Scheune und kletterten die Leiter auf den Heuboden hinauf. Das Heu reichte uns bis über die Köpfe, wir zogen uns auf einen der Balken und sprangen hinein, ließen uns fallen, mit dem Gesicht zuerst, dem Rücken zuerst, mit einem Salto. Das Heu stach uns in die Haut, und das Atmen fiel schwer, wenn wir Tunnel gruben, aber das machte alles nur noch aufregender.

Anders rauschen die Brunnen, anders rinnt hier die Zeit.
Früh faßt den staunenden Knaben Schauder der Ewigkeit.
Wohlvermauert in Grüften modert der Väter Gebein,
Zögernd nur schlagen die Uhren, zögernd bröckelt der Stein.
Siehst du das Wappen am Tore? Längst verwelkte die Hand.
Völker kamen und gingen, selbst ihr Namen entschwand.
Aber der fromme Bauer sät in den Totenschrein,
Schneidet aus ihm sein Korn, keltert aus ihm seinen Wein.

Anders schmeckt hier der Märzenwind, anders der Duft von Heu,
Anders klingt hier das Wort von Liebe und ewiger Treu.

Die Morgensonne fiel auf die Buchseite, und ich gähnte.

»*Ciao* Ana« rief jemand. Marius stand auf dem Dorfplatz neben seinem Auto und winkte mir zu. Er grinste, und unter Bartstoppeln und Bauchansatz erschien der dürre Junge der vergangenen Sommer. Ich schwang die Beine aus dem Fenster und sprang. Der Abstand zum Boden war größer, als gedacht, und ich musste mich mit den Händen auf dem Boden abstützen.

»Sieht so aus, als müssten wir mal wieder zusammen auf Bäume klettern«, rief Marius. Wir standen einige Sekunden unschlüssig voreinander und umarmten uns dann.

»Die Tanten haben mir gesagt, dass du hier bist, ich hab heute Zeit, nach dem Zaun zu schauen«, sagte er, als wir zum Tor gingen. Ich schaute ihn von der Seite an.

»Du siehst gesünder aus«, sagte ich.

»Ich hab abgenommen, trinke nicht mehr so viel Bier«, antwortete er. Cloclo kam aus seiner Hütte und bellte, wir gingen unter der Weinlaube hindurch auf ihn zu, und er verstummte. Ich fuhr mit den Fingern über die Metallstäbe, an denen wir hinaufgeklettert waren, um an die Weintrauben zu gelangen. Die hüfthohe Mauer, die den Hof und den Garten trennte, war mit Beeren- und Rosenbüschen bewachsen, die über die Jahrzehnte zu einem Teppich aus Dornen, Beeren und Rosenknospen verwachsen waren. Die Stufen, die in den Garten hinaufführten, bestanden aus Flusssteinen, über die riesige Käfer und Ameisen krabbelten. Kaum waren wir in den Garten getreten, umfing uns das Zirpen von Grashüpfern. Ich spürte, wie ein kleiner Körper an die Innenseite meiner Hand stieß. Ich hielt einen der Grashüpfer in meiner Faust und dachte darüber nach, wie einfach es wäre, die Hand zuzudrücken. Marius stand barfuß neben mir, das Gras reichte uns bis zu den Schultern. Auch er hielt einen Grashüpfer, mit den Fingern einer Hand umfasste er seinen Körper, mit den Fingern der anderen riss er ihm die Beine aus, und ich schrie, dass ich nie wieder mit ihm spielen würde, wenn er nicht damit aufhörte.

Jetzt reichte uns das Gras bis zum Bauch, wir stiegen über Maulwurfshügel an Pflaumen-, Kirsch- und Mirabellenbäumen vorbei. Der Zaun neben uns war verdreht und heruntergerissen, als hätte jemand versucht, ihn zu entfernen, und nach der Hälfte der Arbeit aufgegeben. Im Garten der Nachbarn standen nur wenige Bäume, das gemähte Gras lag zum Trocknen auf dem Boden, es roch nach Heu. Marius untersuchte den Zaun genauer.

»Das ist leicht zu reparieren«, sagte er, »das mach ich nach dem Familienfest nächste Woche.«

Er schaute auf sein Handy.

»Ich hab noch ein paar Stunden. Komm, wir gehen unseren alten Weg. Erinnerst du dich noch an unseren Baum?« Er drehte sich um und ging auf den Nussbaum zu. Der Baum war kleiner als in meiner Erinnerung und sah schief und eckig aus. Sein Stamm reichte mir bis zu den Schultern und verzweigte sich dort zu zwei Ästen. In der Mitte des Stamms war eine längliche Kuhle, in die wir früher unsere Füße gestellt hatten, um uns hinaufzuziehen.

»Da haben wir auf den Schafsfellen gesessen«, sagte Marius und zeigte auf den fast waagrechten Ast.

»Und haben uns Geschichten erzählt, von Monstern in den Bergen und Schätzen«, ergänzte ich, und wir schauten uns an, und einen Moment war es so, wie es immer gewesen war.

»Die es wirklich gibt, also die Schätze«, redete Marius weiter, »Daker-Gold, das sie dort vergraben haben, um es vor den römischen Truppen zu verstecken.«

»Und das liegt noch dort, nach Hunderten von Jahren?«

»Seit zweitausend Jahren. Iancu und ich wollen mit einem Metalldetektor in die Berge gehen. Auch dein Vater hat danach gesucht.«

»Vor zwei Jahren?«, fragte ich.

»Das glaub ich nicht, aber er hat immer davon erzählt.«

Schnell zeigte ich auf den Baum.

»Er sieht schief aus«, ich tastete über den hellen Fleck, wo ein Ast gewesen war, und fühlte die Rillen einer Säge.

»Kiki hat die Bäume beschneiden lassen und einen alten Apfelbaum gefällt. Adriana hat sich furchtbar aufgeregt.« Jetzt sah ich den Ast im Gras liegen. Ich stieß mit dem Fuß dagegen, drückte fester und fester, das Moos löste sich, und die Würmer darunter wurden sichtbar, dick wie ineinander verschränkte bleiche Finger. Ich rollte den Ast weiter, bis er im hohen Gras verschwand.

»Komm, wir gehen zum Bach«, sagte ich.

Wir liefen bis zum Ende des Gartens, traten auf den steinigen Weg und folgten ihm in Richtung der Berge, bis wir vor einem Holzzaun standen. Marius zählte die Latten, hielt bei einer und rüttelte daran, doch nichts bewegte sich.

»Nummer 32«, sagte ich. Sein Blick hellte sich auf, er griff zwei Latten weiter und klappte eine zur Seite.

»Da passen wir nicht mehr durch«, sagte ich und betrachtete den schmalen Spalt.

»Das geht schon«, Marius bückte sich und schob den Kopf durch den Zaun.

»Wollen wir nicht einfach über die Hauptstraße zum Bach …«, begann ich.

»Ana!«, rief Marius, »halt mal den Zaun fest.« Er lag seitlich gebeugt halb auf dieser und halb auf der anderen Seite. Ich hielt die Latte nach oben, doch Marius steckte fest. Der Zaun war so hoch, dass ich nicht auf die andere Seite schauen konnte.

»Hoffentlich haben sie keine Hunde!«, sagte ich.

»Das hilft nicht, schieb mich rüber«, rief Marius. Mit dem Rücken hielt ich die Latte oben, mit den Armen umschlang ich Marius' Beine und drückte gegen sie. Wir zogen und drückten, und irgendwie schaffte ich es, Marius auf die andere Seite zu schieben. Keuchend kam er auf dem Boden auf.

»Jetzt du!«, rief er. Ich überlegte, über den Zaun zu klettern, aber die Latten waren so dünn, dass sie durchbrechen würden. Ich bückte mich, drehte den Oberkörper und schob mich auf die andere Seite. Marius griff unter meine Arme, das Holz schleifte über meinen Rücken. Ich zog meinen Bauch ein, stieß die Füße vom Boden ab, meine Hüftknochen schmerzten. Marius zerrte mich mit einem Ruck auf die andere Seite und ließ los. Ich fiel, rollte auf den Rücken, sah die Blätter der Bäume über mir flimmern. Das Gras war so hoch wie in unserem Garten. Ich sah die kleine Frau mit Kopftuch aus dem Haus kommen und schimpfen, während sie ihren Stock schwang und wir kichernd losrannten, doch die Fensterläden des dunklen Holzhauses blieben geschlossen.

»Die Alten sind gestorben, und die Jungen kommen nur in den Ferien«, sagte Marius. Wir durchquerten den Garten und gingen an der Hütte vorbei. Marius lief auf den Schuppen zu, neben dem noch immer das Holz für den Winter gestapelt war. Wir kletterten hinauf, hörten einzelne Scheite auf den Boden fallen und sprangen auf die andere Seite. Diesmal hatte ich den Abstand besser eingeschätzt und federte mein Gewicht ab. Von hier war der Bach nur noch wenige Schritte entfernt. Wir schoben uns an Häusern vorbei, stiegen über Farne und bogen Haselnusssträucher zur Seite. Aus einer der Küchen kam der Geruch von Kraut und Fleisch. Vor uns versperrten Dornenbüsche den Durchgang, Marius schob sie mit seinem Taschenmesser zur Seite, ich folgte ihm gebückt, die Arme vor dem Gesicht. Wir traten auf einen moosbedeckten Felsen, der Bach lag von Bäumen umgeben vor uns. Links rauschte der Wasserfall in das Becken hinein, von dem Staudamm auf der rechten Seite war kaum noch etwas übrig geblieben. Kinder sprangen ins Wasser und bauten Steine zu einer immer höher werdenden Mauer. Gesichter und Badeanzüge änderten sich, waren die der Großeltern, der Eltern, waren unsere, die Bewegungen blieben gleich. Wir zogen unsere Schuhe aus und kletterte ins Wasser. Es war so kalt, dass sich meine Muskeln zusammenzogen. Wir gruben Steine aus dem silbrig glitzernden Sand und stapelten sie von einer Uferseite zur anderen. Marius erklärte, dass er lange nicht mehr hier gewesen war, sein Leben sei jetzt anders, seine Tochter habe ihm gezeigt, dass es Zeit sei, ernsthaft zu werden, Verantwortung zu übernehmen: »Kein Durch-die-

Gegend-Rennen mehr, keine Arbeit auf Kreuzfahrtschiffen, kein Betrinken.« Ich sah ihn im Zaun stecken und lächelte. Er warf einen großen Stein auf den Staudamm, das Wasser spritzte auf unsere T-Shirts, und er redete weiter, davon, dass er mit seiner Tochter herkommen würde, um ihr alles zu zeigen, wenn sie in ein paar Jahren noch hier sein würden.

»Was meinst du?«, fragte ich, »wollt ihr wegziehen?«

»Wenn die Proteste nicht helfen, wenn die Menschen nicht endlich wählen gehen und sich für Politik interessieren, wenn die Justizreform umgesetzt wird und die alten Kommunisten die Wahl gewinnen, dann wandern wir aus«, antwortete Marius. »Deshalb haben wir unsere Tochter Cassandra genannt. Ein internationaler, starker Name. Die Einzige, die die Wahrheit sieht.«

»Ist Cassandra nicht verflucht worden?«, versuchte ich mich an die Sage zu erinnern.

»Jaja«, erwiderte Marius, »aber sie ist die, die in die Zukunft, die nach vorne blickt.«

»In die Zukunft«, wiederholte ich, und wir bauten schweigend weiter.

»Manchmal frage ich mich, warum wir so viel zurückblicken, warum wir die alten Geschichten erzählen«, Marius grub die Hände tief in den sandigen Boden. »Und an anderen Tagen denke ich, dass es Dinge gibt, die erzählt werden müssen, wir haben so vieles nicht in der Schule gelernt. Für die nächste Generation soll es anders sein.« Er lehnte sich zurück und zerrte an einem großen Stein. Ich hatte ihn noch nie so nachdenklich erlebt. »Gerade habe ich ein Buch gelesen, es geht um …«, begann er und fiel mit einem lauten Platschen rückwärts ins

Wasser. Einen Moment hielten wir vor Überraschung die Luft an, dann lachten wir und konnten nicht mehr aufhören. Ich warf meinen Stein auf die Mauer, holte tief Luft und ließ mich nach hinten fallen. Das Wasser schnitt durch meine Brust, war so kalt, dass ich kaum atmen konnte, schnell bewegte ich Arme und Beine, nach zwei Zügen war ich in der Mitte des Beckens angekommen und schwamm gegen die Strömung, schon fühlte ich die Kälte nicht mehr, hörte nur das Rauschen des Wassers, das zu uns herunterfloss. Jetzt war Marius hinter mir, wir kletterten die Steine hinauf und rutschten den Wasserfall hinunter, bis unsere Lippen blau waren und unsere Beine voller Kratzer. Dann holten wir die Schuhe, wateten auf die andere Seite und stiegen den Hang bis zum Ziehbrunnen hinauf. Wir liefen über die Brücke und hinterließen eine Spur aus Tropfen auf der *Strada Bisericii.* Wir zeigten auf den Bach: »Hier haben wir Fische gefangen und wieder ins Wasser geworfen«, liefen an dem Haus mit den Herzen im Tor vorbei und sagten: »Hier haben wir Milch geholt und sind auf den Heuboden gestiegen«, liefen am gelben Haus des Bäckers vorbei, an dem jetzt ein Schild mit Gänseblümchen hing, und sagten: »Hier haben wir Brot geholt, es war so heiß, dass wir es in die Luft geworfen haben, und trotzdem bissen wir gleich hinein, es war das beste Brot der Welt.«

Wir grüßten eine kleine Frau mit schwarzem Kopftuch, die auf einer Bank im Schatten saß, und waren auf dem Dorfplatz angekommen. Im Laden stellte die Frau mit den pinken Haaren *mămăligă*-Packungen, Chips und Gummibärchen in die Regale. Ihr Mann stand an der Fleischtheke, hinter ihm hing ein gerahmtes Zertifikat neben dem Foto eines Priesters.

»Mihaela! Mihai! *Servus*!«, rief Marius. Beide drehten sich um und kamen auf uns zu. An Mihaela glitzerte alles, die Plateausandalen, die Fingernägel, der Kajalstrich. Mihai war ganz in Schwarz gekleidet und trug einen Vokuhila.

»Die beiden haben mich früher gerettet, wenn mir am Wochenende das Bier ausgegangen ist«, sagte Marius und lachte, dann zeigte er auf mich. »Das ist Ana, meine Tante, ja wirklich, wir sind gleich alt, aber sie ist meine Tante, meine Mutter ist die Tochter der Schwester ihres Vaters.« Die Ladenbesitzer schauten uns verwirrt an.

»Der Laden ist am Feiertag geöffnet?«, fragte ich.

»Essen brauchen die Menschen immer«, nickte Mihaela, »aber sonst arbeitet man am Feiertag nicht, *nu este bine*. Wir haben auch Heiligenkalender, da stehen alle drin, egal ob christliche Heilige oder Waldgeister. Wollt ihr?«

»*Nu mulţumesc*«, sagte ich, und wir drehten uns zum Gehen.

»Einen Moment!«, rief Mihai und kam mit zwei schmalen Flaschen aus dem Laden, auf die jeweils das Bild eines Vampirs geklebt war.

»Hat Radu eben gebracht, der erste *ţuică* des Jahres, für euch.«

»Radu hat wirklich die Dracula-Aufkleber auf seinen Schnaps geklebt!«, sagte jemand hinter uns, und ich zuckte zusammen. Als ich mich umdrehte, stand Raluca in einem hellbraunen Leinenkleid vor mir. Es war seltsam, sie hier zu sehen, als käme sie aus einer anderen Welt, die nicht zu der des Dorfes passte, ein Stück Realität in meinem Erinnerungsort.

»Er sagt, die Touristen mögen es«, antwortete Mihai.

»Sie würden es auch mögen, wenn wir die alten Obstsorten

darauf kleben, aus denen der Schnaps gemacht ist, statt die Erfindung eines irischen Schriftstellers«, sagte Raluca. »*Ciao* Ana, ihr seid zusammen ins Wasser gesprungen?« Sie musterte uns, in ihren Augen blitzte es.

»Wir waren baden«, antwortete Marius und grinste etwas verlegen. Ich schaute verwirrt von einem zum anderen, bis Raluca lachte.

»Oh, Marius«, sie legte ihre Hand auf seine Schulter, »jeder im Dorf weiß, dass ich deine Freundin war, zumindest einen Sommer lang.« Marius' Wangen wurden rot, und auch ich musste grinsen.

»Habt ihr die Kuh gesehen?«, redete Raluca weiter.

Ich sah Kiki mit dem Schirm in der Hand im Türrahmen stehen.

»Mit einem weißen Dreieck auf der Stirn?«

Raluca nickte. »Sie ist verwirrt, sie ist jung und hat bei verschiedenen Bauern gelebt.«

Ich erzählte, dass sie in unserem Garten gewesen und wieder verschwunden war.

»Ihr solltet bei mir vorbeikommen«, sagte Raluca. Marius murmelte etwas von seiner Arbeit, seiner Tochter, dem Parteitreffen.

»Parteitreffen?«, fragte Raluca. »Du bist eingetreten? Bei welcher bist du, sicher bei einer der neuen. Den Europäern oder den Nationalisten?«

»Den Europäern natürlich!«, rief Marius.

»Natürlich«, Raluca lächelte.

»Ich komme vorbei«, sagte ich, »zum Schnitzen in den nächsten Tagen?«

»Fantastisch«, antwortete Raluca. »Morgen Abend, das Holzhaus neben der Kirche mit den roten Fensterläden und dem vielen Efeu. Ich muss weiter«, sie warf uns eine Kusshand zu und ging Richtung Schule davon. »Marina Abramović!«, rief sie.

»Die Kuh heißt so«, erklärte die Ladenbesitzerin, »ihr Mann hat sie so genannt, nach einer Künstlerin.«

»Er ist verrückt«, sagte Marius.

»Ein Schauspieler aus Bukarest«, sagte Mihai.

»Seit wann kennst du Raluca?«, fragte ich Marius, während wir zum Haus hinübergingen.

»Schon immer«, antwortete er, »ich durfte mit keinem der anderen Kinder aus dem Dorf spielen.«

»Warum?«

»Na ja, natürlich wegen unserer Familie, ich war zu gut für die Bauernkinder. Vor Raluca hatten alle Angst, ihr Großvater war sehr streng und eine Berühmtheit, er hat Bücher geschrieben, ich habe auch eines von ihm, über Piteşti, von dem ich dir eben am Wasser erzählen wollte. Die Großmutter war einmal Tänzerin, ich hab nicht viel mit ihnen gesprochen, wir haben uns heimlich getroffen, und ich war damals noch sehr schüchtern.«

Wir erreichten das Tor. Kaum hatte ich aufgeschlossen, hörte ich die Tanten, die in Sonntagskleidern und Hüten auf uns zukamen.

»Marius!«, rief Kiki. »Gut, dass du da bist, du musst den Zaun reparieren! Aber natürlich nicht heute. Ah, da stehen Mihaela und Mihai. Ihr Sohn betrinkt sich gerade wieder in der Kirche. Nach der Totenandacht wird ein Glas *ţuică* getrunken, so macht man das, ein Glas, aber nicht mehr.« Sie drückte mir in Plastik eingepackte Hefeknoten in die Hand und ging zu den Ladenbesitzern hinüber.

»Sie muss sich immer einmischen«, Judit schüttelte den Kopf. »Kommt rein, wir haben *sarmale* gemacht.«

Schnitzen

Ich hatte den Kopf an den Stamm des Nussbaums gelehnt und beobachtete einen Greifvogel, der über mir kreiste. Von irgendwoher kam das Klappern von Pferdehufen und das Knattern eines Rasenmähers. Die Stimmen der Tanten wehten von der Laube herüber. Sie diskutierten, für welche toten Familienmitglieder bei der Familienfeier gebetet werden sollte. Kiki rief immer wieder, dass der »Held der Familie« nicht vergessen werden dürfte. Lia war der Meinung, dass sein Tod vor hundert Jahren zu lange her sei. Judit bestimmte, dass alle Verstorbenen auf die Liste kämen, aber nur die Toten der letzten sieben Jahre besonders erwähnt werden sollten.

Ich schlug mein Notizbuch auf, um über Iancu zu schreiben, der Nicu durch Schnee und Eis den Berghang hinuntertrug, über die Hütte des Professors und die Eröffnungsfeier der historischen Gesellschaft. Mein Kugelschreiber malte Spiralen, ich beugte mich über das Papier, roch an der Tinte, spürte die Kugel in das Papier drücken und schaute erst wieder auf, als die ganze Seite gefüllt war.

Warum ist Nicu in die Hütte des Professors gegangen?, schrieb ich über die Spiralen. Ein lautes Summen ließ mich aufblicken.

Im Busch neben mir flogen winzige Vögel von Blüte zu Blüte, mit ihren langen, dünnen Schnäbeln sahen sie aus wie kleine Kolibris. Ich beugte mich nach vorne und versuchte zu erkennen, ob es Vögel oder Insekten waren, aber ihre Flügel vibrierten so schnell, dass ihre Form kaum zu sehen war. Ich zeichnete eine Blüte und einen Vogel mit langem Schnabel und musste lachen, als ich an Marius' Gesicht dachte, als er Raluca sah. Ich fragte mich, was sie zusammengebracht hatte, ob es ihre gemeinsame Abenteuerlust oder ihr gemeinsames Alleinsein gewesen war. Mit geschlossenen Augen blätterte ich durch den Gedichtband, fuhr mit den Fingern über eine Seite, hielt inne und las.

Es ist ein kleiner Schmerz,
wie ein Schnitt an der Fingerspitze,
bei jedem Handgriff spürbar.

Ich dachte an das Gemälde. Was würde passieren, wenn ich wirklich länger bleiben musste? Und was, wenn ich das Gemälde bekam, es in den Händen hielt und nichts passierte, der Schmerz nicht verschwand, das Zittern nicht aufhörte?

Es fällt so schön auseinander,
Tag für Nacht und Nacht für Tag.
Wie blüht eigentlich Oleander?
Und es hilft auch nicht mehr, daß ich's sag.

Uns trennen im Bett die Toten,
uns trennt auch am Tisch der Wein,

vorbei die Tage, die roten,
allein ist nicht mehr allein.

Ein Marienkäfer krabbelte über meine Finger, ich zählte seine Punkte, hielt die Hand in die Höhe und blies ihn in die Luft.

Ich lief über die *Strada Bisericii* zu Raluca, das sanfte Licht des Abends hing golden und rot in der Luft und ließ selbst verfallene Häuser friedlich aussehen. Meine Haut roch nach dem Essig, den die Tanten über meine zerstochenen Beine gegossen hatten. Als ich gegangen war, hatten sie mir noch eine Flasche *vişinată* in die Hand gedrückt: »Likör, hat André aus unseren Kirschen gemacht, für deine Freundin«, sagten sie und fügten hinzu, dass Adriana angerufen habe. »Sie hat mit der Anwältin gesprochen, vielleicht gibt es eine Möglichkeit, dass du nicht für die Dokumente nach Bukarest musst.«

Vor dem Friedhof stand ein Reisebus, Menschen stiegen aus, die auf Deutsch darüber diskutierten, ob noch mit dem Pferdewagen gefahren werden sollte, das sei romantisch »wie bei den Großeltern«, sagten die einen, aber unbequem und »schlecht für den Rücken«, sagten die anderen. Die Bustür schloss sich, und die Musik begann, ein dürrer Mann mit dicker Brille spielte Flöte, eine stark geschminkte Frau mit Kreuzkette Geige, ein Mann mit dickem Bauch und hohem Hut Akkordeon. Die Tänzer in Trachtenkleidung legten die Arme um die Schultern der Nachbarn, liefen nach rechts, liefen nach links, bildeten einen Kreis für die *horă*. Die Musiker spielten schneller und schneller, die Töne sprangen durcheinander, jetzt wurden auch die Tanzenden schneller, warfen die Füße, schnalzten, hüpften im

Kreis. Die Touristen verließen den Schatten ihres Reisebusses und klatschten.

Raluca stand vor dem roten Tor und unterhielt sich mit Radu, der mit einer Hand Rex und mit der anderen einen Segway hielt, dessen Nummernschild mit einem Iron-Maiden-Aufkleber überklebt war.

»*Servus* Ana, da bist du ja«, sagte Raluca, ging schnell auf mich zu und küsste mich auf die Wangen.

»*Ciao* Ana«, sagte auch Radu und tippte sich mit zwei Fingern an die Schläfe.

»Und *servus* Radu«, fügte Raluca hinzu, »da hinten kommen die Pferdewagen, du solltest deinen Touristen hinaufhelfen«, sie zeigte auf drei Pferdewagen, die ins Dorf hineinfuhren. Statt mit Heu waren sie mit Kissen gefüllt, die Männern mit den Zügeln in der Hand trugen Trachtenwesten und Pluderhosen.

»Komm, Ana«, Raluca drehte sich um und stieß das Tor auf. Ich folgte ihr in den grasbedeckten Innenhof, schnell schloss sie die Tür hinter uns und schob den Riegel vor.

»Seit meine Großeltern gestorben sind, denkt er, er ist mein neuer Vater«, sagte sie. »Er organisiert die Touristensachen und will, dass ich mitmache. Ich hab ihm gesagt, dass er lange warten kann, bis ich in meinem Trachtenkleid für seine Rentner die *horă* tanze, auch wenn er mein Onkel ist.« Raluca stieß sich vom Tor ab.

»Aber lassen wir das. Willkommen, Ana!«, sie breitete die Arme aus. »Das ist das Haus meiner Großeltern. Hier links der Stall, rechts meine Werkstatt, im Mittelteil die Wohnräume.« Sie zeigte auf zwei Holzbauten und das einstöckige Steinhaus in der Mitte. Ich reichte ihr die Flasche *vişinată*.

»Dank, Ana!«, sagte sie. »Komm, ich habe gerade Seife gemacht, ich räum schnell auf und hol die Schnitzsachen.«

»Ich helfe dir«, antwortete ich, doch sie schüttelte den Kopf und zeigte auf den Tisch vor der Werkstatt.

»Nimm Platz«, sagte sie, und ich setzte mich auf einen der mit Farbe besprenkelten Stühle, während sie Schüsseln und Tücher aufeinanderstapelte und ins Haus brachte. Der Tisch roch nach Lavendel und Rosen, die Musik war ein entfernter, stampfender Rhythmus, ich rückte den Stuhl in die Sonne, vor dem Stall stand ein riesiger Brennnesselbusch. Bevor ich es verhindern konnte, stand Nicu barfuß zwischen den Brennnesseln, die ihm bis zu der kurzen Jeanshose hinaufreichten. Sein Oberkörper war nackt, auf den weißgrauen Brusthaaren lagen Edelstein- und Kreuzkette nebeneinander. Er streckte die Hand aus, und ein kleines Mädchen mit Blumenkleid und langem Zopf sprang auf ihn zu, bremste im letzten Moment und blieb stehen.

»Komm, es ist gesund, in Brennnesseln zu stehen«, sagte Nicu und begann Blätter von den Pflanzen zu reißen und sie in eine Schüssel zu legen. Das Mädchen sprang weiter, die Brennnesseln reichten ihm bis zu den Schultern, umschlangen seine Beine, bissen in seine Haut. Es erstarrte und griff nach der Hand des Vaters.

»Denk nicht an den Schmerz, denk an etwas anderes«, sagte Nicu, und das Mädchen griff in die Brennnesseln und dachte an das Hühnerküken, das flauschig und piepsend im Garten wartete. Als die Schüssel voll war, strich Nicu über die Haare des Kindes. »*Asta este fată lui tata*«, sagte er, das ist Papas Mädchen. Da kam Elisabeth aus dem Haus und sah die roten Bläschen auf der Haut des Mädchens.

»Warum ist sie barfuß und im Sommerkleid?«, fragte sie.

»Das macht nichts, sie muss lernen, mit Schmerzen …«, begann Nicu.

»Sie ist ein Kind«, rief Elisabeth.

»Bei mir im Gefängnis gab es einen Yogi, der konnte …«, fuhr Nicu fort.

»Sie ist ein Kind!«, rief Elisabeth lauter und zog das Mädchen aus den Brennnesseln.

In meiner Hand zuckte es, draußen sangen die Tanzenden lauter, die Männer schrien, die Frauen antworteten, ich sprang auf, lief auf das Haus zu und beugte mich zu den Kräutern neben der Tür hinunter, Minze, Rosmarin, Salbei, murmelte ich und roch an den Blättern. Neben den Kräutern wuchsen lilafarbene Blumen, die mit einem Maschendrahtzaun abgedeckt waren. Gerade hatte ich die Hand nach ihnen ausgestreckt, als Raluca aus dem Haus kam.

»Die würde ich nicht anfassen, die sind giftig«, sagte sie, und ich zog die Hand zurück.

»Den Draht habe ich wegen Marina Abramović angebracht.«

»Warum entfernst du die Blumen nicht?«

Raluca zuckte mit den Schultern und hielt ein Tablett in die Höhe. »Holunderblütensirup«, sagte sie und ging zur Werkstatt hinüber. Verwirrt folgte ich ihr. Als sie die Gläser und eine Kiste auf den Tisch stellte, berührte sie mich flüchtig am Arm. Ihre Hand war so kühl, wie sie im *Déjà-vu* gewesen war, ich spürte Viorels Lippen auf meinen und schüttelte den Kopf. Diesmal war sie es, die mich fragend anschaute.

»Nackenschmerzen«, murmelte ich und fragte dann lauter: »Viorel ist noch beim Filmdreh?«

Sie nickte. Die Dreharbeiten würden noch dauern, aber bald sei er für einige Tage im Dorf. Ich holte die Schnitzmesser aus der Kiste und reihte sie zwischen uns auf. Raluca beobachtete, wie ich sie so verschob, dass die Abstände zwischen ihnen exakt gleich waren. Sie räusperte sich. »Was ich dir noch sagen wollte«, begann sie, »du musst dir keine Sorgen machen. Im *Déjà-vu* waren wir alle sehr betrunken, und Viorel und ich, wir sind beide … wir sind verheiratet, wir sind Partner, aber wir sind auch oft getrennt, wir sind beide viel unterwegs. Mach dir keine Sorgen.« Ich war mir nicht sicher, was das genau bedeuten sollte, wartete, doch sie sagte nichts mehr, und ich griff nach einem der Holzblöcke in der Kiste.

»Was ist da passiert?«, fragte Raluca und zeigte auf meine Handfläche.

»Eine Verletzung, ist lange her«, sagte ich und versuchte so locker zu klingen, wie sie gerade geklungen hatte. Sie schaute mich weiter an, und plötzlich hörte ich mich davon erzählen, wie ich als Kind trainiert hatte, die Hand möglichst lange über eine brennende Kerze zu halten.

»Es gibt eine Geschichte in unserer Familie, die mein Vater mir als Kind erzählt hat, und ich habe sie etwas zu ernst genommen«, sagte ich.

In Ralucas Blick veränderte sich etwas, als würde sie plötzlich durch mich hindurchsehen. Draußen stoppte die Musik, und sie blinzelte.

»Ich beschäftige mich gerade mit der menschlichen Anatomie«, sagte sie und zeigte zu den Kirschbäumen und auf den Brunnen. Erst jetzt fiel mir auf, dass dort zwei Statuen standen. Ein Mann mit einem Blitz in der Hand und eine Frau mit einer

Muschelkette, beide nackt und mit Graffiti bedeckt, sodass sie zwischen den Pflanzen kaum auffielen.

»Wir formen auch Figuren, aber nicht aus Stein, sondern aus Holz, ich habe die Blöcke vorbereitet.«

Ich betrachtete mein Holzstück genauer, in ihm war der Umriss eines Menschen zu erkennen. Wir begannen zu schnitzen, ich fuhr mit der flachen Klinge über die Umrisse der Figuren, rutschte aus, schnitt zu tief und hatte schließlich den richtigen Winkel gefunden. Schicht für Schicht löste sich das Holz, und Schicht für Schicht wurde eine Frau sichtbar, die mit langem Kleid in die Ferne blickte.

»Wer ist das?«, fragte Raluca und zeigte mit dem Messer auf meine Figur. Ich sah die Frau im weißen Kleid auf dem Vogelhaus in Lias Garten und dann die Frau im weißen Kleid auf der Bühne im Theater, fühlte die Samtkissen unter mir und Nicu neben mir, sah die Champagnergläser, die zusammenstießen, und Nicus Lippen, die von der Verbindung zwischen den Lebenden und den Toten erzählten, von Orpheus, der durch seine Musik die geliebte Eurydike aus der Unterwelt zurückbringen konnte, sie noch einmal wahrnehmen und fühlen konnte, doch als er nicht widerstand und sie ansah, musste sie zurück zu den Toten, und er war wieder allein.

»Eurydike«, antwortete ich.

Raluca lächelte. »Dann wird das Orpheus«, sagte sie, »der durch seine Kunst einen Teil der Geliebten zurückbringt.« Sie nahm ein breites Messer und schnitzte die Umrisse einer Harfe neben die Beine der Figur.

»Was ist mit deinen Statuen?«, fragte ich und zeigte in den Garten. »Warum hast du sie besprüht?«

»Um zu irritieren«, antwortete sie, »mir geht es nicht nur um Ästhetik, ich wollte eine neue Interpretation von Zeus und Venus schaffen, die den Figuren eine weitere Bedeutung gibt, die zum Nachdenken anregt, die mehr ist als Schönheit und Perfektion. Jeder, der die Statuen anschaut, sieht etwas anderes.«

Ich richtete mich auf, um genauer zu erkennen, was auf die Statuen gemalt war, mein Anhänger rutschte aus dem T-Shirt, und Raluca griff nach meiner Schulter.

»Hier, mit diesem Messer kannst du das Gesicht schnitzen«, sie reichte mir ein Messer mit spitzer Klinge und zeigte auf ihre Figur. In dem schmalen Gesicht mit den hohen Wangenknochen erkannte ich Viorel, meine Mundwinkel zuckten, und ich beugte den Kopf nach unten. Wir schwiegen, ich schnitzte weiter, Raluca drehte Zigaretten und hielt mir eine hin. Ich schüttelte den Kopf. Sie schob sich ihre zwischen die Lippen und zündete sie an.

»Die Kunst kann eine Brücke sein«, sagte sie und blies Rauch in die Luft, »zwischen Vergangenheit und Gegenwart, unser Verständnis von Schönheit verändert sich, aber die Dinge, die uns berühren, nicht. Sie sind immer gleich, egal, wann und wo wir leben.«

»Und wenn ich die Vergangenheit vergessen will?«, fragte ich.

»Willst du das?«

»Ja … und nein«, ich dachte an meine Versuche, die Erinnerungen festzuhalten und gleichzeitig loszulassen.

»Das ist das Problem«, Raluca lachte, »mir hilft die Kunst, durch sie kann ich mich von Dingen lösen. Manchmal spüre ich diese Unruhe in mir, wie einen Sturm, dann nehme ich mir eine Leinwand oder einen Steinblock, und wenn ich arbeite, reißt mich der Sturm ein letztes Mal mit, und dann löst er sich auf.« Sie verstummte und schien wieder durch mich hindurchzublicken.

»Und dieser Sturm kommt nie wieder?«

»Nichts ist für immer«, sagte Raluca und lachte, und ich sah mich vor zwei Jahren den ersten Satz in mein Trauertagebuch schreiben. Ich lehnte mich zurück und starrte auf mein Glas. Der Sirup hatte sich auf dem Boden abgesetzt, war fast durchsichtig wie das Wasser, nur dickflüssiger.

»Als Nicu gestorben ist«, kam es aus mir heraus, »dachte ich, ich kann dieses Problem, dieses störende Gefühl, so lösen, wie ich immer alles gelöst habe. Ich habe Bücher darüber gelesen, bin zu einer Trauergruppe an der Uni gegangen, habe meine Gedanken aufgeschrieben, aufgeklebt, aufgemalt, habe in einem Kurs meine Familie aufgestellt und mir die Verbindungen zwischen uns angeschaut. Ich habe kalt geduscht, bin in eisige Seen gestiegen, habe Sport gemacht und Männer getroffen. Ich habe alles getan, um die Trauer zu kontrollieren, aber es hat nicht geklappt.« Ich rührte mit dem Löffel in meinem Glas, immer schneller und schneller, bis Raluca mein Handgelenk festhielt. Ich riss die Hand zurück und bereute es gleich wieder.

»Es ist irgendwann besser geworden, der Schmerz weniger heftig«, sagte ich. »Ich fühle ihn nicht mehr die ganze Zeit, aber er ist noch da, ein Schatten, der nur sichtbar wird, wenn die Sonne in einem bestimmten Winkel steht.«

Ich fuhr mit dem Schmirgelpapier über den Kopf meiner Figur.

»Es gibt nicht nur eine Antwort«, sagte Raluca. »Jeder muss seinen eigenen Weg finden. Und eines Tages wirst du merken, dass du mehr bist als der Schmerz, mehr als deine Geschichte.«

Sie griff nach meiner Hand und fuhr über die Narbe. Ein Pulsieren ging von ihren Fingerspitzen aus und floss meinen Arm hinauf.

»Ich mag dich, Ana, du bist wie ich«, sagte Raluca, »wir gehören beide zu denen, die im Sommer an Vergänglichkeit denken.«

Ich wollte sie zu mir ziehen, sie umarmen und küssen, stattdessen griff ich nach dem Messer, rutschte auf dem Holz aus und schnitt tief in meinen Finger. Ein scharfer Schmerz fuhr durch meine Hand. Raluca lachte, griff nach dem Krug und goss Wasser über meine Finger.

»Ich hole schnell etwas zum Verbinden«, sagte sie und stand auf.

Ich hielt meine Hand über die Wiese und betrachtete die Wunde. Es war seltsam, dass sie gerade gelacht hatte, und seltsam, dass ich mich so zu ihr hingezogen fühlte und ihre Berührungen gleichzeitig nicht aushielt.

»Hier«, Raluca war zurück und reichte mir ein Pflaster. Sie wartete, bis ich es um den Finger gewickelt hatte.

»Ich muss los, Marina ist schon wieder in den falschen Hof gelaufen. Ich bringe dich nach Hause. Vergiss Eurydike nicht«, sie zeigte auf die Figur. Verwirrt richtete ich mich auf.

Draußen stand noch immer der leere Touristenbus, daneben eine weiße Kuh, die auf uns zugelaufen kam, als wir aus dem Tor traten.

»Die gehört dem neuen Pfarrer, sie will immer in unseren

Hof, wir hatten lange einen Bullen. Komm«, Raluca zog mich auf die Straße. Die Kuh folgte uns, wir liefen schneller und schneller, bis sie hinter uns verschwand. Auf dem Dorfplatz wurden wir langsamer und blieben schließlich stehen.

»Am Mittwoch ist die Eröffnung einer Ausstellung, die ich mitgestaltet habe«, sagte Raluca. »Kommst du vorbei? Sie ist hinter dem Ikonenmuseum.«

»*Cu plăcere*«, antwortete ich und breitete die Arme aus. Wir umarmten uns, so fest, dass ich ihren Herzschlag spürte.

»*Pa Ana! Te pup*«, sagte Raluca.

»*Pa Raluca*«, murmelte ich.

»*Near, far, wherever you are I believe that the heart does go on*«, sang es aus dem Fernseher im Grünen Zimmer. Ich lehnte mich an den Türrahmen und blickte auf die Tanten, die schweigend auf den Betten saßen. Diesmal fühlte ich kein Pulsieren, sondern eine Wärme in meinem Körper, und zum ersten Mal verstand ich, wie sehr ich diese Frauen liebte. Diese Frauen, die lernen mussten, nie zu weinen, nie über Gefühle zu sprechen, und die sich trotzdem von einem Liebespaar auf einem untergehenden Schiff berühren ließen.

Ich wartete, bis der Abspann zu Ende war, und flüsterte ihnen »*Noapta buna*« zu.

»*Noapta buna, Ana*«, antworteten sie.

Auf dem Dachboden stellte ich Eurydike auf den Nachttisch neben den Radiowecker. Mein Blick fiel auf den Schrank. Ich zog das Trauertagebuch unter ihm hervor und setzte mich auf das Bett.

Bedenke, dass du sterblich bist, wie Sätze plötzlich an Bedeutung gewinnen,

stand auf der ersten Seite.

Trauer ist schwarz, bis sie rot wird.
Schmerz versteckt sich, bis die Schönheit ihn hervorbringt.
Mein Herz ist still, bis sich die Augen öffnen.
Nadeln zerlöchern.
Brennenderer Schmerz der Realisierung,

stand auf der zweiten, die Schrift zog sich spitz und groß über die Seite, durchbrach die vorgegebenen Linien.

Zerrissen in der stillen Nacht
Weißer Schnee auf den Straßen
Tote Fenster, starre Bilder, lahme Worte,
ein graues Wasserglas

Diesmal hatte ich die Worte mit einem roten Wachsmalstift geschrieben.

Der Kopf in Watte gepackt
Schultern nach unten fallend
Der Mund geschlossen
Die Sonne scheint
Die Sonne scheint
Die Sonne scheint
Keine Kraft, das Wasserglas zu halten

Ich fuhr mit den Fingern über die Buchstaben, der Wachsgeruch war noch so stark, als hätte ich die Sätze gerade erst verfasst. Die meisten Seiten waren nur halb gefüllt, viele der Buchstaben verschwommen. Meine Versuche, die Trauer aus mir herauszuschreiben, hatten wenig geholfen, denn für die schlimmsten Momente fehlten mir die Worte.

Nichts ist mehr wichtig. In meinem Kopf ist etwas zersprungen.
Ich starre vor mich hin und sehe nichts.
Ich spüre mein Herz nicht mehr.

Ich habe kein einziges Gespräch mit ihm aufgezeichnet.
Ich dachte tatsächlich, er wird nicht sterben.

Alles vermischt sich. Ich kann mich kaum noch an seine Stimme erinnern.

Weihnachten ohne ihn. In meinem Handy ist er noch gespeichert. Ich kann ihn nicht löschen. Ich fahre mit dem Zug zu meiner Mutter. In meinem Waggon sitzen stinkende Menschen und ein furzender Hund. Ich freue mich so auf Weihnachten und das neue Jahr. Als ich aussteige, laufe ich am Zeitungsladen vorbei und sehe die Geschichtsmagazine. Ich denke: Eines davon kaufe ich meinem Vater.

Ich arbeite. Das Gefühl, dass ich, wenn ich auch nur einen Moment glücklich bin, meinen Vater betrüge.

Hunger, den Magen zu füllen, die Wohnung zu füllen, den Kalender zu füllen, gegen die Verzweiflung, die mich zerbricht.

Vatertag ohne Vater.

Angst vor den Gedanken, die in der Ruhe wiederkommen. Angst vor dem Schmerz, der alles andere verbrennt. Angst vor der Schuld, der unvergessenen. Ich bin es müde, ich zu sein. Ich male meine Fingernägel schwarz, nur der kleine Finger ist rot.
Ich habe das Gefühl, nicht mehr schreiben zu können, nicht denken zu wollen. Eine Maschine zu sein. Ich fürchte mich vor dem Winter.

Ein Summen, das immer näher kommt. Eine sich zuziehende Schlinge. Vor einem Jahr ist mein Vater gestorben. Heute ist rumänischer Nationalfeiertag.

Ich blätterte immer schneller, die letzten Seiten waren leer. Am Ende lagen Trauerkarten. Auf Sonnenuntergänge gedruckte Sprüche.

Niemand kennt den Tod, und keiner weiß, ob er für den Menschen nicht das allergrößte Glück bedeutet.

Wenn du bei Nacht zum Himmel emporschaust, dann werde ich auf dem schönsten der vielen, vielen Sterne sitzen und zu dir herabwinken und dir Trost und Licht senden.

Ich bin nicht tot, ich tausche nur die Räume, und leb' in euch und geh durch eure Träume.

Einen Augenblick blieb ich noch sitzen, dann klappte ich das Buch zu und stellte mich ans Fenster. Meine Worte zu lesen war weniger schlimm gewesen als erwartet, ich spürte den Schmerz noch in meinem Körper, aber Verzweiflung, Hoffnungslosigkeit und Leere nicht mehr. Draußen waren die ersten Sterne am Himmel erschienen. Ich fuhr mit der Zunge über meine Lippen, sie schmeckten nach Holunderblütensirup.

Prozente

In der Nacht träumte ich von Viorel und Raluca. Ich lag auf dem Bett in meiner deutschen Wohnung, Viorel stand vor dem Regal und warf Bücher auf den Boden. Ich wollte mich aufrichten und protestieren, konnte meinen Körper jedoch nicht bewegen. Jetzt drehte er sich zu mir, seine Bewegung hatte etwas Schlangenartiges. Er kam auf mich zu, ohne dass seine Füße den Boden berührten, beugte sich über mich, drückte seine Lippen auf meine, ich küsste ihn und schloss die Augen. Als ich sie wieder öffnete, war er verschwunden. Stattdessen lag ich auf der Seite, hatte die Arme um meine Beine geschlungen und schaute in Ralucas schlafendes Gesicht. Um uns herum war es strahlend hell, als lägen wir in einem sonnigen Garten. Gleichzeitig war etwas zwischen uns und dem Licht. Ich tastete durch die Luft und stieß an eine glatte Fläche. Im nächsten Moment sah ich uns von oben, wir lagen in einem Ei.

Der Wecker klingelte, ich schlug auf den Knopf und versuchte, in den Traum zurückzufinden, aber es war zu spät. Gähnend rollte ich aus dem Bett und schaltete das Radio an.

»*In Bukarest laufen die Vorbereitungen für den großen Protest auf Hochtouren*«, sagte die Reporterin. »*Noch zehn Tage, dann werden Zehntausende erwartet, auch viele der Exilrumänen wollen kommen, sie haben ihren Sommerurlaub so gelegt, dass sie teilnehmen können.*«

»*Natürlich kommen wir*«, wurde die Stimme einer älteren Frau eingespielt, »*ich bin Rentnerin und arbeite in Italien zusammen mit anderen Rumänen, ich komme mit dem Bus. Wir lieben unser Land, wir werden es nicht diesen Idioten überlassen.*«

Dann die Stimme eines Mannes. »*Ich gehe jeden Freitag zu den Protesten, sie werden immer größer, es fühlt sich an wie damals, wie vor dreißig Jahren.*«

Dann die einer jungen Frau. »*Wir sind in einer der Facebook-Gruppen und kommen jede Woche mit den anderen jungen Menschen aus den Dörfern. Wenn wir eine Zukunft in diesem Land haben wollen, müssen wir darum kämpfen.*«

»*Die Jungen*«, sagte die Reporterin, »*in die setzen viele hier ihre Hoffnung, aber auch die Ältesten kommen zu den Protesten. Ich stehe hier am Revolutionsdenkmal, wo sich die Menschen jeden Freitag versammeln. Neben mir der Held der Proteste, der 102 Jahre alte Intellektuelle …*«

Ich zog mich an, spürte Raluca neben mir liegen und Viorel die Bücher aus dem Regal räumen.

»Bücherregale sollten nie höher als bis zur Hüfte gehen«, sagte eine Frauenstimme. Jetzt erinnerte ich mich, dass Nicus erste Frau diesen Satz einmal gesagt hatte. Ich saß auf der Bank in den Weinbergen, meine Füße berührten den Boden, und neben mir saß Elise, die eines Tages wie eine weitere Tante aufgetaucht war, eine elegante Frau mit Hut, die von Reisen und Abenteuern erzählte und wieder verschwand.

Ich ging zum Schreibtisch, öffnete mein Tagebuch und konnte mich nicht an die Bedeutung des Satzes erinnern. Ich dachte an Geistigkeit und Sinnlichkeit, an vergangene Worte und zu füllende Wände. *Bücherregale sollten nie höher als bis zur Hüfte gehen,* schrieb ich, *so bleibt für die Gedanken genügend Raum.*

Judit stand in der Küche und strich mit dem Kamm durch ihre Haare. Ihr Hals, der aus dem roten Samtmantel schaute, war faltig und dünn. Die Adern in ihrer Hand wölbten sich bläulich nach oben. Sonst sah ich sie nie so genau an, ihre kräftige Stimme ließ mich ihr Alter vergessen.

»Willst du ein Wachtelei zum Frühstück?«, fragte sie. Ich schüttelte den Kopf und machte mir einen Türkischen Kaffee. Kiki kam im hellgrünen Kimono in die Küche, in einer Hand einen Zettel, in der anderen das Smartphone.

»Und dann muss ich dort anrufen, das ist wichtig, und die Bonbons für den *parastas* müssen noch gekauft werden, jaja, und die Kuchen …«, murmelte sie.

Von irgendwoher war ein rhythmisches Hämmern zu hören, ich dachte an einen Specht und gab Kaffee in das kochende Wasser.

»Jemand ist am Tor«, rief Judit. »Wenn es die Frau ist, die *afine* verkauft, nimm bitte ein Kilo.«

Sie zeigte auf das Portemonnaie, und ich ging zum Tor. Doch vor der Tür stand keine der Frauen, die in den Bergen

Heidelbeeren pflückten, sondern Radu auf seinem Segway. Er zog einen Stapel Briefe aus einer gelben Leinentasche.

»Guten Morgen, *domnişoară*, die Post ist da«, sagte er. Rex schaute zu mir auf und hechelte.

»*Mulţumesc*«, murmelte ich und nahm die Briefe.

Radu kippte die Stange zur Seite, die Räder unter seinem schweren Körper drehten sich knirschend. Ruckelnd und mit springendem Zopf fuhr er über den Dorfplatz, passierte die Statue, hob eine Hand vom Lenker, tippte mit den Fingern gegen seine Stirn und fuhr weiter ins Dorf hinein. Rex lief langsam hinter ihm her. Ich ging mit den Briefen in die Küche zurück, wo Kiki stand und mir ihr Handy entgegenhielt. »Adriana, sie hat versucht, dich anzurufen, du musst dein Handy bei dir haben«.

»Hallo?«, sagte ich mit belegter Stimme in das Smartphone und goss mir Kaffee ein.

»Ana, *servus*, ich bin auf dem Weg ins Dorf, etwas erledigen, ich habe einen Termin bei der Anwältin bekommen, ich nehme dich auf dem Rückweg mit in die Stadt, in zehn Minuten bin ich da.«

Plötzlich wach, trank ich schnell den Kaffee, lief auf den Dachboden, zog eine Bluse an und schminkte mich. Kaum war ich wieder unten, rief Kiki, dass Adriana draußen auf mich warte. Ich griff nach der Tasche mit den Dokumenten, rannte hinaus und wäre fast mit einem großen dünnen Mann zusammengestoßen, der mich angrinste und seinen Cowboyhut lüftete. Er war gerade dabei, orangefarbene Mülleimer mit großen EU-Flaggen von einem Lastwagen zu laden. Hinter mir öffnete sich noch einmal die Tür, und Kiki kam heraus.

»Ana!«, rief sie. »Hier, Kirschen für Iancu und Adriana, nimm sie mit!« Sie gab mir zwei Plastiktüten und entdeckte den Mann mit Cowboyhut.

»Vlad!«, rief sie, »hey!«, sie klatschte in die Hände, bis er sich umdrehte und zusammenschrumpfte. »*Doamna* Kiki …«, begann er. »Du hast gesagt, dass du den Zaun reparierst, und was hast du gemacht, ich habe dich gesehen, nach dem *parastas*, ich habe dir gesagt, ein Glas *ţuică*, nicht zehn, jetzt musst du auch nicht mehr kommen, wir haben jemand anderen für den Zaun gefunden! Ana«, sie drehte sich zu mir um, »gut, dass du endlich zur Anwältin gehst.«

Ich überquerte den Platz und bemerkte zu spät, dass ich durch das Bild des Kameramanns lief. Adriana versuchte, mir durch Zeichen etwas mitzuteilen, ich wechselte die Richtung, der Kameramann schwenkte mit, und ich ging schneller.

»Lauf langsamer, Mädchen«, rief er, ich beachtete ihn nicht, nickte Adriana zu und stellte mich neben die Ladenbesitzer, die von ihrem Geschäft aus alles beobachteten. Der Kameramann schwenkte wieder zu den EU-Mülleimern, neben mir war eine Bewegung, Radu kam auf uns zu, er fuhr so schnell, dass der Schäferhund kaum hinterherkam.

»*Neaţa*«, rief er, »hier wird gefilmt? Ich hab bei vielen Dreharbeiten mitgeholfen, ich weiß, was sie brauchen. Ah, Ana, du bist auch hier, was ich dir noch sagen wollte, du musst mal auf eine Melone bei mir vorbeikommen. Donnerstag? Gut, Donnerstag nach dem Mittagsschlaf. Komm, Rex.« Er lehnte seinen Segway an die Mauer, ging zum Filmteam und fing an, mit Adriana zu diskutieren, die ihn schließlich einige Sätze in die Kamera sprechen ließ.

»Radu muss über alles im Dorf Bescheid wissen, pass auf mit ihm«, sagte Adriana, als ich kurze Zeit später neben ihr im Auto saß. »Er ist verrückt, war er schon immer, aber seitdem seine Frau gestorben ist, erst recht …«

»Was heißt verrückt?«, fragte ich.

»Er geht zu einer Frau im Nachbardorf, um Kontakt zu ihr aufzunehmen.«

»Zu seiner toten Frau? Hat es geklappt?«

Adriana schnaubte und hörte sich dabei wie ihre Mutter an.

»Er hat auf jeden Fall seine alte Energie zurück und seinen Geschäftssinn, aber vielleicht liegt das auch daran, dass er jetzt mit Bogdan zusammenarbeitet. Stell dir vor, sie wollen zusammen in das Rumänische Haus investieren. Bogdan war ja schon immer auf Geld aus, aber dass er jemanden hineinbringt, der nicht zur Familie gehört …« Sie trat aufs Gaspedal, ich hielt die Kirschen auf der Rückbank hinter uns fest.

»Übrigens, von dir fehlt eine beglaubigte Unterschrift für das Haus, du musst noch Dokumente unterschreiben.«

»Ich dachte, es geht um das Gemälde?!«, antwortete ich.

»Jaja«, sagte Adriana, »darum auch, aber wir brauchen noch diese Unterschriften …«

Sie verstummte und überholte den Wagen vor uns, sie fuhr genauso schnell wie Iancu, nur dass ihr Auto besser reagierte als der alte Jeep. Ich zuckte, als wir nur knapp an einem Auto vorbeifuhren, und war froh, einen funktionierenden Gurt zu haben.

In der Kanzlei begrüßte uns eine Frau, die einige Jahre jünger als ich aussah. Kaum hatten wir uns auf die gepolsterten Stühle gesetzt, öffnete sich die Tür neben uns, und eine gigantische Frau mit gelockten roten Haaren und langem Kleid kam heraus. Sie reichte zuerst Adriana und dann mir die Hand, ihr Händedruck war fest. Als sie anfing zu sprechen, wurden alle um sie herum still, sie zeigte auf ihr Büro, wir folgten ihr durch die Tür. Auch hier saß eine junge Frau im Kostüm aufrecht hinter dem Computer. Der Schreibtisch war mit Papieren, Büchern und einer Schüssel voller Bonbons bedeckt. Mittendrin lag eine Perserkatze, die der von Lia glich, nur dass sie doppelt so schwer aussah. Sie schaute uns mit runden Augen an und fauchte.

»Husch, Olga«, die Anwältin ließ ihre Armreife klirren, Olga richtete sich gähnend auf und ließ sich zusammen mit den Dokumenten auf den Boden fallen. Die junge Frau sprang auf und sammelte die Papiere zusammen.

Adriana rückte ihren Stuhl nach hinten. »Vor ein paar Jahren haben die Leute Hunde und Katzen auf der Straße noch davongejagt, jetzt kaufen sie teure Tiere in Geschäften und reden von ihnen, als seien es ihre Kinder«, hatte sie einmal zu mir gesagt.

Die Anwältin erkundigte sich nach Marius' Baby. Die junge Frau blätterte in einem Ordner und zeigte auf Seiten, auf denen die Unterschriften aller anderen Familienmitglieder standen. Ich unterschrieb alles, räusperte mich und fragte nach der Geburtsurkunde. Die Anwältin beugte sich über den Tisch, faltete ihre Finger mit den langen Plastiknägeln und sprach langsam und bestimmt von verschiedenen Möglichkeiten, die beste sei, es mit einer offiziellen Übersetzung der deutschen Geburtsurkunde zu versuchen, sagte sie schließlich, sie kenne da einen guten Übersetzer. Sie nickte der jungen Frau zu, die

Adriana eine Nummer über den Tisch zuschob. Er habe alle Qualifikationen und nötigen Stempel.

»Machen Sie sich keine Sorgen, wir bekommen das hin«, sagte sie an mich gewandt. »Ich habe schon viele vertreten, gerade eine Familie, die ihr Hotel zurückbekommen hat, und eine andere Frau, die ein großes Waldstück hatte, eine interessante Geschichte. Auf dem Grundstück stand eine rumänische Holzkirche, die gebaut wurde, als wir keine anderen Kirchen haben durften, sie hat lange überlebt, später haben die Kommunisten sie abgebrannt … Aber das Waldstück, das habe ich zurückbekommen. Die Frau wohnt jetzt auch im Dorf, war lange im Ausland, eine reizende Frau, sehr scharfsinnig.«

Ich hörte nur halb zu, bis Adriana antwortete: »Natürlich, Ana, ich habe gehört, du hast sie getroffen, die Enkelin?«, es dauerte einen Moment, bis ich verstand.

»Raluca und Viorel?«, fragte ich.

»Raluca, ja!«, der Blick der Anwältin hellte sich auf.

»Viorel ist der Mann?«, fragte Adriana, und ich nickte.

»Mhhh«, sagte Adriana und zog eine Augenbraue hoch.

Die Anwältin begleitete uns bis zur Bürotür und reichte uns zum Abschied die Hand. Adriana ging hinaus, um mit dem Übersetzer zu telefonieren. Ich ging zur Toilette und wunderte mich, dass die Anwältin Raluca vertreten hatte und Adriana Viorel kannte, aber hier schien jeder mit jedem in Verbindung zu stehen.

Als ich wieder in das Wartezimmer hinaustrat, wäre ich fast mit Bogdan zusammengestoßen, der gerade aus einem der anderen Büros kam. Als er mich sah, schaute er sich hektisch um, dann hellte sich sein Gesicht auf, und er breitete die Arme aus.

»Ana! Was für ein Zufall, genau mit dir will ich seit Tagen sprechen«, er wischte sich mit dem Taschentuch über die Stirn.

»Du musst mich besuchen kommen, ich hab aus Frankreich exzellente … oder«, er schaute auf die Uhr, »jetzt einen Kaffee, Mirella, bist du so lieb?« Die junge Frau am Empfang lächelte und verschwand in dem Raum neben der Toilette.

»Ich muss los, Adriana ist draußen …«, begann ich, aber Bogdan winkte nur ab. »Adriana«, er spähte zwischen den Rollläden hindurch, »sie telefoniert, du hast Zeit für einen Kaffee mit deinem Cousin.« Schon kam Mirella mit zwei Plastikbechern zurück. Wir setzten uns in eine Ecke. Bogdan schob die Blumen auf dem Couchtisch zwischen uns hin und her.

»*Salut*«, sagte er mit Betonung auf dem »t« und hob den zuckrigen Kaffee.

»Also«, er schlug mit der Hand auf seine Oberschenkel, »gefällt es dir im Dorf? Hab gehört, du besuchst bald Radu, ein guter Mann, guter Geschäftsmann, da wären wir ja auch schon beim Thema. Ich kaufe dir deine Prozente ab, zu einem guten Preis natürlich, hat dir Iancu schon etwas geboten? Ich leg noch was drauf …«, er zwinkerte. »Was willst du, ein Auto? Wir können jetzt noch einmal zur Anwältin rein, ein paar Unterschriften, und du hast dein Auto.«

Die Tür hinter uns öffnete sich, und Adriana kam herein.

»Da bist du ja …«, begann sie. »Bogdan! Warum bist du hier? Ich weiß, was du vorhast!«

Bogdan hob die Hände, »ich habe Ana nur ein …«

»Du …«, rief Adriana, es folgten eine Reihe von Bezeichnungen, die ich noch nie gehört hatte. »Ana! Wir gehen!«

Ich stand auf. »Danke für das Angebot, aber ich brauche

kein Auto«, sagte ich. Bogdan tat mir fast etwas leid, wie er schwitzend in der Ecke saß. Ich folgte der noch immer fluchenden Adriana nach draußen zum Auto. Wir fuhren durch den ersten Kreisverkehr, dann vorbei an einer Kirche, Adriana bekreuzigte sich, ob aus Traditionsbewusstsein oder Gläubigkeit, da war ich mir nicht sicher. Ich steckte mir eine Kirsche in den Mund. Als wir nach dem zweiten Kreisverkehr aus der Stadt hinausfuhren, sagte Adriana:

»Trau ihm nicht! Was hat er dir geboten?«

Ich erklärte, dass er mir meine Prozente abkaufen wollte und etwas von einem Auto erzählt hatte.

»Willst du verkaufen?«, fragte Adriana. Wir fuhren an der Abfahrt vorbei, die zu den Salzseen führte.

»Ich bin mir noch nicht sicher, ich werde die Prozente nicht an Bogdan verkaufen, mach dir keine Sorgen, aber ich weiß noch nicht …«

»Denk darüber nach, du musst eine Entscheidung treffen.«

Ich lehnte mich zurück.

»Glaubst du, es klappt mit dem Gemälde?«, fragte ich.

»Das kann ich nicht sagen, der Übersetzer kann deine deutsche Geburtsurkunde übersetzen, du hast sie jetzt dabei?«

Ich nickte.

»Dann gib sie mir, und ich gehe zu ihm, wir können es probieren, aber keine Garantie, vielleicht musst du wirklich nach Bukarest.«

Ich dachte daran, dass ich nur noch knapp zwei Wochen Urlaub hatte. Der Gedanke an mein Schnittzimmer in Deutschland löste zum ersten Mal ein beklemmendes Gefühl in mir aus.

Wir schwiegen, während Dörfer und Felder an uns vorbeizogen.

»Du kennst Raluca und ihren Mann?«, fragte ich schließlich. Adriana winkte ab. »Kennen, nein, Marius war mit Raluca befreundet, und über den Mann erzählt man sich einiges.«

»Was denn?«, fragte ich und sah Viorel im *Déjà-vu* einem Mann über die Wange lecken.

»Verschiedenes, Leute reden, das mache ich nicht. Wir sind gleich da, gib mir die Urkunde, ich rufe dich an.«

Ich saß mit den Tanten in der Laube und spielte Canasta. Naela lag seit Stunden im Rumänischen Zimmer und hörte eine Schallplatte nach der anderen, also übernahm ich die vierte Hand. Die Wolken hatten sich zu einer grauen Fläche verdichtet, ein leichter Wind blies uns die Haare aus dem Gesicht. Kiki schenkte *ţuică* ein und reichte Judit das Glas mit dem schmalen Fuß, »das Glas des Urgroßvaters, er hat immer daraus getrunken, das ist Tradition«.

Lia mischte die Karten, und ich erzählte von der Anwältin und Bogdan.

»Bogdan!«, rief Kiki. »Ich habe es gewusst. Traue niemandem! Schon gar nicht deinen Freunden, sagen die Rumänen …«

»Beschütze mich vor meinen Freunden, vor meinen Feinden kann ich mich selbst beschützen«, ergänzte Judit.

»Ich werde meine Prozente behalten«, sagte ich und war von mir selbst überrascht.

Die Tanten nickten zufrieden. »Du bist die Tochter deines Vaters.«

»Nimm deine Karten«, sagte Lia, »und jetzt Ruhe, beim

Spielen sprechen wir nicht.« Sie legte die Zieh- und Ablegestapel in die Mitte. Judit schrieb mit gleichmäßigen Buchstaben unsere Namen auf einen Zettel, Lias und meinen in eine, ihren und Kikis in die andere Spalte. Canasta war ein ernstes Spiel, jede Regel musste eingehalten werden, es wurde gespielt, wie immer gespielt wurde, jeder wollte gewinnen. Ich schaute zum Dachgeschoss hinauf, dachte an Raluca mit ihrer abgebrannten Kirche und an das Gemälde, das in einem Regal auf mich wartete. Da Lia ausgeteilt hatte, fing Kiki an, zog eine Karte und legte eine ab. Ich zählte die Paare in meiner Hand, schon jetzt hatte ich mehr als fünfzig Punkte.

»Du musst ablegen, dann kann ich bei dir anlegen, wir müssen zusammenspielen, damit wir sieben Karten für einen Canasta bekommen«, sagte Lia.

»Beim Spielen wird nicht geredet!«, sagte Judit, klopfte mit dem Fingerknöchel dreimal auf den Stapel und zog eine Karte.

»Und, hat das Klopfen geholfen?«, fragte Lia.

»Psst«, rief Kiki, »wer nicht schweigen kann, kann auch nicht reden, sagt der Rumäne.«

Lias Mundwinkel zuckten, Judit legte drei Zehner und vier Vierer vor sich auf den Tisch.

»*Popă*«, sagte sie und warf einen König auf den Ablegestapel. Während ich noch darüber nachdachte, warum *popă* gleichzeitig Pfarrer und Kartenspielkönig bedeutete, schob Kiki drei Vieren zu Judit und rief: »Canasta!«

Lia schaute mich mit einem Blick an, der heißen sollte, dass wir uns beeilen mussten. Wir verloren die erste Runde, Judit notierte die Punkte, Kiki mischte die Karten, ich beobachtete zwei Libellen über dem Tisch, die sich fliegend umkreisten, und überlegte, wie die Tanten es schafften, bei allem, was sie erlebt hatten, so zufrieden hier zu sitzen. Kiki, die immer wieder die Toten zitierte, sie nachahmte und bei jeder Gelegenheit erwähnte und sich nichts mehr wünschte, als wieder in das Rumänische Haus zu ziehen. Lia, für die die Vergangenheit vergangen war, eine abgeschlossene Erinnerung, über die sie nicht mehr reden wollte, die Fotos in Alben klebte und ins Regal stellte. Judit, die ihre Kraft im Glauben fand, in den Riten der orthodoxen Kirche, dem Heiligenkalender neben ihrem Bett, dem Psalmenbuch in ihrer Hand.

»Ana, nicht träumen«, sagte Judit und drückte mich an sich. Ich blinzelte, die Libellen waren verschwunden.

»Du fängst an«, sagte Kiki. Ich griff nach den Karten, diesmal hatte ich drei Joker, wenn Lia drei weitere hätte und wir einen zogen, könnten wir mit einem Joker-Canasta tausend Punkte sammeln. Ich versuchte an Lias Gesicht abzulesen, welche Karten sie hatte, sie legte fünf gleiche ab und warf zwei Joker dazu. Jetzt war es vorbei mit der Chance auf einen Joker-Canasta. Ich spielte schnell, zog und legte ab, und noch bevor Judit und Kiki einen einzigen Canasta hatten, warf ich meine letzte Karte auf den Ablegestapel.

»Gewonnen«, sagte ich. »Minuspunkte für euch.«

Kiki stand auf, um Cloclo das Abendessen zu bringen, Judit ging in die Küche, um Tee zu holen. Ich verteilte die Karten auf dem Tisch, mischte sie langsam. Nicu hatte nie in der Laube Karten gespielt, er musste immer etwas erledigen, wenn er hier war, sich mit Bekannten treffen, die meine Mutter und ich nicht kannten, und mit ihnen über Dinge sprechen, von denen wir nichts wussten.

»Gleich hast du die Karten so oft über den Tisch geschoben, dass sie sich auflösen«, sagte Lia.

»Glaubst du, dass Nicu sehr darunter gelitten hat, dass er so lange nicht hier war, nachdem er geflohen ist?«, fragte ich und verteilte die Karten.

»Warum das denn?«, fragte Lia zurück.

»Er war nicht da, als sein Vater gestorben ist, und auch nicht, als sein Bruder erschossen wurde …«

»Na und«, antwortete Lia. »Meinst du, er hätte sie retten können? Er war in Deutschland. Sie hätten ihn an der Grenze festgenommen. Hätte er wieder ins Gefängnis gehen sollen?«

Ich schluckte.

»Und für dich, war es nicht schlimm, Nicu so lange nicht zu sehen?«, fragte ich weiter.

»Ich war froh, dass er es geschafft hat. Ich habe ihn fünfzehn Jahre nicht gesehen, aber das macht nichts, wir haben telefoniert.«

Ich legte die restlichen Karten in die Mitte und versuchte eine Situation in meinem Leben zu finden, die dem Gefühl entsprach, seinen Bruder fünfzehn Jahre nicht zu sehen.

»Für mich ist es schwer, dass ich nicht da war, als Nicu …«, begann ich, und meine Stimme versagte. Lia hörte nicht zu, sie schaute in den Garten.

»Nicu hat alles dafür getan, um uns und Rumänien zu helfen. Du hast keine Ahnung, wie es früher war, was habt ihr schon für Probleme? Ihr habt nie im Kommunismus gelebt.«

Ich folgte ihrem Blick. Sie schaute auf einen Baum, in dessen Ästen sich eine Plastiktüte verfangen hatte, die im Wind flatterte, zusammensackte und wieder zu flattern begann.

»Wir wussten alle nicht, dass Nicu fliehen wollte«, sagte Lia plötzlich. »Judit behauptet, sie hätte es gespürt, was für ein Unsinn. Die einzige Person, der Nicu von seinen Plänen erzählt hat, war Elise.« Sie schwieg, ich wartete, aber sie sagte nichts mehr. Ein Regentropfen fiel auf meinen Kopf. Judit war zurück und schaute zu den Bergen.

»Das Gewitter hat begonnen, wir spielen in der Veranda weiter«, sagte sie.

»Ich bin müde, wir spielen morgen weiter«, bestimmte Lia, stand auf und ging in das Haus hinunter. Ich half Judit, die Karten einzupacken.

»Lia sagt, du wusstest, dass Nicu fliehen wollte?«, fragte ich.

Judit schaute mich erstaunt an. »Ich habe es gespürt, ja, aber du weißt sicher, was passiert ist.«

Ich schüttelte den Kopf. Judit klappte das Kartenkästchen zu. »Elise hat mir später alles erzählt, wir haben uns nie besonders gut verstanden, sie hat immer gemacht, was sie wollte …«

»Was hat sie erzählt?«, fragte ich.

»Es war einige Jahre, nachdem Nicu und Elise sich getrennt hatten«, begann Judit.

Eines Abends stand Nicu plötzlich vor ihrer Tür und verkündete: »Ich werde fliehen! Ich werde nach Deutschland gehen und allen die Wahrheit erzählen, ich werde allen sagen, was hier wirklich passiert!«

»Um Gottes willen«, antwortete Elise. »Sie erwischen dich, sie schlagen dich tot.«

»Nein«, sagte Nicu, »ich wage alles.«

Er besorgte sich einen Pass, packte sein Auto und fuhr los,

als es dunkel wurde. Um Mitternacht sah er die Stadt vor sich auftauchen, in der er aufgewachsen war. Er fuhr durch die Straßen, die er kannte, und alles in ihm wollte seine Familie ein letztes Mal sehen. Aber er hielt nicht. Kurz vor Sonnenaufgang erreichte er die Grenze, die Beamten schauten in seinen Pass, in dem stand, dass er für eine Exkursion über Ungarn in die Tschechoslowakei reisen durfte, und ließen ihn durch. Er fuhr weiter. Als er in Prag ankam, war er so müde, dass er gleich auf dem Sofa seiner Freundin einschlief. Am nächsten Tag setzte er sich an den Tisch, kratzte die Tusche aus dem Pass und schrieb Österreich als Zielland hinein. An einem Sonntag fuhr er über Brünn an die österreichische Grenze und reihte sich zwischen denen ein, die am Wochenende in die Tschechoslowakei gefahren waren. Die Grenzpolizei sah, dass er ein rumänisches Nummernschild hatte, und winkte ihn heraus.

»Wo wollen Sie hin?«, fragte der Grenzpolizist.

»Nach Österreich«, sagte Nicu.

»Ausweis, Kofferraum öffnen«, sagte der Polizist.

Nicu stieg aus, lief um den Wagen herum und öffnete den Kofferraum. Er war voller Philosophiebücher.

»Sie fahren zu einem Philosophiekongress?«, fragte der Polizist.

Nicu nickte.

Noch am gleichen Abend bekam Elise einen Anruf von ihrer Schwester aus Wien. »Wir haben einen Gast«, sagte sie.

»Du glaubst nicht, wie erleichtert wir waren, als der Anruf von Elise kam, dass er es geschafft hat«, sagte Judit.

Über den Bergen blitzte es. Ich starrte auf die Tüte, die versuchte, sich loszureißen, stand auf, ging mit schnellen Schritten in den Garten, hielt mich an einem Ast fest und zog mich hinauf.

»Pass auf, du brichst dir die Wirbelsäule!«, rief Judit. Ich versuchte die Tüte vom Ast zu ziehen, sie klemmte, in meiner Hand war keine Kraft mehr, und ich sprang zurück auf den Boden. Die halbe Tüte in der Hand.

Das Revolutionsmuseum

Am Morgen war der Hof voller Pfützen und Schnecken. Neben dem Brunnen lag ein toter Frosch auf dem Rücken, der weiße Bauch gewölbt. Ich nahm eine Schaufel und begrub ihn hinter dem Plumpsklo.

Am Abend war der Boden trocken und die Schnecken verschwunden. Kiki verkündete, dass sie ebenfalls zu der Vernissage eingeladen war, »vom Pfarrer persönlich«. Ich lieh mir von den Tanten einen hellroten Lippenstift, zog das hellblaue Kleid an und ließ mir mit dem Schminken Zeit. Kiki wurde immer nervöser und sagte schließlich, dass sie vorgehen würde, was mich erleichterte, ich wollte lieber allein auf Raluca treffen. »Du wirst zu spät kommen, wie Nicu, er war immer zu spät, das macht man nicht, *sero venientibus ossa,* sagt der Lateiner«, rief Kiki noch, bevor sie das Haus verließ.

Ich lief über die *Strada Bisericii* und hörte die rumänische Band aus dem Buchladen. »*Heeeyyy Cluj! Noi suntem Subcarpaţi*«, schrie der Sänger, das Publikum schrie zurück.

Die Ausstellung fand in einem heruntergekommenen Haus hinter dem Ikonenmuseum statt, die Tür war geschlossen.

Noch bevor ich den Griff berühren konnte, öffnete sie sich von innen, und eine Frau schaute mich erwartungsvoll an. Ich erklärte, dass ich zur Eröffnung wollte, sie nickte und hielt einen Finger über den Mund. Ich trat in einen mit Menschen gefüllten Raum, von dem mehrere Zimmer abgingen. Vorne war eine Bühne aufgebaut, auf der gerade Raluca mit einem Mikrofon in der Hand stand, neben ihr der Pfarrer und ein Mann im Anzug. Gerade musste sie einen Witz gemacht haben, denn alle lachten. Als sie weiterredete, wurde es sofort wieder still. Sie bedankte sich für die Möglichkeit, dass sie einen Teil der Ausstellung gestalten konnte, und schaute dabei den Mann im Anzug an, erklärte, dass sie zusammen mit Jugendlichen aus dem Dorf und der Stadt eine Woche lang daran gearbeitet habe, was die Revolution heute für sie bedeute, und dass die Ergebnisse in den oberen Räumen zu sehen seien. Wir klatschten, der Mann im Anzug übernahm das Mikrofon, bedankte sich ebenfalls und lud dazu ein, die Ausstellung mit einem Glas Sekt und einem Stück *cozonac* anzusehen. Wieder wurde geklatscht, langsam verteilten sich die Menschen und nahmen Sekt und trockenen Kuchen vom Buffet. Ich stellte mich auf die Zehenspitzen, Raluca war von einer Gruppe umgeben, einer von ihnen hatte lange, lockige Haare, Nise. Schnell duckte ich mich und griff nach einem Glas.

»Ana!«, rief es hinter mir.

Kiki stand mit Sekt und Fächer am Eingang. Neben ihr der Pfarrer und eine kleine Frau, die trotz der Hitze eine Strickjacke über ihrem Kleid trug.

»Meine Cousine Ana, ja, meine Cousine, ihr Vater ist Nicu, von dem ich Ihnen erzählt habe«, sagte sie zum Pfarrer gewandt, der mir zunickte, er sah jung aus in dem langen schwarzen Gewand, seine braunen Augen waren warm. »Und die Dame aus dem Ikonenmuseum, die unsere Familienikonen betreut«, Kiki wandte sich an die kleine Frau.

»Sie müssen einmal vorbeikommen, wir kümmern uns sehr gut um Ihre Ikonen, gerade erst wurde das Museum renoviert, jetzt hängt ein großes Porträt Ihres Ururgroßvaters am Eingang und natürlich eines von seinem Sohn, dem Helden des Dorfes.«

»Ich habe viel von Ihrer Familie gehört«, sagte jetzt auch der Pfarrer, »wie schön, dass Sie noch in das Dorf kommen.«

Die Frau aus dem Ikonenmuseum wandte sich wieder mir zu. »Ich kümmere mich um Ihre Ikonen, Sie müssen sich keine Sorgen machen, ich putze, ich lüfte, ich zeige sie den Touristen …« Kiki nickte eifrig, der Pfarrer wurde von einer anderen Person angesprochen und verabschiedete sich. Kaum hatte er sich entfernt, erklärte die Frau aus dem Ikonenmuseum flüsternd, dass der alte Pfarrer in Pension gegangen sei, obwohl er eigentlich noch zu jung wäre, aber es gäbe so viele Absolventen, da müssten die älteren den jüngeren Platz machen. Ich nickte und ging ans Buffet. Raluca war noch immer von Gästen umringt in ein Gespräch vertieft. Mit einem Stück Kuchen in der Hand folgte ich den pinken Klebestreifen auf dem Boden in den ersten Raum. In den Wänden des Zimmers waren breite Risse, in einer Ecke standen Eimer, Besen und ein Zementsack. Wie passend, dachte ich, die unfertigen, gerissenen Wände, die Putzutensilien, was für eine interessante Interpretation der Revolution, bis ein Mann in Arbeitskleidung hereinkam und sich den Zementsack über die Schulter warf.

An den Wänden hingen zu Postern vergrößerte Schwarz-Weiß-Fotos aus Timişoara, wo die Revolution im Dezember 1989 begonnen hatte. Auf ihnen waren Plätze voller Menschen zu sehen, die von Soldaten und Panzern umstellt wurden. In einer Ecke des Raumes stand eine Schaufensterpuppe in einem Pullover voller Löcher. Erst nachdem ich die Figur eine Weile angestarrt hatte, sah ich das Schild, das den Pullover als Originalpullover mit Schusslöchern auszeichnete. Neben der Puppe stand die rumänische Flagge, blau, gelb, rot, mit einem Loch in der Mitte, wo das Wappen der sozialistischen Republik gewesen war. Ich stellte mich vor ein Plakat.

»Die Rumänen wenden sich vom Kommunismus ab« (*Süddeutsche Zeitung*)

»Der Aufstand, der Kampf, der Sieg« (*Stern*)

»Rumänien. Das Blut der Freiheit« (*Observateur*)

»Sie erschießen Kinder!« (*Bild*),

stand darauf. Neben mir bewegte sich etwas, es war der Arbeiter, den ich jetzt als den Sohn der Ladenbesitzer erkannte.

»Ich verputze die Wände hier, ich habe auch einmal in Deutschland gearbeitet«, sagte er stolz. Ich murmelte etwas Anerkennendes. Er grinste und schaute an mir vorbei. Ich folgte seinem Blick und sah Kiki näher kommen.

»Ich schaue mir die Ausstellung weiter an«, sagte ich schnell und ging in den nächsten Raum, wo Fotos von den Protesten in Braşov, Bukarest und Sibiu zu sehen waren. Auch sie zeigten Tausende Menschen mit Fahnen und Plakaten auf den Straßen. Auf dem größten Poster waren die Gesichter der Menschen zu erkennen, die Männer mit Schnauzbart und Koteletten, die Frauen mit Fellmützen und Kopftüchern, die Kinder mit Wollpullovern und Bommelmützen. Die Schaufensterpuppe in der Ecke trug Polizeiuniform und Gasmaske. Ich ging in das letzte Zimmer. Hier waren die Fotos bunt. Das erste zeigte einen jungen Mann mit Fellmantel, der tot auf dem Boden lag. Daneben eine ganze Wand voller Menschen im Krankenhaus. Ein Mann im Bett, dessen Bein oberhalb des Knies amputiert worden war, die Haut über dem Stumpf mit großen Stichen zugenäht. Ein Junge lag mit verbundenem Kopf im Bett, ein Mädchen mit verbundenem Oberkörper. Ich wusste nicht, womit ich gerechnet hatte, mit Tafeln über die Geschichte der Revolution vielleicht, aber nicht mit Fotos von Leichen und Verwundeten. Hinter mir füllten sich die Räume mit Menschen. Ich folgte den pinken Pfeilen eine Steintreppe nach oben, wo auf einem Aufsteller »Revolution heute« stand, darunter: »Wir vergessen nicht! Wir rekonstruieren die Geschichte derer, die geschrien haben, *libertate, libertate, libertate* …«

Libertate war in einer Reihe immer wieder untereinander gedruckt, die Schrift wurde immer heller, bis sie mit dem Untergrund verschmolz.

Das musste Ralucas Teil der Ausstellung sein. Neben dem Plakat standen weiße, klinkenlose Türen an die Wand gelehnt. Auf ihnen war mit schwarzer Farbe jeweils ein Mensch gemalt, nackt, haarlos, mit erhobenen Armen, die Augen rund und starr. Aus den Körpern lief Blut, über die Wunden waren Metallstücke und Stacheldraht eingeschlagen. Meine Hand begann zu zucken, mit schnellen Schritten ging ich an den Türen vorbei, jetzt war ich im nächsten Raum. Hier war eine große weiße Wand mit Holzklappen bedeckt, die man einzeln anheben konnte. Ich schaute mich um, doch kein Plakat, keine

Tafel erklärte, was hier zu sehen war. Hinter mir trat eine junge Frau in den Raum, ging zur ersten Klappe und hob sie einen Spaltbreit hoch. Als sie sich wieder umdrehte, war ihr Gesicht bleich.

»Was ist darunter?«, fragte ich.

»Bilder, die Menschen gemalt haben, die die Gefängnisse überlebt haben«, sagte die Frau, und mir wurde schlecht. Ich schaute mich hektisch um, entdeckte einen weiteren Pfeil und folgte ihm in den Flur hinaus. Dort stand die Frau aus dem Ikonenmuseum neben einem Schild, auf dem *film* stand. Sie strahlte mich an und erzählte etwas von einem sehr besonderen Film, den ich mir unbedingt ansehen musste, ich murmelte, dass ich Wasser bräuchte. Sie griff nach einer kleinen Flasche auf der Fensterbank und reichte sie mir.

Eine Gruppe kam die Treppe hinauf. »Oh, ein Film!«, riefen sie, liefen auf uns zu und zogen mich in den abgedunkelten Raum hinein. Ein Mann in der ersten Reihe drehte sich um.

»Ana«, rief Nise, »komm her, hier ist noch ein Platz frei!« Er zeigte auf den Stuhl neben sich, der genau vor dem großen Flachbildfernseher stand. Hinter uns schloss sich die Tür mit einem Rasseln. Die Frau aus dem Ikonenmuseum hatte sie mit einer Kette verschlossen. Sie bemerkte meinen Blick, hob den Daumen und grinste. Über meine Unterarme fuhr die kühle Luft der Klimaanlage, am liebsten wäre ich hinausgerannt. Ein lautes Knacken war zu hören, das Bild auf dem Fernseher flackerte.

»Ist dir kalt?«, fragte Nise. »Hier.« Er legte ein gewebtes Tuch um meine Schultern, das aussah, als habe er es gerade im Souvenirladen gekauft.

Eine tiefe männliche Stimme begann zu sprechen.

»Gott wollte, dass die Revolution in Timişoara mit einem Pfarrer begann.« Auf dem Bildschirm erschien in weißer Schrift: *16. Dezember*, dann Aufnahmen von Menschen mit Kerzen in den Händen, die sich vor dem Haus eines Pfarrers versammelten. Die Musik setzte ein, Streicher, Flöten, ein Männer- und dann ein Frauenchor. Die Stimme erzählte, wie der ungarische Pfarrer in seinen Predigten die Regierung kritisierte, wie mehr und mehr Menschen ihm zuhörten und zu seinem Haus zogen, um ihn vor der Zwangsversetzung zu schützen. Die Trommeln setzten ein, Aufnahmen zeigten Straßen voller Menschen, die rumänische Flaggen mit Löchern in der Mitte hielten und Plakate, die Ceauşescu mit Hitlerbart und Hakenkreuz zeigten.

»Nieder mit dem Diktator! Öffnet die Grenze!«, riefen die Menschen und begannen zu singen und mit ihnen der Knabenchor, tief und bedrohlich, von Blechbläsern getragen, jetzt erkannte ich die Musik, sie war aus den *Herr-der-Ringe*-Filmen. Als Nächstes wurden verwackelte Aufnahmen gezeigt, die zwischen Vorhängen hindurch gefilmt waren. Sie zeigten Panzer, die auf eine Kirche zufuhren.

»Und die Kinder versammelten sich auf den Treppenstufen der Kirche, und die Soldaten kamen und schossen sie herunter«, sagte die Stimme. Ich schloss die Augen, als die Kamera auf die Treppenstufen zoomte.

»Die Demonstrationen weiteten sich wie ein heiliges Feuer auf die anderen Städte aus, und nichts konnte die Menschen aufhalten, die zu allem bereit waren, für ihre Freiheit!«

Ein Foto von tot auf dem Boden liegenden Menschen wurde gezeigt, mit verdreht abstehenden Armen und Beinen. Dann Tote auf Tische gestapelt, Tote bereits halb in den Verbrennungsofen geschoben.

»Die Leichen wurden nach Bukarest gebracht und verbrannt, die Patientenlisten aus den Krankenhäusern vernichtet«, sagte der Kommentator, und ein verpixeltes Feuer im Verbrennungsofen war zu sehen. Die Musik steigerte sich weiter, Blechbläser und Männerchor, dazu demonstrierende Menschen, Panzer, Verletzte auf den Straßen. Eine weitere Texttafel erschien: *21. Dezember*. Ceauşescu stand mit schwarzer Fellmütze auf dem Balkon seiner Machtzentrale, rief »A-lo, A-lo!« in die Menge unter sich, die ihm nicht mehr zuhörte und sich zu bewegen begann.

22. Dezember. Ein Helikopter flog über den Himmel. Das Diktatoren-Paar floh, erst mit dem Hubschrauber, dann per Anhalter, ein Autofahrer nahm sie mit, festgenommen wurden sie trotzdem.

25. Dezember. »Wir erkennen das Gericht nicht an«, sagten die Ceauşescus auf der Anklagebank. Die Aufnahme kratzte. Als Nächstes waren Schüsse zu hören. Eine Frau und ein Mann lagen tot vor einer Mauer.

»Am 25. Dezember wurden die Diktatoren hingerichtet. Rumänien hatte gewonnen.« Die *Herr-der-Ringe*-Musik stoppte, die rumänische Nationalhymne begann.

Ich wollte aufstehen, da setzte die Stimme noch einmal an.

»Doch dann kamen die Terroristen und töteten Menschen auf der Straße, und keiner wusste, wer sie waren, und wir wissen es noch immer nicht.« Wieder wurden Filmaufnahmen von rennenden Menschen, Schüssen und Rauch gezeigt. Dann ein harter Schnitt und das Bild eines Kindes auf dem Arm seines Vaters, die beide in den Sonnenaufgang blickten.

»Es darf nicht vergessen werden«, sagte der Kommentator, »dass auch eine nicht perfekte Demokratie besser ist als Totalitarismus, denn wenn wir vergessen, ist das Opfer der Märtyrer umsonst gewesen.« Ein letztes Mal *Herr der Ringe*, Frauenchor, Geigen, Glockenspiel, dann war es vorbei. Ich stand auf und verließ den Raum.

»Wie hat es dir gefallen?« Nise lief hinter mir her.

Ich murmelte etwas von emotional und beeindruckend und dass ich zur Toilette musste. Vor dem Waschbecken legte ich eine Hand über den Mund und kniff mit der anderen in meinen Arm. Als sich die Tür öffnete, sprang ich in eine der Kabinen, lauschte den Bewegungen der Person neben mir und verfluchte meine Dünnhäutigkeit. Ich schaffte es aus dem Museum heraus, ohne gesehen zu werden, rannte zum Dorfplatz und in das Haus hinein, stellte mich unter die kalte Dusche und zählte langsam bis fünfundzwanzig. Im Bett zog ich die Decke über den Kopf und schaute mir so lange Filmtrailer auf meinem Handy an, bis sich die bunten Bilder über die schwarzweißen legten.

Ich schlief unruhig, wachte immer wieder auf, hörte ein Rascheln und Knarzen in den Ecken und ein Donnern, das näher kam. Ich zählte die Sekunden zwischen Blitz und Donner, der Abstand wurde kürzer, dann war das Gewitter über dem Dorf und so laut, als würden Felsbrocken über uns zusammenstoßen. Ich stand auf und kontrollierte die Fenster. Der Regen schlug gegen die Scheiben, draußen war eine Schwärze, die dunkler war als alles, was ich kannte, und gleichzeitig durch einen einzigen Blitz vertrieben wurde. Mein Herz klopfte schnell, als ich mich fragte, ob Judits Aussage über den Blitzableiter auf dem höchsten Gebäude stimmte. Zurück im Bett, versuchte ich an etwas Beruhigendes zu denken, das Gemälde im Regal, die Wiesen auf dem Berg, mein Balkon in Deutschland mit den vielen Blumen, doch immer wieder sah ich Raluca vor der Bühne stehen, mit dem Rücken zu mir, umringt von ihren Freunden. Dann erschien der Fernseher mit der weißen Schrift.

»Ein amateurhafter, kitschiger Film«, sagte mein Chef. »Ein pathetischer Heldengesang, den keiner sehen will.« Über mir knallte es so laut, dass ich mir die Ohren zuhielt. Als es vorbei war, griff ich nach dem Gedichtband.

Ein Mann kommt aus Jahrtausenden.
Er muß über Berge
und wirft sein Haus weg.
Er muß durchs Meer
und wirft sein Kleid weg.
Er muß durchs Feuer
und wirft sein Haar weg.
Er muß durch die Hölle
und wirft seine Sprache weg.
Und singt.
Trotzdem.
Dann ertrinkt er
in einem ganz gewöhnlichen Fluß.

Ich sah mich in der Toilettenkabine des Museums stehen, hörte Naela »frag mich, was du willst« sagen und beschloss, Iancu endlich nach der Hütte des Professors und nach Nicus Bruder zu fragen. Dann nahm ich mein Handy. »Musste leider schon gehen«, schrieb ich Raluca, »aber wir können in den nächsten Tagen zusammen zu den Salzseen fahren.« Ich überlegte, welches rumänische Verb die Ausstellung am besten beschreiben würde. Mir fiel keines ein, also schrieb ich *a fost interesant*, zögerte und setzte ein Kussmund-Emoji dahinter.

Radu

Mit einer Flasche *vişinată* in der Hand lief ich über den Dorfplatz, auf den Stangen über der Mauer saßen Kinder mit ihren Handys, im Laden räumten Mihaela und Mihai Bierflaschen in den Kühlschrank. Ich überquerte die Brücke neben der Schule und bog nach links auf den schmalen Pfad, der am Bach entlangführte. Das Wasser war wenige Handbreit tief und bewegte sich kaum. Obwohl es später Nachmittag war, war es so heiß, dass die Sonne in meine Haut stach. Der Weg führte an Weiden und winzigen Bauernhäusern vorbei, die sich an die Felswand drückten. Einige von ihnen hatten zerbrochene Fenster und mit Moos überwachsene Dachziegel, als habe seit Jahrzehnten keiner mehr dort gewohnt. Der Weg wurde breiter, mit den Fingern fuhr ich über die Blätter eines großen Nussbaums. Dann stand ich vor einem Haus, das so aussah, wie die Tanten es beschrieben hatten: unten ein Holzhaus und darüber etwas, mit dem der Denkmalschutz sicher nicht einverstanden war, zwei Blöcke in Neonblau, die so gar nicht zu dem schwarzen Holz passten. Die Spitzengardine im Erdgeschoss bewegte sich, und Radu schob den Kopf aus dem Fenster.

»Einmal kräftig gegen die Tür drücken, sie klemmt«, rief er und zeigte auf den Zaun. Ich stemmte mich gegen die Tür, sie bewegte sich nicht, erst als ich mit der Schulter gegen das Holz drückte und gleichzeitig den Griff nach oben zog, schwang sie auf. Ich stolperte in einen kleinen Garten, der gerade genügend Platz für einen langen Tisch und eine Hollywoodschaukel bot und über dem der Geruch nach frisch gebackenem Brot hing. Vor der Felswand stand ein verrosteter Kaminofen, aus dem weißer Rauch stieg. Radu kam mit einer Melone aus dem Haus, gefolgt von Rex, der zu mir lief und meine Beine beschnüffelte.

»Keine Angst«, sagte Radu, »er beißt nur böse Menschen.«

Ich lachte nervös und setzte mich unter den Sonnenschirm, Rex legte sich neben Radus Stuhl auf den Boden.

»Hast du Brot gebacken?«, fragte ich.

»*Țuică*«, sagte er und zeigte zum Ofen. Der Kanister auf der Kochfläche zischte.

»Der Kanister ist mit einer Mischung aus Wasser und Mehl abgedichtet, das haben schon die Bauern früher so gemacht. Dort unten kommt der Schnaps raus«, er zeigte auf den Hahn, aus dem eine klare Flüssigkeit in eine Schüssel lief, und griff dann nach der Flasche auf dem Tisch, in der eine Birne schwamm. »Das ist die erste Runde aus meinem Garten«, sagte er und nickte zu dem krummen Baum neben der Hollywoodschaukel. Ich öffnete den Mund, um abzulehnen, doch schon hatte er zwei Schnapsgläser bis zum Rand gefüllt.

»Du bist doch Rumänin, wie kannst du da keinen *țuică* trinken?!«, sagte er und erklärte, wie er die Flaschen am Baum befestigte, damit die Birnen direkt hineinwuchsen. Er stach mit dem Messer in die Melone und teilte sie mit einer Bewegung in zwei Teile. Die Kette um sein Handgelenk rutschte nach vorne, sie sah aus wie aus einem Kettenhemd geschnitten. Er schaute auf das dunkelrote Fleisch mit wenigen Kernen, nickte zufrieden und zeigte dann mit dem Messer auf mich, seine Augen waren fast schwarz.

»Warum bist du zu uns gekommen?«, fragte er. Ich dachte an Raluca, die im *Déjà-vu* etwas Ähnliches gefragt hatte.

»Hast du Nicu im Winter vor zwei Jahren gesehen, als er hier war?«, fragte ich zurück.

Radu teilte die Melone in schmalere Stücke und reichte mir eines.

»Wir haben einmal einen *țuică* zusammen getrunken«, antwortete er. »Er hat darüber geredet, dass er hier beerdigt werden will, ich glaube, er hat gespürt, dass es mit ihm zu Ende geht.«

Wir schwiegen eine Weile, bis Radu aufstand, um den Schnaps aus der Schüssel in Flaschen zu füllen. Ich schob ein Stück Melone in den Mund, das sich auf meiner Zunge auflöste, und spürte den Samtbezug der Bank im Theaterfoyer unter meinen Fingern. Nicus Knie hatten so sehr geschmerzt, dass er sich setzen musste. »Ich will in Rumänien beerdigt werden«, sagte er. Ich schaute den Bläschen zu, die in meinem Sektglas nach oben stiegen. »Und wenn ich nicht dort sterbe, dann bringt mich zurück«, fuhr er fort. »Wenn deine Mutter nicht will, dann soll mein Körper hierbleiben, aber lasst mein Herz herausschneiden und bringt es nach Rumänien.«

Vier, fünf, sechs, sieben Bläschen zählte ich und griff mit der zweiten Hand nach dem Glas, damit ich den Champagner nicht verschüttete.

»Jetzt aber, *salut*!«, Radu war zurückgekommen und zeigte auf unseren Schnaps. Ich griff nach dem Glas, und wieder musste ich meine zweite Hand dazunehmen, um den Alkohol nicht zu verschütten.

»*Salut!*«

Wir sprachen über die unterschiedlichen Früchte, die für die *țuică*-Herstellung verwendet wurden, und den genauen Verarbeitungsprozess. Ich erzählte von meiner Stelle, und Radu stimmte begeistert mit ein, Filme, die würde er lieben, er habe oft bei Dreharbeiten geholfen, da könne er mir später etwas Besonderes zeigen. Er griff nach einer Tüte, die mit etwas gefüllt war, das nach Zucker aussah, tupfte mit dem Finger einige Kristalle auf und schob sie in den Mund.

»Von meiner Heilerin«, er kaute knirschend. »Hab ich auch Nicu gebracht. Dein Vater, ich mochte ihn nicht besonders, vielleicht war ich neidisch … Ich hab einmal bei ihm in Bukarest übernachtet, er und Elise haben in einer kleinen Wohnung gelebt, in der Paris 4, ich erinnere mich noch an die Villa mit den schief hängenden Jalousien.« Ich schaute ihn an und wartete. Er kaute weiter, fuhr Rex über den Kopf.

»Paris 4?«, fragte ich, er beugte sich zu mir und begann zu erzählen.

Die Villa war enteignet und in kleine Wohneinheiten unterteilt worden. Der Weg davor war voller Löcher, aber das Viertel war gut, zentral, mit vielen Bäumen und die Straßen nach den Hauptstädten der Welt benannt. Die Wohnung bestand aus zwei Zimmern, dem Salon, der ihr Schlafzimmer war, dem Biedermeierzimmer, das ganz von Sofa und Tisch ausgefüllt wurde, und dem winzigen Raum, der als Küche gedacht war, den sie aber als Speisezimmer nutzten. Die Küchengeräte standen im Bad. Die Gasplatte auf einem Brett in der Badewanne, der Kühlschrank gegenüber der Toilette, an der Tür hatte Elise ein Schild befestigt, auf dem *Bucobaie* stand, Badküche. Nicu ging es immer wieder schlecht, er hatte rheumatische Schübe und musste wochenlang im Bett liegen, während Elise für die Universität lernte und Privatstunden gab. Doch als Radu bei ihnen war, ging es Nicu besser. Abends hatten sie ihre Freunde eingeladen, ein Dozent aus dem Ausland hatte Bücher mitgebracht, sie tranken Wodka und Wein und tanzten so viel, dass sie den alten Kamin festhalten mussten, damit er nicht auseinanderfiel. Die beiden waren das bekannteste Paar der Universität, Elise, die Leidenschaftliche, die jede Diskussion gewann, und Nicu, der Widerstandskämpfer, der von Freunden »Bukarester Sokrates« genannt wurde. Am nächsten Tag ging Radu mit Nicu spazieren. Nicu fragte ihn nach vielen Dingen, Radu antwortete, sie liefen durch das ganze Viertel, und obwohl Nicu krank aussah und Radu jünger und gesünder, schauten alle nur ihn an.

Radu griff ein letztes Mal nach dem Zucker der Heilerin.

»Also kanntest du Nicu gut?«, fragte ich.

Radu schüttelte den Kopf. »Ich war nur dieses eine Mal in Bukarest, hatte etwas zu erledigen, es war ja unmöglich, damals eine Wohnung zu bekommen oder eine Übernachtungsmöglichkeit. Aber nun zu dir …«, er zeigte mit dem Finger, an dem noch einige Kristalle klebten, auf mich. »Du solltest mit Bogdan zusammenarbeiten, du solltest etwas machen aus dem Rumänischen Haus, die anderen aus deiner Familie haben Ideale, aber er hat Geld.«

Verwirrt von dem plötzlichen Themenwechsel schaute ich ihn an.

»Das sage ich auch Raluca immer«, fuhr Radu fort, »was die Menschen hier brauchen, sind Arbeitsstellen und Geld, und das bringt der Tourismus. Sie mit ihrer Kunst, die Menschen hier verstehen nichts von Kunst, sie müssen erst einmal fast fünfzig Jahre Kommunismus überwinden.«

»Aber die Kunst kann helfen …«, begann ich.

»Jaja«, sagte Radu, »was hat die Kunst den Menschen in den Gefängnissen geholfen? Nichts!« Seine Augen blitzten, es war unheimlich, wie sein Gesichtsausdruck von einer Sekunde auf die andere von weich zu aggressiv wechseln konnte.

Ich holte mein Handy heraus und erklärte, dass ich bald gehen müsse. »Die Tanten warten mit dem Canasta-Spiel auf mich.«

»Ist das so?«, fragte Radu, und wieder wechselte sein Gesichtsausdruck, diesmal leuchteten seine Augen begeistert, als er verkündete, bevor ich ginge, müsse er mir noch etwas ganz Besonderes zeigen. Ich nickte, meine Hände klebten vom Melonensaft. Im Haus blinzelte ich einige Male, bis sich meine Augen an das wenige Licht gewöhnten, das durch die kleinen Fenster kam. Die Wände der Küche waren rosa gestrichen, auf dem Herd stapelten sich Töpfe, daneben stand ein Kühlschrank, ein grauer Klotz mit Eisspender und zwei blauen Lichtern, die wie schmale Augen aussahen. Er war mit Magneten bedeckt, die Burger, Pommes, Herzen, Rumänienflaggen und das Bild eines Pfarrers zeigten. Ich fragte nach der Toilette, und Radu zeigte auf eine Tür im ersten Stock.

Das Badezimmer hätte von seiner Größe auch ein Schlafzimmer sein können. Eine Ecke wurde von einer Badewanne mit Massagedüsen ausgefüllt, auch die Toilette war riesig. Als ich fertig war, drückte ich auf den Knopf mit dem Wassertropfen und wäre beinahe umgefallen, so laut war die E-Gitarre, die aus der Decke kam. Hektisch drückte ich auf die Knöpfe mit den Noten, dem Smiley, dem Thermometer. Die Spülung begann zu laufen, mittlerweile hatte das Schlagzeug eingesetzt. Ich schlug auf die Tasten, der Sitz begann zu vibrieren, ich riss die Tür auf, Radu stand im Flur und grinste. Er sagte etwas, aber ich hörte nur den Sänger *I'm on the highway to hell* aus der Decke schreien. Radu ging zur Toilette und drückte auf die Knöpfe, die Musik stoppte.

»Was war das denn?«, rief ich. Jetzt, wo die Musik aufgehört hatte, klang meine Stimme ungewöhnlich laut.

»Ich habe die Knöpfe vertauscht«, antwortete Radu, »eine Falle für Einbrecher.«

»Die auf die Toilette gehen?«

»Man kann nie wissen. Komm«, Radu zeigte mit dem Finger nach oben. Erstaunlich schnell stieg er die Treppe hinauf und hinterließ einen Geruch nach Bratkartoffeln und Karamell. Sein Zopf lag dünn und lang auf seinem breiten Rücken. Der zweite Stock bestand aus einem einzigen Raum, dessen Wände mit DVDs, CDs und Schallplatten gefüllt waren. Radu ließ sich auf das Ledersofa fallen.

»Meine Sammlung«, er breitete die Arme aus. »Ich bekomme die Filme, noch bevor sie im Kino sind. Und das«, er zeigte auf einen Dolch, »das ist Vlad Țepeș' Dolch. Mit dem er uns gegen die Türken verteidigt hat.« Ich starrte ihn an, und Radu lachte. »Vom Filmset, ich hab dort gearbeitet, und der Regisseur hat ihn mir geschenkt, weil ich ihm einen Gefallen getan habe. Ich hab ihn schärfen lassen. Aber psst«, er hielt einen Finger vor den Mund und zwinkerte.

»Nachts habe ich ihn immer unterm Kopfkissen.«

Ich starrte ihn an. »Warum?«, fragte ich vorsichtig.

»Falls sie kommen, um mich zu holen.«

Ich wartete, ob er weiterreden würde, doch er war still. »Wer?«, fragte ich.

»Der russische Geheimdienst natürlich!«, rief Radu. »Er ist überall!«

Seine Augen hatten sich geweitet. Ich lachte. Er richtete sich auf. Er meinte es ernst.

»Du weißt wirklich nichts«, rief er, »ihr mit eurer Moral, mit eurer Aufarbeitung, es gibt noch andere Verbrechen auf der Welt als eure! Was ist mit den Millionen Menschen, die die Russen getötet haben, an die denkt ihr nicht, die existieren nicht für euch! Aber ihr werdet sehen«, er atmete tief ein, »während ihr noch dasteht und euch wundert, werden die Russen euch mit ihren Panzern überrollen.«

Ich merkte, wie sich mein Körper anspannte und ich mich möglichst unauffällig nach der Tür und anderen Fluchtmöglichkeiten umschaute, während ich den Dolch in Radus Händen nicht aus den Augen ließ.

»Ihr mit eurer NATO, ihr mit euren Amerikanern, sie haben uns einmal im Stich gelassen, sie werden uns wieder im Stich lassen, die ganzen Menschen in den Lagern und Gefängnissen, die dachten, die Amerikaner würden sie retten, aber sie haben nur zugeschaut! Das kannst du auch Raluca sagen! Sie muss sich nicht mehr auf ihrem Handy die amerikanischen Flugzeuge anschauen, die über Rumänien kreisen, sobald die Russen kommen, verschwinden sie! Und die Russen werden kommen!«

Radus Stimme zitterte, er schloss die Augen, ich wich zurück und öffnete langsam die Tür. Als Radu die Augen wieder öffnete, war das gefährliche Glitzern darin verschwunden.

»Jetzt hab ich dir Angst gemacht«, sagte er und stand auf. »Macht nichts, du musst die Wahrheit kennen, und wenn du ein Jucken im Nacken fühlst, ein Stechen auf der Stirn, das Gefühl hast, dass sie dich hören, dich sehen, egal, wo du bist, dass du deinem Nachbarn, deinem Freund, deiner Mutter, deinem Bruder nicht mehr trauen kannst, dann weißt du, wie wir uns gefühlt haben. Das ist ein Gefühl, das du nie wieder vergisst.« Er bekreuzigte sich. »Und wenn sie kommen, dann hilft nur noch der Dolch unterm Kopfkissen.«

Salzseen

Lia und Judit bereiteten in der Küche den Kuchen für die Familienfeier vor, Kiki war bei den Imkern, um die zweihundert Liter für uns alle bestellten Honig abzuholen, ich lag auf dem Sofa in der Veranda, hatte mein Notizheft aufgeschlagen und versuchte zu verstehen, was an den letzten beiden Abenden passiert war. Bei jeder Bewegung löste sich Staub aus dem alten Samt, und ich musste niesen. Die Fotos der Verletzten und Toten in der Ausstellung hatten mich überrascht, aber was mich wirklich beschäftigte, waren die mit Menschen bemalten Türen, die Metallteile über den aufgerissenen Körpern und das bleiche Gesicht der jungen Frau, die die Klappen über den Gefängnis-Bildern öffnete. Es war nicht mein erster Besuch in einem Museum, in dem es um Gefängnisse und Lager ging, aber nie hatte es mich so berührt wie dieses Mal. Ich schrieb einige Sätze über die Ausstellung auf, blätterte weiter und dachte an Radu, er war unheimlich gewesen, gleichzeitig war er der Erste, der mir von Nicus Zeit in Bukarest erzählte. Ich schrieb »Bukarester Sokrates« auf das Papier und hörte meine Mutter »Herr Heidegger« sagen.

Als Nicu nach Deutschland floh, war er über vierzig und konnte nichts vorweisen, was sie auf den Ämtern als »richtigen Beruf« bezeichneten. Er erklärte, dass er nach der ersten Woche Jura aus der Universität geworfen und nach dem vierten Semester Philosophie beinahe verhaftet worden war und dass er schließlich keine andere Wahl hatte, als Theologie zu studieren und auf Baustellen und als Bühnenbauer im Theater zu arbeiten. Die Beamten schauten ihn mit hochgezogenen Augenbrauen an und sagten ihm schließlich, dass er Geld bekommen könnte, aber Nicu wollte kein Geld, er wollte sein Studium beenden, er wollte unterrichten, er wollte allen erzählen, was in Rumänien wirklich passierte. Seine erste Stelle fand er bei einer Luxus-Hotelkette. Die Kollegen im Restaurant sprachen in einem schnellen Dialekt, der die Wörter dehnte und die Buchstaben verschob, sodass Nicu nur den Anfang und das Ende der Sätze verstand und nicht, was dazwischenlag. Die Kellner lachten über den Mann mit der Sprache, die aus verstaubten Lehrbüchern stammte, und der viel zu viel Zeit für alles brauchte. Der Oberkellner nannte ihn »Herr Doktor in der Hotelküche«, »Herr Heidegger, der nicht zählen kann«, bis Nicu ihm Schläge androhte, da war er still. Wenn Nicu an der Kasse stand, beobachtete er die Menschen an den weiß eingedeckten Tischen. Bei den Frauen mit den Fellmänteln dachte er an seine Mutter, bei den Männern in weißen Anzügen an seinen Vater, bei den Jugendlichen mit den arroganten Gesichtern an sich selbst oder vielmehr an das, was sie alle einmal gewesen waren. Seine zweite Arbeit fand Nicu am Schwarzen Brett der Universität. Eine ältere Dame suchte einen Chauffeur. Er schrieb sich die Telefonnummer auf, rief an, sie lud ihn ein. Er zog sein weißes Hemd und die schwarze Anzughose an und fuhr mit dem Bus aus der Stadt hinaus, wanderte durch die Weinberge und kam vor einer Villa an. Die Gräfin musste mindestens achtzig Jahre alt sein. Sie fragte ihn, ob er schon oft Rolls-Royce gefahren sei. Er bejahte und dachte an die Male, die er als Kind mit seinem Vater mitfahren durfte, wenn er morgens von seinem Chauffeur abgeholt wurde. Er hielt der Gräfin die Tür auf, als sie in den Wagen einstieg, und schloss sie vorsichtig hinter ihr. Dann fuhr er um den Springbrunnen herum, die Straße hinauf und hinunter. Sie nickte zufrieden und reichte ihm den Vertrag und die Fahrermütze. Nicu schaute auf den hohen Stundenlohn und dann auf die Mütze, hob das Kinn und schüttelte den Kopf. Er würde sie überallhin fahren, er würde tagsüber und nachts auf sie warten, aber diese Mütze würde er nicht tragen. Die Gräfin runzelte die Stirn, überlegte kurz und stellte ihn ein. Nicu fuhr sie ins Theater, zum Dinner, zur Spielbank und wartete lesend im Auto, bis sie wiederkam. Nach einem halben Jahr fragte sie ihn, ob er sie und ihre Enkelinnen nach Südfrankreich fahren würde.

Die Gräfin saß auf dem Beifahrersitz, ihre Enkelinnen auf der Rückbank. »Während der Fahrt sprechen wir Französisch«, erklärte sie. Nachdem ihr nach einiger Zeit die Gesprächsthemen ausgegangen waren, fragte sie Nicu, wo er genau gelebt hatte, bevor er nach Deutschland kam. Nicu erzählte von Bukarest, davon, wie es früher das kleine Paris genannt wurde und gleichzeitig etwas Orientalisches hatte, voller Menschen aus den unterschiedlichsten Ländern, voller bunter Märkte, mit Marktschreiern, exotischem Gemüse und Tieren. Die Gräfin war entzückt über seine »raffinierte französische Wortwahl« und seine »elegante Aussprache«. Nicu sprach weiter über die alten, zerfallenen Villen, und die Gräfin nickte lächelnd. Er erzählte von seinem Freund, der in einer solchen Villa gelebt hatte, bevor sie der Familie weggenommen wurde, und er ins Gefängnis musste, weil bei ihm eine Schreibmaschine gefunden worden war, oder eine Bibel, irgendetwas, was sie sich ausgedacht hatten, und wie er eines Tages aus dem Fenster fiel und tot war. Da begann die Gräfin zu niesen, erst ein einziges leises Niesen, dann noch eines und dann ein ganzer Anfall, der erst stoppte, als Nicu zu reden aufhörte.

Ich richtete mich auf und massierte meine angespannte Hand, ich hatte mehrere Seiten vollgeschrieben.

Raluca fuhr ein hellblaues Mercedes-Cabrio.

»Baujahr 80«, erklärte sie, als wir einen Pferdewagen überholten und auf die Autobahn abbogen. Viorel und sie hätten das Auto in Deutschland gekauft, dort seien sie »billiger und besser«. Mit ihrer großen Sonnenbrille und dem beigefarbenen Hosenanzug sah sie aus, als würde sie in Kalifornien zu einer Filmpremiere fahren. Kurz vor der Stadt nahmen wir eine Landstraße und reihten uns hinter die Autos mit den aufgeblasenen Einhörnern und Donuts ein. Der Parkplatz war voller Menschen in Badehosen und Bikinis, die mit Picknickkörben in den Händen vor dem Eingang warteten. Es war stickig heiß und roch nach Sonnencreme und Abgasen, ich fächelte mir mit der Hand Luft zu. Früher hatte Bogdan mich und Marius mit zu den Salzseen genommen. Während wir vor dem Tor warteten, war er mit einem Mann hinter dem Gebüsch verschwunden und schließlich mit Eintrittskarten wiedergekommen. Dieses Mal bezahlten wir bei einer Frau im Kassenhäuschen. Wir gingen an Holzbuden vorbei, aus denen Maiskolben, Baumkuchen und Würste verkauft wurden, und dann an Ständen mit Sonnenschirmen und Badehandtüchern, auf denen Frauen mit blonden Haaren und großen Brüsten abgebildet waren. Die Badegäste lagen sonnenverbrannt und übergewichtig auf den Liegestühlen um den großen See, auf dem Wasser trieben Holzflöße neben Plastiktieren. Wir gingen den Hügel hinauf, der Boden war aufgerissen, trocken und baumlos. Frauen mit aufgespritzten Lippen zapften »Neumarktbier – für echte Männer«, durchtrainierte Männer mischten pinke Cocktails. »*Rrrradio Romania*«, rief die Stimme einer Frau aus den Lautsprechern.

Wir liefen den Hügel hinunter, an einem kleinen See vorbei, auf dem Menschen mit gespreizten Armen und Beinen um sich selbst kreisten. Der nächste Hügel war sandig und mit

Büschen bewachsen, statt der Radiostimme waren Vögel zu hören. Raluca ging auf eine Baumgruppe zu, ließ die Taschen auf den Boden fallen und stieg aus ihrem Hosenanzug. Sie trug einen hellroten Badeanzug mit vielen Schnüren, der ihr perfekt passte. Ich zog mein Kleid über den Kopf und zupfte meinen Bikini zurecht.

Das Wasser war warm, meine Füße sackten tief in den kühlen, feinen Schlamm hinein. Wir trieben auf der Oberfläche, stießen zusammen und lachten. Ich schaute auf die Bäume, sah die Grüntöne ihrer Blätter und die Linien ihrer Stämme. Das Wasser tastete über meine Haut, rauschte durch meine Ohren.

Wieder am Ufer, zogen wir Schlamm aus dem See und verteilten ihn auf unseren Körpern. Raluca fuhr mit dem Finger über mein Gesicht, malte Formen auf Wangen und Stirn, ich zögerte, dann strich auch ich über ihre Haut, malte tanzende Frauen, Kühe und giftige Pflanzen. Der Schlamm wurde fest und grau. Wir stellten uns nebeneinander und machten ein Foto, auf dem wir wie Statuen aussahen. Nachdem wir uns abgewaschen hatten, waren wir sehr hungrig. Wir setzten uns auf die Decke und bissen in Äpfel und Brote, die gut und salzig schmeckten. Dann legten wir uns nebeneinander und schauten durch die Blätter hindurch in den wolkenlosen Himmel.

Sie war so schön, unsre Liebe,
War es ein Mittwoch, oder war es August?
Unsre Freunde sind weggegangen,
es geschieht, was nicht sein muß.

Radu stand neben dem Kaminofen im Garten und zitierte ein Gedicht. In einer Hand hielt er die Melone, in der anderen den Dolch. Ich wollte wegrennen und konnte die Tür im Zaun nicht finden.

»Alles in Ordnung?«, fragte Raluca über mir. Ich blinzelte.

»Du bist eingeschlafen und hast angefangen zu zucken.«

Ich richtete mich auf und massierte meine Schläfen.

»Ich war gestern bei Radu …«, begann ich. Ralucas Körper spannte sich an.

»Wir haben seinen Birnenschnaps getrunken und …«, ich sah ihn im Haus den Dolch in die Luft heben und setzte erneut an: »Er hat von amerikanischen Flugzeugen gesprochen, die du dir anschaust.« Raluca schnaufte und schaute zum See.

»Oh«, sagte ich schnell, »ich wusste nicht, dass …«

»Es ist nichts, ich …«, begann Raluca, »ich schlafe schlecht, und ich habe diese App, die den Luftraum über Rumänien zeigt. Es beruhigt mich, die Amerikaner über uns kreisen zu sehen. Ich habe dieses Ding mit den Amerikanern, wahrscheinlich von meinem Großvater.«

Ich wartete, aber sie redete nicht weiter.

»Was war mit deinem Großvater?«, fragte ich schließlich.

»Er war am Ende … Die Zeit hat sich für ihn verändert, das Heute ist geschrumpft, und das Gestern hat sich ausgedehnt, er ist oft nachts aufgewacht und hat geschrien, dass die Amerikaner kommen und sie alle retten werden, in der Zeit habe ich mir die App installiert, ich habe mich neben ihn gesetzt und ihm gezeigt, wie sie über uns kreisen, und er keine Angst mehr haben muss, dann ist er irgendwann eingeschlafen.«

Raluca presste die Lippen zusammen, ihr Blick war starr.

Ich berührte sie an der Schulter. Sie zuckte kaum merklich zusammen und entspannte sich dann. Schweigend schauten wir auf das Wasser, meine Haut juckte unter der Schicht aus Salz.

»Ana«, begann Raluca leiser als sonst, »wenn Viorel kommt, bitte erzähl ihm nichts von der App.«

»Natürlich«, antwortete ich, »aber warum?«

Sie schwieg einen Moment. »Ich habe auch so ein Ding mit Schwäche, ich habe lange versucht, alle meine Schwächen zu überwinden, Ängste zu konfrontieren, anzuerkennen und so weiter. Ich will nicht, dass andere von der App wissen, auch Viorel nicht.«

Ich nickte. Mir fiel das Bier in der Tasche ein, und ich holte es heraus.

»Ein *Ursus*? Ist noch etwas kalt«, ich hielt Raluca eine Flasche mit Bärenkopf hin. Sie fuhr sich mit der Hand über die Augen und schaute mich an. »Auf uns«, sagte sie. Wir tranken schweigend.

»Wie haben sich deine Eltern eigentlich kennengelernt?«, fragte Raluca plötzlich.

»In Deutschland«, antwortete ich und malte Linien in den Sand.

»Komm schon«, Raluca stieß mich an, »ich habe dir von meinem Geheimnis erzählt, erzähl mir auch etwas von dir.«

Ich öffnete den Mund, um zu sagen, dass sie viel mehr von mir als ich von ihr wusste, und dachte daran, wie ich am Morgen meinen ersten langen Text aufgeschrieben hatte. Als ich das Notizbuch zuklappte, hatte ich mich leichter gefühlt.

»Sie haben sich in einer kleinen Stadt in der Mitte von Deutschland kennengelernt«, begann ich.

Elisabeth war einige Jahre zuvor aus ihrem Heimatdorf in die Stadt gezogen, und Nicu hatte begonnen, Philosophie und Yoga zu unterrichten. Das erste Mal, dass Nicu Elisabeth sah, war an einem Sonntag im Mai. Sie kam die Stufen des Doms herunter, hatte blonde Haare, trug einen hellen Mantel und war so schön, dass Nicu nicht mehr wegschauen konnte. Er ging auf sie zu.

Sie sagte: »Ich bin verheiratet.«

Er sagte: »Das macht nichts.«

Sie sagte: »Doch!«

Von diesem Tag an ging Nicu jeden Sonntag in den Dom, doch Elisabeth sah er nicht mehr, bis sie zwei Jahre später in einem hellblauen Ganzkörperanzug vor ihm auf der Yogamatte saß. Sie hatte die Haare abgeschnitten und sah älter aus. Nach der Stunde sprach Nicu sie an, sie redeten über das Meer, über das sie im letzten Sommer gefahren waren, und über die Berge, die sie besteigen wollten, und irgendwann sagte sie, dass sie nicht mehr verheiratet war. Sie fingen an, sich zu treffen, fühlten die Einsamkeit und Sehnsucht des anderen und sahen nicht die Geschichte zwischen ihnen, die so mächtig war, dass sie Nicu nie loslassen würde, auch nach der Heirat nicht, auch nach meiner Geburt nicht. Eine Geschichte, die ihn verfolgte, die ihn quälte und die gleichzeitig das Einzige war, das ihm von seinem früheren Leben geblieben war.

Als Nicu begann, sich mit Elisabeth zu treffen, kaufte er sich eine Kamera. Er fotografierte sie, lachend, mit weißem Kleid am Meer. Sie fotografierte ihn, am Steuer des kleinen Autos auf steinigen Straßen. Freunde fotografierten beide, in ihrer Dachgeschosswohnung. Nach den ersten Urlauben und der ersten

Wohnung folgten die Bilder der Hochzeit. Elisabeth im cremefarbenen Kleid, Nicu im schwarzen Anzug, beide mit goldenen Reifen um den Kopf. Als Kind hatte ich auf die Hochzeitsfotos gestarrt, die so schön und königlich aussahen, bis meine Mutter erklärte, dass alle Paare bei einer orthodoxen Hochzeit Kronen trugen.

Was nicht auf den Fotos zu sehen war, waren die Dinge, die zwischen dem Kennenlernen und der Hochzeit lagen. Die Worte von Elisabeths Verwandten, als sie ihren Freund kennenlernten, die Blicke auf der Straße, wenn sie Hand in Hand spazieren gingen, und die ständige Angst, bei jedem Paket aus Rumänien, bei jedem Freund, der zu Besuch gewesen war. Die Pakete brachten sie zur Polizei. Den Menschen versuchten sie zu vertrauen. Sie luden sie ein, Elisabeth kochte, Nicu holte den Schnaps aus der Vitrine, der ein wenig wie der aus Rumänien schmeckte. In der Zwischenzeit schauten sich die Freunde die Titel der Bücher in den Regalen an, starrten auf die Fotos an der Wand und öffneten die Schreibtischschubladen. Irgendwann legte Nicu eine Axt unter das Bett und sagte: »Wir müssen vorbereitet sein. Ich ziehe erst auf die andere Rhein-Seite, wenn Rumänien befreit ist, denn Brücken kann man sprengen.«

Aus Rumänien kamen Nachrichten von neuen Verhaftungen, von Verwandten, die wieder von der Securitate befragt worden waren, von Freunden, die nach Frankreich flohen und auf der Straße erschossen wurden. Damit Nicu telefonieren konnte, saß Elisabeth am Küchentisch und wählte immer wieder dieselbe Nummer. Es konnte Stunden dauern, bis auf der anderen Seite etwas anderes als das Besetztzeichen zu hören war. Wenn es klappte, rannte sie zu Nicu und gab ihm den Hörer. Er redete schnell, über Dinge, die oberflächlich erschienen. Die Verbindung konnte jeden Moment abreißen, ständig war ein Knacken in der Leitung zu hören, irgendwo saß einer, der mithörte.

Als Nicu erfuhr, dass sein Bruder wieder entlassen worden war und sein Zimmer nicht mehr verließ, versuchte er, auf anderem Weg Kontakt zu ihm aufzunehmen. Er traf sich mit Männern, die zwischen Rumänien und Deutschland hin und her reisen konnten und Nachrichten überbrachten. Elisabeth begleitete ihn zu den Treffen. Während die Männer im Café saßen, lief sie auf dem Gehweg auf und ab, behielt die Telefonzelle im Blick und die Nummern der Polizei und des Krankenwagens im Kopf. Nach dem Treffen gingen sie auf die Brücke, kippten den mitgebrachten *țuică* in den Fluss und hofften, dass er die Fische nicht vergiftete.

Was die Hochzeit der beiden fast verhindert hätte, waren jedoch nicht die Blicke der Fremden und nicht die ständige Angst. Sondern ein Beamter der Stadt, in der sie zusammenlebten. Elisabeth und Nicu saßen im Standesamt auf der einen Seite des Schreibtischs, während der Beamte auf der anderen saß und Elisabeths deutsche Geburtsurkunde prüfte, ihren deutschen Arbeitsnachweis betrachtete und Kästchen auf seiner Liste abhakte. Als Nicus rumänische Geburtsurkunde vor ihm lag, beugte er sich so weit nach vorne, dass seine Nase fast das Papier berührte. Er las sie von oben nach unten, von unten nach oben, von rechts nach links und links nach rechts. Dann schob er sie zur Seite und wiederholte den Vorgang bei der rumänischen Doktorurkunde. Er hob den Kopf, drückte seinen Zeigefinger erst auf die eine, dann auf die andere Urkunde und sagte: »Was ist das für ein Wisch? Das kann aus Rumänien sein oder was weiß ich woher, damit können wir hier nichts anfangen!«

Elisabeth und Nicu verließen das Standesamt und stiegen ins Auto. Elisabeth trat auf das Gaspedal, fuhr aus der Parklücke, bog in die größere Straße und prallte gegen einen Bus. Das Letzte, was sie hörte, waren die sich öffnenden Bustüren und die Stimmen der Menschen, die sich herausdrängten und riefen: »Was sind Sie denn für welche? Können Sie nicht aufpassen! Wegen Ihnen kommen wir zu spät zur Arbeit. Wo kommen Sie denn her?!« Dann wurde sie ohnmächtig. Als es ihr besser ging, rief sie im Standesamt einer anderen Stadt an. Dort wurden ihre Unterlagen ohne Probleme akzeptiert.

Ich schwieg, meine Stimme war heiser geworden, der Sand neben mir voller Linien. Auch Raluca war still.

»Was hat Elisabeths Familie dazu gesagt, dass sie Nicu geheiratet hat?«, fragte sie schließlich. Ich wischte über den Sand und begann mit einer neuen Linie, es half, beim Sprechen niemanden ansehen zu müssen.

»Darüber redet niemand«, antwortete ich. »Ein fast dreißig Jahre älterer Mann, ohne Ausbildung, orthodox, aus Rumänien. Das Einzige, was sie sagen, ist: Es war schlimm.«

In meinem Kopf erschienen Szenen unseres letzten gemeinsamen Besuchs bei der deutschen Familie.

Auf dem ausgeklappten Holztisch im Wohnzimmer stand das Rosenthal-Service, die Cousins kochten Kaffee, meine Mutter und ihre Schwester bereiteten die Kuchen vor. Nicu schaute auf die Plastiktischdecke und verkündete, sie sei unästhetisch, und er hoffe, dass die Torten nicht so trocken und salzig wie das letzte Mal seien, seine Großmutter hätte immer die besten Torten gebacken. Die Cousins schenkten Kaffee ein, wir saßen auf den Stühlen, aus der Küche war das Knirschen von Styropor zu hören, dann kam meine Mutter mit der Schwarzwälder Kirschtorte auf dem Silbertablett herein, einen kurzen Moment war es still, und Nicu sagte: »Was für eine Proletariertorte.«

Das Lächeln auf dem Gesicht meiner Mutter erstarrte, das Tablett kippte, die Torte rutschte und landete auf dem Boden. Ich half, die Sahne vom Teppich zu putzen, und sammelte die gefrorenen Kirschen ein, dann ging ich in das eine Zimmer und hielt meine Mutter, ging in das andere Zimmer und stellte mich neben meinen Vater. Zusammen schauten wir in den Wald hinaus, und ich wusste, dass die Familie für ihn immer fremd geblieben war. Dass er nicht verstand, wie sie ihren Feierabend vor dem Fernseher verbringen konnten, obwohl es so viel zu erforschen gab und für so viel gekämpft werden musste. Dass er ihre Angst nicht verstand, wenn sie die Rollläden herunterließen, um von Fremden auf dem Gehweg nicht gesehen zu werden. Und nicht verstand, warum sie ihm nie auch nur eine einzige Frage stellten. Ich wusste, dass er wartete und wartete, bis er schließlich entschied, dass sie wie alle anderen waren: Sie interessierten sich nicht für ihn und schon gar nicht für sein Land.

»Mein Vater war immer so furchtbar stolz«, sagte ich, »auf seine Herkunft, den Besitz der Familie, die Umgangsformen der Familie, die Bildung der Familie.«

»Oder vielleicht war es gerade dieser Stolz, der seine Verbindung zu dem war, was er verloren hat«, sagte Raluca. »Vielleicht dachte er, dass er hart sein muss, dass die Härte und der Stolz sein Schutz sind, wenn die anderen über ihn lachen, wenn sie über ihn reden und urteilen und keine Ahnung davon haben, wie es ist, mit einem solchen Schmerz in sich herumzulaufen.«

Sie blickte auf das Wasser hinunter.

»Vielleicht«, sagte ich, »und gleichzeitig, gab es auch eine Verbindung, zwischen ihm und meinem Großvater. Sein Bruder ist in Rumänien gestorben, im Krieg. Als Nicu in die Familie kam, hat er in ihm einen Menschen gesehen, der ihm zurückgegeben wurde. Mit Nicu konnte er über Dinge sprechen, über die sonst keiner im Dorf sprach, über Geschichte und Religion, über Symbole und Vorbestimmung.«

Ich dachte an die vielen Dinge, die mir in den letzten Wochen passiert waren.

»Es ist seltsam«, sagte ich. »Seit ich hier bin, habe ich das Gefühl, dass alles eine weitere Ebene hat, alles irgendwie in Verbindung steht. Aber vielleicht merken wir uns auch nur die Dinge, die im Nachhinein zusammengehören.«

»Viorel hat mir einmal diesen Witz erzählt«, sagte Raluca. »Ein Mann betet jeden Tag, dass er endlich im Lotto gewinnt. Er betet und betet, jeden Tag verzweifelter, bis Gott eines Tages erscheint und sagt: Ich kann es nicht mehr hören, dann geh doch endlich Lotto spielen.«

Ich lächelte.

»Wir dürfen nicht dasitzen und warten«, fuhr Raluca fort, »wir müssen Entscheidungen treffen. Was wir geben, bekommen wir zurück, auch wenn es manchmal anders aussieht, als wir es uns vorgestellt haben.« Sie trank ihr Bier aus und legte es in den Sand. »Ich glaube an die weitere Ebene, von der du gesprochen hast«, sagte sie und lehnte sich an meine Schulter. »Ich glaube an das nicht Sichtbare, an das Göttliche, an einen großen Zusammenhang.«

Ich überlegte, wann ich das letzte Mal jemanden wie uns das Wort »Glaube« und »göttlich« zusammen hatte aussprechen hören, und griff nach ihrer Hand. Wir schoben unsere Finger ineinander. Raluca drehte den Kopf zu mir, in ihren Augen blitzte es, und sie küsste mich auf die Wange.

»Trocken und salzig«, sagte sie, und wir lachten.

Familienfeier

Die Verandatüren waren weit geöffnet, der Tisch mit Kuchen und Tellern bedeckt. Die Tanten hatten ihre Sonntagskleider angezogen, Judit das mit den geometrischen Formen, Lia ein beigefarbenes, Kiki ein enges mit weitem Ausschnitt. Ich trug mein weites hellblaues Kleid und hellen Lippenstift. Alle redeten durcheinander, selbst die Verwandten, die inzwischen in Deutschland lebten, waren gekommen. Überall Farben und Bewegung, nur Naela saß still auf dem Sofa.

Kiki hatte mir die Liste mit den Honigbestellungen in die Hand gedrückt und verkündet, dass ich die Plastikflaschen verteilen würde. Als Titus mit seiner Frau in die Veranda trat, ging Lia auf ihn zu, ihr Blick war auf den Bruder gerichtet, ihre Augen so warm und lebendig, wie ich sie noch nie gesehen hatte. Titus war so groß, dass ich mich auf die Zehenspitzen stellen musste, um ihn auf die Wangen zu küssen. Seine

Frau Mathilde lächelte ihr schönes Lächeln, die grauen Haare sorgfältig gekämmt, die Augen hinter der Brille wie immer strahlend. Sie war kräftiger und kleiner als Lia und Judit und passte mit ihrer blauen Hose und der blauen Bluse zu Titus, der ebenfalls in Blautönen gekleidet war. Es sei schön, wieder hier zu sein, sagte sie. »Der Weg ist so weit, aber es ist herrlich, euch alle hier zu sehen.«

Ich reichte Titus die bestellte Flasche Sonnenblumenhonig, Adriana zehn Kilo Blumenwiesenhonig, Iancu zwanzig Kilo Waldhonig, Bogdan zehn Flaschen von jeder Sorte. Er war mit seiner Frau gekommen, die mich überschwänglich begrüßte, und den beiden Töchtern, die ich zum ersten Mal geschminkt und in engen Kleidern sah.

»Hast du noch einmal darüber nachgedacht?« Bogdan zog mich zur Seite.

»Bogdan!«, schon stand Kiki neben uns. »Hast du die *colaci* nachgezählt, die dir der Bäcker gegeben hat? Sind es genug? Und sind es die richtigen, die mit den Kreuzen auf der Verpackung?«

Ich drehte mich um, murmelte etwas von Honig und ging in die Küche. Judit stand am Herd, der Kaffee kochte in einem großen Topf.

»Die nächste Runde ist gleich fertig«, sagte sie und drehte das Gas aus. Ich hielt das Sieb, während sie den Kaffee in die Kanne goss, und ging mit ihr in den Hof hinaus.

»Ana! Du hast Kaffee? Danke!«, riefen die Jüngeren aus der Familie, die im Hof auf Stühlen saßen. Alle Großcousins und Großcousinen wie Kiki, deren genaue Verbindung zu mir ich immer wieder vergaß. Ich schenkte ihnen ein. Sie wechselten gerade vom Thema Solarzellen zum Thema Urlaub am Meer. Alle waren sich einig, dass der bulgarische Strand günstiger und besser als der rumänische war. »Hier haben sie am Meer alles mit Hotels zugebaut, schrecklich, überall wird gebaut. Früher hat man gebaut, damit man ein Zuhause hat, in dem es gemütlich ist, jetzt bauen sie sich Kirchen und Paläste und streichen sie in grellen Farben. Selbst der Präsident hat gesagt, sie sollen ihre Häuser nicht mehr in Neonfarben streichen.« Auch mit dem Skiurlaub sei es nicht besser. Der sei in Österreich günstiger als in Rumänien, es sei verrückt, und Lehrer würden noch immer unter 1000 Euro verdienen.

Das Hoftor öffnete sich, und Marius trat im Anzug mit einer großen Tasche in den Hof, hinter ihm seine Frau in einem roten Kleid mit dem Baby auf dem Arm. Ich winkte ihnen zu, das Tor öffnete sich ein weiteres Mal, diesmal waren es Iancu, seine Frau und die Zwillinge. Iancu ging mit einem Blech Kuchen zur Veranda, die Zwillinge kamen auf mich zu gerannt.

»Ana!«, riefen sie. »Kommst du später mit auf den Berg in unsere Hütte?«

»*Sigur*«, sagte ich lachend.

Die Zwillinge nickten ernst und stürzten sich auf das Baby, das sie umarmen und herumtragen wollten. Marius' Frau hielt es ihnen kurz hin und zog es wieder zurück, als es zu weinen begann. Ich ging in die Veranda und schenkte allen Kaffee nach. Einer der jungen Cousins hatte veganen Kuchen mitgebracht, »der ist *de post*, Fastenkuchen ohne Tierprodukte«, erklärte er Judit. »Ich weiß, was vegan ist, Schätzchen«, antwortete sie.

»Probier mal«, sagte Kiki und zeigte auf in Puderzucker gewälzte Teigfäden, »traditionell rumänisch.«

»Kenn ich«, antwortete ich und schenkte ihr Kaffee ein.

»Sie stationieren die NATO-Truppen in der Stadt, die bringen Geld«, sagte Bogdan und schob sich Kirschkuchen in den Mund.

»Und Arbeitsplätze«, sagte Iancu.

»Und Ärger, wenn uns deshalb die Russen angreifen«, sagte Lia.

»Sie beschützen uns vor den Russen, Mutter«, sagte Adriana. »Und die Amerikaner …«

»Wir haben lange genug auf die Amerikaner gewartet«, rief Lia.

»Ich habe gehört, dass gestern der Protest in Bukarest brutaler war, die Polizisten haben Menschen verprügelt, es heißt, die Russen wollen nächste Woche Hooligans einschleusen, die provozieren, damit die Polizei eingreift«, sagte Iancu.

»Iancu!« Bogdan wischte sich mit dem Taschentuch über die Stirn. »Das Rumänische Haus. Mit deinen Arbeitern, das funktioniert nicht, nächste Woche spreche ich mit dem Chef. Jedes Mal, wenn ich da bin, machen sie gerade eine Rauchpause, es geht nicht voran, und bald kommt der Winter.«

»Hast du denn andere Arbeiter?« Lia stellte sich neben ihren Sohn und funkelte Bogdan an, der einen Schritt zurücktrat.

»Und wir brauchen einen guten Blitzableiter, als ich in Japan war, habe ich gesehen …«, redete Bogdan weiter.

»Japan!«, rief Judit. »Wir hatten nie einen Blitzableiter auf dem Haus, wir hatten immer ein Kreuz, das reicht!«

»Entschuldigen Sie«, begann Iancu, »ein Blitzableiter ist schon …«

»Ein Kreuz!«, schrie Judit.

»Kaffee?«, fragte ich, Kikis Bruder hob die Tasse. Ich kannte ihn kaum und wusste nur, dass er nach Deutschland ausgewandert war, seitdem kein Rumänisch mehr sprach und sich Hans nannte, was meinen Vater aufgeregt hatte, der konsequent weiter mit ihm Rumänisch sprach.

»Es gibt viel zu tun, jaja«, sagte Kiki gerade zu ihrem Bruder. »Als Nächstes müssen wir die Stiftung des Ururgroßvaters wieder aufbauen, es gibt so viele begabte Schüler, die kein Geld haben.«

»Stiftung«, sagte der Bruder, »gibt es die noch? Warum hast du mir das nicht früher gesagt? Ich hätte dieses Jahr eine große Summe spenden können, jetzt ist es zu spät, mein Steuerberater hat schon den Jahresabschluss gemacht.«

»Steuerberater!«, rief Adriana neben mir. »Der Ururgroßvater hat die Stiftung gegründet, um den Menschen zu helfen, um die armen Frauen aus dem Dorf zu unterstützen, nicht damit du Steuern sparst!«

»Kiki!« Titus' Frau kam mit einem Teller in der Hand auf uns zu. »Der Kuchen ist vorzüglich, was ist das für ein Rezept? Ich muss es mir notieren, ich weiß, ich sollte das nicht essen, aber diese rumänischen Spezialitäten … Wenn ich hier bin, kann ich einfach nicht anders, und wenn ich in der Stadt bin, würde ich ja so gerne, ich habe als Studentin so gerne Hirn gegessen …«

»Der Kuchen ist ein traditionelles rumänisches Rezept der Großmutter«, rief Kiki. »Ich habe das Rezept, aber es ist geheim.«

»Du wirst dich wundern, wenn du hier in ein Restaurant gehst«, sagte Kikis Bruder an Mathilde gewandt. »Gestern wurde ich in einem Café geduzt, noch nicht einmal zwanzig und sagen Du zu mir und reden Sätze voller englischer Begriffe, diese Amerikanisierung, schlimmer als in Deutschland.«

»Hallo Ana, hast du noch ein bisschen Kaffee? Danke«, André hatte sich auf die Steinstufen vor der Veranda gesetzt und zog an seiner Pfeife. Ich trat zu ihm hinaus und schenkte ihm ein, dann setzte ich mich neben ihn und fächelte mir Luft zu. Es würde ein heißer Tag werden, am Tag der Familienfeier war es immer heiß, besonders beim *parastas*, wenn wir auf dem schattenlosen Friedhof standen und der Priester das Weihrauchfass schwenkte.

»Und, wie gefällt es dir?«, fragte André. Ich erzählte von meiner Woche im Dorf, ohne Raluca zu erwähnen, und beobachtete dabei die Zwillinge, die immer wieder versuchten, sich an das Baby heranzuschleichen.

»Ah, Ana, hier bist du«, Adriana trat aus der Veranda, zündete sich eine Zigarette an und griff in ihre Tasche. »Die Übersetzung deiner Geburtsurkunde, mit allen Stempeln, damit kannst du nächste Woche aufs Passamt, und bei Lia ist ein Buch für dich angekommen, das habe ich letztes Mal vergessen, liegt schon lange da.« Sie reichte mir zwei Umschläge.

Jetzt kam auch Kiki dazu, stellte sich neben uns und zündete sich eine Zigarette an.

»Eine Zigarette morgens zum Kaffee, nicht mehr, so macht man das«, murmelte sie.

Die Tür der Kirche war so niedrig, dass ich mich bücken musste, um einzutreten. Meine Füße sanken in Teppichschichten wie in weiches Gras, die kleinen Fenster in den gewölbten Wänden ließen kaum Licht hinein, alles wurde von einem gigantischen Kronleuchter im Altarraum erhellt. Ich folgte dem roten Läufer den Gang zwischen den Bankreihen hindurch und beobachtete die Schritte der anderen. Judit, Naela, Lia und Titus gingen zu den throngleichen Holzstühlen, die an den Seiten des Altarraums standen. Naela setzte sich auf den Stuhl mit der höchsten Rückenlehne und den detailliertesten Schnitzereien, an dem ein Schild mit dem Familiennamen befestigt war. Alle anderen verteilten sich auf die Bankreihen. Ich schob mich in die zweite Reihe neben die Zwillinge. Der Pfarrer stand mit blauem Gewand und goldfarbener Stola zwischen den Heiligenbildern und bestickten Tüchern. Ich fuhr mit den Fingern über das massive Holz der Bank, und etwas Spitzes traf mich so plötzlich in der Brust, dass ich mich festhalten musste. Als ich wieder aufblickte, stand auf den Schichten abgelaufener Perserteppiche der Sarg meines Vaters.

Die Kirchentür schloss sich, ich zuckte zusammen, und das Bild verschwand. Der Pfarrer begann leise mit dem Gebet. Erst jetzt bemerkte ich die kleine, ganz in Schwarz gekleidete Frau mit Kopftuch auf einem der Wandstühle. Sie richtete sich auf und summte mit tiefer Stimme. Ihre Stimme zog durch den Weihrauch, legte sich unter die des Pfarrers und hob sie hinauf über unsere Köpfe. Mein Blick glitt über die Gemälde auf den kuppelförmigen Wänden, Männer in Rüstungen, Männer mit Kronen, Engel mit Instrumenten, alle mit Heiligenschein. Etwas Weiches berührte mich an den Beinen, die Zwillinge bewegten sich im Singsang, ich atmete tief ein, und die Zeit dehnte sich und schob sich zusammen. Irgendwann änderte sich kaum merklich der Rhythmus. Der Pfarrer trug jetzt einzelne

Familiennamen vor, die er von einem Papier ablas, immer wieder unterbrochen von »*Dumnezeu să ierte, Doamne miluiește*«, Gott vergebe, Gott erbarme sich.

Ich legte den Kopf in den Nacken, atmete tief aus, und etwas löste sich in mir. Der Pfarrer sang den letzten Namen der Liste, schwenkte noch einmal das Weihrauchfass, begann mit dem »*Tatăl nostru*«, und wir stimmten mit ein. Als die letzten Worte des Vaterunsers verklungen waren, stellte der Pfarrer das Weihrauchfass zur Seite, und wir blinzelten, als seien wir gerade aufgewacht. Eine Bewegung ging Richtung Ausgang, doch bevor wir nach draußen gehen konnten, räusperte sich der Pfarrer noch einmal, und etwas an ihm veränderte sich, als sei er von der Bühne ins Publikum gestiegen.

»Bevor wir alle in die Hitze hinausgehen, möchte ich gerne noch etwas sagen.« Überrascht drehten wir uns um. Er sei erst seit wenigen Monaten als Pfarrer im Dorf, habe in dieser Zeit aber bereits viel über die Familie gehört, über den »großen Philanthropen Nicolae« und was die Familie für die Menschen im Dorf getan hätte. Wieder ging eine Bewegung durch die Bänke, Rücken richteten sich auf, Augen wurden schärfer, Kiki vor mir strahlte. Zum ersten Mal betrachtete ich den Pfarrer genauer, wieder fiel mir auf, wie jung er war, gleichzeitig hatte er diese Ruhe und Ausgeglichenheit, die auch Raluca ausstrahlte.

»Es ist gut, dass Sie den Ursprung der Familie nicht vergessen, dass Sie die Menschen hier nicht vergessen und unser gemeinsames Leid«, sagte der Pfarrer, und alle nickten.

Wir traten in die Hitze hinaus, nahmen eine dünne Honigkerze aus dem Karton und folgten dem Weg an der Kirche entlang zu den Gräbern. Vor dem Grab mit dem höchsten Kreuz blieben wir stehen. Die schwarze Marmorplatte glänzte sauber. Auf dem Kreuz waren Fotos des ersten Nicolae und seiner Frau angebracht. Der Pfarrer zündete eine Kerze an, Judit zündete ihre an seiner an und hielt sie uns hin. Es war so heiß, dass die Kerzen sich in unseren Händen bogen.

Der Pfarrer sang die Namen der Toten, sang zusammen mit der kleinen Frau »*Dumnezeu să ierte, Doamne miluieşte*« und schwang das Weihrauchfass. Ein Zittern lief über die Gesichter von Lia, Judit, Titus und Naela in der ersten Reihe. Der Pfarrer nahm Schale und Krug von der Grabplatte und goss den *ţuică* über die Bonbons und Nüsse. Die in der ersten Reihe legten einen Finger auf die Schale, die hinter ihnen die Hand auf ihre Schultern, ich berührte Iancus Arm, die Hitze war kaum noch zu ertragen. Der Pfarrer bewegte die Schale hinauf und hinunter, seine Bewegungen wurden von Körper zu Körper weitergegeben, bis in die letzte Reihe. Ein letztes Mal bewegte er die Hand, und wir ließen los.

»Gott über uns, unter uns, in uns«, sagte der Pfarrer.

Wir drehten uns um und gingen hinter der Kirche entlang auf die andere Seite des Friedhofs. Mein Herz schlug schneller, als wir vor dem ebenfalls schwarzen Grab stehen blieben. Wieder sah ich den Sarg, diesmal, wie er in die Erde gelassen wurde, schwankend, und daneben meine Mutter, auch schwankend, in Jacken gewickelt und auf eine blasse, steif dastehende Frau gestützt, in der ich mich selbst erkannte.

Mir war so heiß, dass ich das Gefühl hatte, ohnmächtig zu werden. Ich drückte mich an die kühle Kirchenwand. Die Tanten standen wieder in der ersten Reihe und fächelten sich Luft zu. Wieder schwang der Pfarrer das Weihrauchfass, goss *ţuică* über eine Schale mit Bonbons und Nüssen, sang die kleine Frau »*Dumnezeu să ierte, Doamne miluiește*«, wieder fassten wir uns an den Schultern. Anders als zuvor in der Kirche hörte ich Nicus Namen genau, als er vorgelesen wurde. Wir schlugen das Kreuzzeichen. Die Kerzen hatten sich so sehr verbogen, dass das Wachs auf unsere Hände tropfte und wir sie ausbliesen. Iancu schenkte uns *țuică* ein, wir stießen an und tranken. Die Zwillinge schoben sich ein Bonbon nach dem anderen in den Mund.

»Ein Gruppenfoto!«, rief der Pfarrer, machte Fotos mit unseren Handys und stellte sich dann für ein weiteres Bild zwischen uns.

Wir gingen zum Eingang zurück. Kiki und Judit verteilten die Hefeknoten, und ich ging zu dem Metallkasten neben der Tür, in dem Kerzen brannten, unterteilt in die Bereiche der Lebendigen und der Toten. Unentschlossen stand ich davor, bis Adriana mir ihre Kerze hinhielt. Ich zündete beide Kerzen an und stellte eine zu den *Vii* und eine zu den *Morți*.

»Ana! *Colaci!*«, rief Kiki und kam mit den Armen voller Hefeknoten auf mich zu. »Wir haben viel zu viele, nimm dir, nimm dir mehr, gib sie deiner Freundin«, sagte sie und drückte mir eine Packung nach der anderen in die Hand. Die Zwillinge hüpften auf den Tisch zu und schoben sich weiter schnapsgetränkte Nüsse in den Mund. Ich ging zu ihnen und zog sie von der Schüssel weg zu den Rosen vor der Kirche, an denen wir rochen und dicke Hummeln beobachteten, bis Marius in Sicht kam und sie zu dem Baby rannten. Ich ging zu Adriana, die auf der einzigen schattigen Bank unter einem Baum saß. Sie tippte etwas in ihr Handy und seufzte.

»Die Arbeit?«, fragte ich, und sie nickte. Sie müsse gleich los, die Sache mit der Polizistin würde immer größer werden, sie solle eine Geschichte dazu machen. Ich schaute sie fragend an.

»Es ist schon fast lustig«, erklärte sie. »Bei der Demonstration gestern in Bukarest soll eine Polizistin verletzt worden sein. Der Polizeisprecher hat heute Morgen ein Interview gegeben, mit tragischer Stimme hat er von den gewalttätigen Demonstranten gesprochen. Am Ende hat er den Kopf gesenkt und traurig hinzugefügt, dass es ihm besonders schwergefallen sei, den Eltern der verletzten Polizistin zu sagen, dass ihre Tochter für immer gelähmt sein wird, und hat dabei das Foto einer sehr jungen, sehr blonden Frau hochgehalten. Gerade wurde dieses Video veröffentlicht.« Sie zeigte mir die Aufnahme eines Krankenhauses und dann einer Tür, aus der eine junge Frau trat, die Kamera wackelte, der Filmende rannte auf sie zu, jetzt war das Gesicht der Frau auf dem Foto zu erkennen, die erschrocken anfing zu rennen. Iancu trat neben uns.

»Die Polizistin?«, fragte er. »Ich habe schon die ersten Artikel gesehen«, er holte sein Handy heraus. »Ein Wunder ist geschehen: die vom Krankenbett auferstandene Polizistin«, las er.

»Von wegen gelähmt«, rief Adriana und stand auf. »Ich muss los. Was denken die sich eigentlich? Uns Kinder des Kommunismus belügt man nicht.«

»*Heute hier, morgen dort. Bin kaum da, muss ich fort … Nie nach Gestern und Morgen gefragt*«, sangen die Zwillinge, als wir den Berg hinauffuhren, hinter uns die Autos der restlichen Familie. Wieder saß ich zwischen den Mädchen auf der Rückbank, vor uns Iancu und seine Frau Andreea, der Kofferraum war voller Essen, obwohl wir gerade erst in einem Restaurant gewesen waren. Die Tische waren weiß eingedeckt gewesen, die Kellner trugen Uniform. Der Raum war voll, eine Taufgesellschaft, eine Verlobungsfeier, einzelne Familien. Nachdem wir uns setzten, diskutierten die Tanten, ob es ein Gebet und eine Ansprache geben sollte. Judit verkündete, sie würde beten, aber keine Ansprache halten, Lia wollte, dass wir gleich essen, auch Titus wollte nichts sagen, Bogdan öffnete immer wieder den Mund, wurde jedoch von den Tanten nicht beachtet. Die Kellner standen mit dampfenden Suppenschüsseln an der Seite und warteten.

»Nicu hätte eine Ansprache gehalten«, sagte Judit und schaute mich an. Jetzt blickte auch Iancu zu mir, und ich fühlte, wie ich aufstand und sagte: »Schön, dass ihr alle gekommen seid.«

Kiki zischte, dass man so etwas nach dem Essen sagen würde. »Danke, Ana«, sagte Judit und begann zu beten. Die Kellner schalteten die Musik aus.

»Es ist gut, mit dem Jeep zu fahren, als wir die Hütte ausgebaut haben, musste ich die Zementsäcke auf dem Rücken nach oben tragen«, sagte Iancu, während wir an einer neuen Hotelanlage mit Tennisplatz und vollem Parkplatz vorbeifuhren. Auch die Wiesen am Bach waren mit Menschen bevölkert, die grillten und in der Sonne lagen. Die Straße führte in Serpentinen den Berg hinauf, um uns herum standen Bäume, die immer dichter wurden. Als wir am weißen Kloster ankamen, hörte der Asphalt auf, die Zwillinge bekreuzigten sich und murmelten etwas, was dem ähnelte, was die Erwachsenen in so einem Augenblick sagten.

»Hier haben wir im Frühling eine Bärin mit ihren Jungen gesehen«, sagte Iancu und zeigte auf eine Stelle neben dem Wohnhaus der Mönche. »Sie kommen dem Dorf immer näher, die Menschen fällen die Bäume, überfüllen die Mülleimer und pflücken die Früchte in ihren Gärten nicht mehr.« Iancu stemmte sich gegen das Lenkrad und ließ einige Mountainbiker vorbei. Die Zwillinge sangen ein rumänisches Lied, und ihre Eltern stimmten ein. Wir fuhren an einem Kreuz vorbei, unter dem ein Strauß Plastikblumen stand.

»Hier ist ein Mann aus dem Dorf gestorben«, erklärte Iancu, »ein, wie soll ich sagen, er hat viel getrunken. Sie haben ihn erst Tage später gefunden, unter seinem Traktor.« Er zeigte auf den steilen Hang rechts neben uns. Zwischen den Bäumen vor uns bewegte sich etwas, Iancu wurde langsamer und winkte den Autos hinter uns zu. Wir lehnten uns aus den Fenstern, ich dachte an die Bärin, als ein Soldat im Tarnanzug mit Helm und Rucksack auf den Weg trat. Einer nach dem anderen kam aus dem Wald heraus und lief an uns vorbei, Frauen und Männer, die aussahen, als seien sie noch keine achtzehn. Wir schauten auf ihre Maschinenpistolen und dann in ihre bleichen, gelangweilten Gesichter.

»Hier in der Nähe ist eine Kaserne«, sagte Iancu, als der Letzte von ihnen vorbeimarschiert war. »Wir haben früher dort geübt, ich hatte Glück, ich war vor '89 wieder draußen, die anderen mussten auf die Straße, standen ihren Freunden gegenüber und mussten schießen.«

Keiner von uns redete, bis wir die Wiese vor dem steilen Weg erreichten und ausstiegen. Während die anderen das Gepäck umräumten und die Plätze tauschten, ging ich zur Quelle. Der Bach floss durch ein Rohr aus dem Felsen, die Steine waren mit bunten Bildern bemalt, die Jesus zeigten, von Engeln umgeben. Ich tauchte meine Hände in das eisige Wasser, durchsichtige Fische schwammen über sandigem Boden. Hinter mir wurde diskutiert, wer weiterfahren und wer zu Fuß gehen sollte. Dann fuhren die Autos mit Allradantrieb den Hang hinauf.

»Los geht's«, rief Marius und ging voran.

Einige der Cousins, die Zwillinge und ich folgten ihm. Der Boden hatte tiefe Furchen und war trocken, auf der linken Seite fiel der Berg steil ab. Ich schaute mich nach einem Stock um und zog einen langen aus dem Gebüsch. Die Zwillinge rannten voraus und zeigten auf eine Grasfläche am Wegesrand. »Da werde ich später meine Hütte haben«, sagte eine, »und ich hier«, sagte die andere und zeigte auf die Stelle daneben.

Ich lief mit großen Schritten an ihnen vorbei, bis ich neben Marius angekommen war. »Früher sind wir die ganze Strecke zu Fuß gegangen«, sagte ich.

»Früher hatte keiner von uns Geld für Autos mit Allradantrieb«, antwortete er. Ich dachte an Bogdan und überlegte laut, ob Menschen, die in ihrer Kindheit arm waren, besonders dazu neigten, viel Geld verdienen zu wollen.

»Armut ist keine Entschuldigung«, unterbrach mich Marius.

»Wir waren alle arm, konnten nicht heizen, als Baby war ich im Winter so blau, dass Adriana Angst hatte, ich erfriere.«

Wir hatten es den Hang hinauf geschafft und bogen um die Kurve. Hier war der Weg weniger steil, ich musste kurz stehen bleiben und durch mein Seitenstechen hindurch atmen.

»Wie war dein Parteitreffen?«, fragte ich, als wir weitergingen.

»Wir haben Plakate für den großen Protest nächste Woche vorbereitet«, antwortete Marius.

»Ihr fahrt nach Bukarest?«

»Wir fahren zusammen, ja, für einen Tag.« Marius schob die Schultern zurück. »Iancu fährt auch mit und Adriana mit ihrem Team.«

»Iancu?«, fragte ich erstaunt. »Ist er auch in eurer Partei?«

Marius schüttelte den Kopf. »Nein, aber er kennt einige der Leute bei uns, ich glaube, aus der Schule oder vom Militär.«

Ich dachte an die Soldaten mit den gelangweilten Gesichtern.

»Es ist lustig«, fuhr Marius fort, »Nicu hat früher immer gesagt, dass wir eine neue Partei brauchen, die frei ist von den alten Kommunisten und radikalen Legionären, und wir haben alle gesagt: Eine neue Partei, es wird nie eine neue Partei geben, und jetzt haben wir gleich zwei.«

»Die Legionäre …«, begann ich und hörte Nise im *Déjà-vu* Sätze sagen, die ich vergessen hatte, er erzählte von der »Legion Erzengel Michael« und den dreißiger Jahren. Aber da war noch etwas, an das ich mich für einen Moment erinnerte und dann wieder vergaß.

»Schwieriges Thema«, sagte Marius. »Die Menschen hassen

oder verehren sie, nennen sie Retter oder Mörder, oder interessieren sich für nichts.«

Ich machte einen großen Schritt über ein Loch im Boden.

»Und hat es geklappt mit den neuen Parteien?«

Marius lachte. »Wir werden langsam immer größer. Die anderen sind lauter, sie laufen mit ihren Trachten und Bärenköpfen durch die Gegend, aber da fragst du am besten Raluca.«

»Raluca?« Die Zwillinge sprangen auf meinen Rücken.

»Ana, fang uns! Wir sind Rotkäppchen und du der böse Wolf.« Ich drehte mich zu ihnen um. »Ana, jetzt!«, riefen sie und rannten los. Ich rannte ihnen hinterher, um die nächste Kurve, einen weiteren Hang hinauf, wieder um eine Kurve. Dann musste ich stehen bleiben und mich auf den Stock stützen. »Ana!«, riefen die Zwillinge enttäuscht.

»Später!«, rief ich zurück und wartete auf Marius und die Cousins. Zusammen gingen wir den letzten, besonders schmalen Hang hinauf und traten aus dem Wald. Vor uns breiteten sich Wiesen voller wilder Blumen aus, die sich über die Hügel erstreckten. »Dahinten ist unsere Hütte!«, riefen die Zwillinge und zeigten in die Ferne.

»Passt auf«, sagte Marius, und die Mädchen griffen nach meinen Händen. »Hier sind die Schäfer mit ihren Hunden unterwegs, die sind gefährlich.« Er zog eine Pfeife aus seiner Hosentasche und blies hinein. Das Pfeifen zog von Hügel zu Hügel, und wir gingen langsam weiter. Immer wieder schaute ich zu dem Zaun links neben uns. Kaum hatten wir die ersten Schafe gesehen, war auch schon das Kläffen der Hunde zu hören. Die Zwillinge umfassten meine Hände fester, und ich presste den Stock an mich. Marius blies lauter, die Hunde kamen weiter auf uns zugerannt. Wir stellten uns Rücken an Rücken, einer schlug mit dem Stock auf den Boden, als ich schon spürte, wie die Tiere in meinen Oberschenkel bissen, erschien endlich ein Hirte hinter einem Baum, und die Hunde blieben stehen. Wir winkten dem Mann zu und gingen weiter an Wiesen und verschlossenen Holzhütten vorbei.

Nach einiger Zeit hörten wir wieder das Bellen von Hunden. Diesmal rannten die Zwillinge los, ich wollte sie festhalten, doch Marius hielt mich zurück.

»Die gehören dem Bürgermeister«, erklärte er, und schon war eine laute Stimme zu hören, die aus der Luft zu kommen schien.

»Lara, Florina, Bobi …«, rief sie. Wir liefen an Tannenbäumen vorbei und blickten auf eine Hütte, vor der ein gekrümmter Mann mit erhobenem Megafon stand. Er war von Hunden umringt, groß wie Schafe, die Zwillinge umarmten erst die Tiere, dann den Mann.

»Wie haben wir dich vermisst!«, riefen sie.

»Wie habe ich euch vermisst!«, rief er und umarmte die Mädchen mit Tränen in den großen blauen Augen. Jetzt waren auch wir bei den Hunden angekommen, die uns schwanzwedelnd umsprangen. Einer von ihnen legte seine Pfoten auf meinen Bauch, er war so schwer, dass ich beinahe umfiel. Der Mann kam auf uns zu, bückte sich noch tiefer und küsste meine Hand. Er schaute sich nach den anderen Frauen um, küsste auch sie und schüttelte dann den Männern die Hand.

»Ich bin der Bürgermeister des Berges«, sagte er und zeigte auf das Schild vor seinem niedrigen Holzzaun, auf dem »Bürgermeister des Berges« stand. Dann erzählte er von seinem dritten Enkelkind, das gerade im Dorf geboren worden war, und von einem großen Bären, »ein gigantischer Bär, so ein großer wurde lange nicht mehr gesehen, er ist schon bis zu meiner Hütte gekommen, sie haben drei Jäger geschickt, passt auf«.

Wir nickten, winkten ihm zu und gingen weiter, liefen durch ein Birkenwäldchen und traten auf die weite Wiese, an deren Ende Iancus Hütte stand. Die Zwillinge rannten los, und auch wir beschleunigten unsere Schritte. Als wir vor der Hütte ankamen, stieß Andreea gerade die roten Fensterläden im ersten Stock auf. Zusammen holten wir das Essen aus den Autos und brachten es in das Haus hinein.

»Die Küche und das Esszimmer«, sagte Iancu und zeigte durch den Raum im Erdgeschoss, in dem ein langer Tisch und Schränke standen. Wir gingen über die Wendeltreppe in den ersten Stock hinauf, der in Einzelzimmer und einen Saal aufgeteilt war.

»Den Schlafsaal habe ich wie in den alten Hütten bauen lassen«, erklärte Iancu. »So haben die Schäfer früher übernachtet«, er zeigte auf die nebeneinanderliegenden Matratzen. Ich legte meinen Rucksack auf die erste und trat ans Fenster.

»Dort ist die Hütte des Bürgermeisters«, Iancu zeigte über das Birkenwäldchen. »Und dort drüben auf der anderen Seite das Haus der historischen Gesellschaft«, er deutete auf die Tannen links neben uns, und mein Herz klopfte schneller.

Draußen hatten sich Gruppen gebildet. Während die einen das Essen vorbereiteten, entfachten die anderen das Feuer, wer übrig blieb, setzte sich in den Schatten oder spielte Volleyball. Ich ging zu dem Spielfeld hinüber, eine meiner Cousinen warf mir den Ball zu.

»Los, Ana!«, rief sie, und ich schleuderte ihn über das Netz. Hinter uns fing das Feuer an zu brennen, und Lia zündete sich eine Zigarette an. Als die Holzscheite heruntergebrannt waren, setzten wir uns auf die Baumstämme und hielten Stöcke über die Glut. Das aufgespießte Schweinefett tropfte zischend herunter. Neben unseren nackten Füßen wuchsen gelbe und rote Blumen, ihre Blüten klein wie Fußnägel. Ein Grashüpfer sprang über meine Beine, Schmetterlinge wirbelten in der Luft umher.

»Huhuuu!«, riefen die Zwillinge einer Reihe bunter Punkte zu, die auf dem Hügel gegenüber hintereinanderliefen.

»*Poftă bună!*«, rief die Wandergruppe zurück.

Das Fett bog sich, wir tupften es auf eine Scheibe Weißbrot, legten Zwiebeln darauf und bissen hinein.

»Mhhh, yaammmyy«, sagten die Zwillinge. Ich spülte den ersten Bissen mit Bier hinunter und konnte nicht weiteressen.

»Ich will nach den Gräbern meiner Eltern schauen, in die Philharmonie und nach Bukarest, Elise in der Paris 4 treffen, da war ich seit Jahrzehnten nicht mehr, aber nach der Demonstration, ich kann auf keine Proteste mehr gehen«, sagte Mathilde, die auf einem Klappstuhl neben den anderen Tanten saß.

»Nicus erste Frau? Sie ist in Bukarest?«, fragte ich schnell.

»Besucht eine Freundin, ja«, Mathilde nickte.

»Willst du dein Brot nicht mehr?«, fragte Marius. Ich schüttelte den Kopf und reichte es ihm.

»Kommt Elise aus Bukarest?«, fragte ich.

»Nein, nein«, antwortete Lia, »aus unserer Stadt, dort hat sie auch Nicu kennengelernt, nachdem er aus dem Gefängnis kam. Er war lange im Krankenhaus, sie hat als Krankenschwester gearbeitet.«

»Ich erinnere mich noch«, sagte Judit, »als wir ihn das erste Mal besucht haben, lag er so dünn und mit verbundenen Knien und Ellbogen im weißen Bett. Er hatte ein Einzelzimmer und durfte mit niemandem sprechen.«

»Und wollte es auch nicht, er hat lange nicht geredet«, ergänzte Lia. »Ich weiß noch, seine erste Frage war die nach unseren Eltern und seine zweite die nach seinen Büchern. Auch Elise hat es geliebt zu lesen, aber auch zu erzählen, sie, die große Geschichtenerzählerin.«

Wir starrten auf das heruntergetretene Gras zwischen uns.

»Dieser Junge, der sie verraten hat«, sagte Judit, »er stand einmal da, als ich ins Krankenhaus kam, auf dem Gang mit einer Sonnenblume in der Hand, ich habe ihn erkannt und weggescheucht. Er war einige Male bei uns zu Hause. Wie hieß er nur?«

»Victei«, sagte Naela, und ich blickte auf, doch sie hatte schon wieder den Mund geschlossen.

»Vic, ja«, Judit nickte, keinen schien es zu wundern, dass Naela gerade gesprochen hatte. Ich drehte mich wieder zum Feuer. Bogdan hatte den Rost mit Fleisch belegt. Auf einer Seite Steaks, auf der anderen Würstchen, das Gemüse in einer Ecke. Ich starrte in die Glut, die sich bewegte, orange war und schwarz wurde. Dann stand ich auf, ging an der Hütte entlang an Tomatensträuchern vorbei zum Plumpsklo, schloss mich ein und wartete, bis meine Hand aufgehört hatte zu zittern. Als ich die Tür wieder öffnete, sah ich einen Augenblick den riesigen Bären vor mir, bis ich erkannte, dass es nur der Schatten der Bäume war.

Nach wenigen Schritten hörte ich Judits Lachen, das alle durchdrang und umarmte.

»Ana! Sekt!«, rief Marius und schenkte den Tanten und mir ein.

»Auf dass wir alle zusammen sind!«, rief Judit. »Auch ihr, Titus, Mathilde, dass ihr aus Deutschland gekommen seid! Und Ana, meine Liebe, meine Liebste!«, sie drückte mich an sich und lachte wieder, und auch ich musste lachen.

»Ahh, fast wie früher«, sagte Judit. »Was haben wir früher gelacht, gelacht und gesungen, die Sommer im Dorf mit Tante Pupu und Onkel Titi, wir haben geschrien vor Lachen.«

»Pupu und Titi?«, fragte ich.

»Sie war eine große Opernsängerin«, Kiki war zu uns getreten, »und er ein hoher Politiker, vor dem Krieg.«

»Ana, unser Gemüse ist fertig«, rief mein veganer Cousin. Irgendjemand schaltete seine Lautsprecherbox an, und es wurde über die Musik diskutiert. Marius öffnete eine weitere Flasche Sekt, der Korken flog bis zur Hütte. Bogdan hatte eine Flasche Champagner in der Hand und schenkte uns und seinen Töchtern ein, den Rest trank er selbst aus der Flasche. Wir aßen, sprachen über E-Autos, die besten Universitäten in Europa und Angela Merkel.

»Eine *horă*!«, rief Iancu, als ein Folklorelied gespielt wurde. Die Tanten stritten darüber, ob wir tatsächlich eine *horă* tanzen sollten, Kiki erzählte von einem Großvater, der sehr gerne Walzer tanzte, und von einem anderen Großvater, der die *horă* liebte. Als André die Ursprünge des Wortes *horă* Reigen oder Kreistänze, vom Gesang der Tänzer begleitet, in Rumänien, Bulgarien, der Türkei bekannt, zu erklären begann, standen alle auf. Wir legten die Arme um die Schultern der anderen, machten Schritte vorwärts, rückwärts, zur Seite und drehten uns im Uhrzeigersinn. Erst wusste ich nicht mehr, wie ich die Füße bewegen musste, nach der ersten Runde erinnerte ich mich, die Geige wurde immer schneller, die Trompete lauter, und wir wurden es auch. Das nächste Lied war ein amerikanischer Popsong, ich setzte mich wieder und sah zu, wie Bogdan sich auf einen Baumstumpf stellte, sein T-Shirt auszog und in der Luft kreisen ließ.

»Ich hab eine Idee, wir schauen uns die Hütte der historischen Gesellschaft an«, sagte Marius neben mir. Ich schaute zum Himmel, der sich bereits rot verfärbt hatte.

»Wenn wir uns beeilen«, antwortete ich und leerte mein Sektglas.

»Yes!«, rief Marius und nahm sich ein weiteres Bier. Wir liefen über die Blumenwiese den Hügel hinauf, rannten durch die Tannen hindurch, bis wir vor dem Zaun der Hütte standen.

»Die Farbe hilft gegen Insekten«, erklärte Marius, als wir an den schwarzen Holzlatten entlanggingen. Wir traten um die Ecke, und vor uns breitete sich das Gebirge aus, nicht mehr die grünen Hügel, sondern hohe Felsen und mit Schnee bedeckte Bergspitzen, die hoch in den Himmel ragten.

»Beeindruckend, oder?«, fragte Marius, und ich nickte. Er öffnete sein Bier und trank. »Komm, wir schauen uns um.«

Das Tor und die Fensterläden des Hauses waren geschlossen, alles um uns herum war ruhig. Ich rüttelte an der Klinke des Tors, doch nichts passierte, wir gingen hinüber zum Zaun, der hier niedriger war und um den Gartenbereich und die überdachte Grillstelle neben dem Haus führte.

»Sieht alles neu aus, ich glaube nicht, dass wir uns hier durch den Zaun quetschen können«, sagte ich.

»Stimmt«, antwortete Marius, »wir müssen klettern.«

Ich lachte, aber er hatte schon seine Bierflasche abgestellt und die Hände verschränkt. Ich schaute mich noch einmal um, doch außer uns war niemand zu sehen, das Zirpen der Grillen war das einzige Geräusch, also stellte ich meinen Fuß in seine Hände.

»*Unu, doi, trei*«, zählte er, ich drückte mich nach oben und schwang ein Bein über den Zaun. Die Bretter schnitten in meine nackten Oberschenkel, ich zog das zweite Bein nach und sprang hinunter. Ohne auf Marius zu warten, ging ich zu einem kleinen Mammutbaum neben der Feuerstelle. Er reichte mir bis zum Bauch, vor ihm stand ein Schild. *Die Könige des Waldes. Sequoias sind ein Symbol der Kraft und Unempfindlichkeit. Mit ihnen erleben wir eine Zeitreise durch die Jahrhunderte.* Ich ließ die Nadeln durch meine Finger gleiten, sie waren weich und gleichzeitig kratzig. Hinter mir war ein dumpfes Geräusch zu hören, Marius lag auf dem Boden und richtete sich grinsend auf. Ich schaute noch einmal auf den Baum und ging dann durch den Gang in den Innenhof, der zwischen den u-förmig ausgerichteten Häusern lag. Der Kies knirschte laut unter unseren Füßen, doch alle Türen blieben geschlossen. Wir betraten die Veranda. Am mittleren Haus war ein Glaskasten angebracht, darin der Zeitungsartikel, den ich auf dem Dachboden des Rumänischen Hauses gefunden hatte. Ich trat näher an den Kasten heran, und meine Finger wurden feucht. Wieder schaute ich auf die Menschen mit den Sektgläsern, in der Mitte der Mann mit der Schaufel, Nicu neben ihm, den kleinen Mammutbaum in den Händen. Unter dem Bild stand etwas über die feierliche Eröffnung und das Pflanzen einer

Sequoia. Ich ärgerte mich, dass ich mein Handy nicht mitgenommen hatte, überflog den Artikel, doch in dem Text ging es nur um die Aufgaben der historischen Gesellschaft und die Möglichkeiten, die die Hütte in Zukunft bieten sollte. Neben dem Artikel hing ein Zertifikat mit goldfarbenen Stempeln und daneben weitere Zeitungsseiten. Ich wollte schon weitergehen, als ich sah, dass es Todesanzeigen waren, und Nicus Namen mit Doktortitel erkannte, daneben die Anzeige eines anderen Mannes mit Doktortitel und eines weiteren mit Doktor- und Professorentitel. Ich blinzelte ein paar Mal, doch der Vorname blieb: Victei.

»Marius«, sagte ich und zeigte auf die Anzeige. »Was ist das?«

»Meine Mutter hat sie inseriert, sie kennt die Leute bei der Zeitung«, sagte Marius.

»Das meine ich nicht. Die andere Anzeige«, ich zeigte auf die des Professors. »Victei, so hieß der Mann, der meinen Vater in der Schule verraten hat.«

»Er war im Vorstand der historischen Gesellschaft«, sagte Marius, »hat in Paris gewohnt, kam aber aus der Gegend und hatte eine Hütte auf dem Berg.«

»Woher weißt du das?«

»Steht da«, Marius zeigte auf das Ende des Artikels. Ich las den letzten Absatz. Der Professor war einige Tage vor der Eröffnung in Paris gestorben und hatte seine Hütte der historischen Gesellschaft hinterlassen.

»Aber diese Anzeige«, Marius deutete auf die in der Mitte, »den Namen kenne ich. Das war Ralucas Großvater. Er ist auch auf dem Foto«, er zeigte auf den Mann, der neben Nicu stand, und etwas Brennendes fuhr durch meine Brust.

»Raluca hat nie …«, begann ich und dachte an die Gespräche, in denen ich ihr von Nicu erzählt hatte. »Vielleicht haben sie sich bei der Eröffnung das erste Mal gesehen«, redete ich schnell weiter.

»Möglich«, sagte Marius, trat näher an den Glaskasten heran und fotografierte die Anzeigen.

»Ist aber komisch, dass alle drei innerhalb von zwei Monaten gestorben sind. Der Professor in Paris, Nicu in der Stadt und Ralucas Großvater im Dorf«, er zeigte auf die Anzeigen.

»Der Professor war krank, und es ist sicher nicht derselbe Victei«, sagte ich und fühlte mich plötzlich sehr müde.

»Möglich, ist aber schon seltsam, dass Nicu ausgerechnet in der Hütte des Professors gefunden wurde und der Freund, der ihn verraten hat, auch Victei hieß«, sagte Marius.

»Ist aber wahrscheinlich Zufall«, sagte ich lauter als beabsichtigt. »Wir sind ja hier nicht in irgendeinem Detektivfilm …« Ich schaute Marius von der Seite an, er blickte noch immer fasziniert auf die Anzeigen, und ich erinnerte mich daran, wie wir früher zusammen *Tick-Trick-und-Track*-Hefte gelesen hatten.

»Komm, es wird dunkel, ich will zurück!«, ich berührte ihn an der Schulter. Wir kletterten über den Zaun, und diesmal war ich diejenige, die halb hinüberfiel. Als ich auf der anderen Seite aufkam, waren meine Beine voller Schrammen.

»Hoffentlich kann der riesige Bär kein Blut riechen«, sagte ich.

»Wir müssen laut sein«, sagte Marius und griff nach seinem Bier.

»Lass uns rennen«, ich sah mich um, der Himmel wurde

immer dunkler. Marius trank die Flasche aus, und wir rannten los.

»Jetzt hält der Bär uns sicher für fliehende Tiere, die er einfangen muss«, sagte ich und fluchte.

»Oh Ana, fluchen hab ich dich ja noch nie hören«, rief Marius hinter mir. »Wir sind gleich da, wenn wir laut sind, hat er Angst.« Er begann loszuheulen, und ich stellte mir vor, wie sich die Touristen auf dem Hügel gegenüber ängstlich an ihren Wanderführer drückten. Endlich waren wir wieder bei Iancus Hütte angekommen, die Musik war leiser, das Feuer brannte höher.

»Ana! Marshmallows!«, riefen die Zwillinge und hielten mir Stöcke mit verkohlten Marshmallows entgegen. Ich zog einen herunter, steckte ihn in den Mund und verbrannte mir die Zunge. Dann ließ ich mich auf einen Baumstumpf neben Iancu fallen, der seltsam still ins Feuer schaute.

»Der Professor, in dessen Hütte Nicu gefunden wurde, hieß er Victei?«, fragte ich. Er schaute mich an, als sei er gerade an einem anderen Ort gewesen, und ich fragte ein weiteres Mal.

»Ja«, antwortete er schließlich, »aber ob es der Victei ist, der Nicu verraten hat, das weiß ich nicht.«

»Es gibt viele Victeis«, sagte Judit hinter uns.

»Naela …«, begann ich.

»Naela ist im Bett und wird dir sicher nichts erzählen«, unterbrach mich Judit.

Ich rückte näher an das Feuer heran und hielt meine Hände an die Flammen. Über uns waren die ersten Sterne erschienen. Die Zwillinge legten ihre Köpfe in meinen Schoß.

»Wie dunkel es ist, wie gut die Luft in den Bergen ist, nirgendwo ist es so schön wie hier«, sagten sie.

Drei Freunde

In der Nacht knackte das Deckenholz, und ich hörte jeden Atemzug der Cousins auf den Matratzen neben mir. Meine Haut roch nach Lagerfeuer. Ich träumte wirre, sich im Kreis drehende Träume, aus denen ich immer wieder hochschreckte. Am Morgen sprangen die Zwillinge durch den Flur und sangen das ABC-Lied. Ich hielt mir die Ohren zu, konnte jedoch nicht mehr einschlafen.

Draußen stellte ich mich mit Becher und Zahnbürste neben die Cousins. Es war kühl, alle waren verschlafen, die Tanten liefen zu den Autos und packten ihre Sachen. Wir putzten unsere Zähne, spuckten ins Gras und schütteten das Wasser hinterher.

»Du hast gestern nach Victei gefragt«, sagte Adrianas Mann, als wir vor dem Tisch standen, auf dem sich die Reste des Abendessens stapelten.

»Ich habe heute Morgen mit jemandem von der historischen Gesellschaft gesprochen, wegen einer anderen Sache, und mich nach ihm erkundigt«, André strich seine Weste zurecht, die er selbst am Lagerfeuer nicht ausgezogen hatte. »Er hatte Krebs und ist kurz vor der Eröffnung gestorben. Als junger Mann ist er auf die deutsche Schule in der Stadt gegangen, er war so alt wie Nicu. Ich bin mir sicher, dass er der Freund ist, der ihn verraten hat.«

Marius trat neben uns.

»Bist du fertig, *tata?* Wir wollen los«, sagte er. »*Servus* Ana, wir sehen uns beim großen Protest.«

Ich schaute mich nach Naela um, aber sie saß bereits auf einem der Beifahrersitze. Die Zwillinge umarmten mich, und wir winkten den Autos hinterher, die über die Wiese fuhren und im Birkenwäldchen verschwanden.

Mit einem Kaffee in der Hand ging ich den Hügel neben der Hütte hinauf und setzte mich auf den Baumstumpf, dem einzigen Platz, wo unsere Handys Empfang hatten. Über den Himmel waren Kondensstreifen wie weiße Striche gemalt, ich hatte noch keine Rückfahrt gebucht, der Gedanke an ein Flugzeug löste in mir noch immer Nervosität aus.

Mein Handy vibrierte, eine Nachricht von Marius und eine von Raluca. Marius hatte die Fotos der Todesanzeigen geschickt, ich vergrößerte sie, verglich die Daten, aber es blieb dabei. Alle drei Männer waren etwa gleich alt gewesen und kurz nacheinander gestorben. Die Zwillinge begannen vor der Hütte Seil zu springen. Mein Finger tippte auf Ralucas Nachricht. »Wie geht es dir auf dem Berg?«, schrieb sie, und wieder war ich wütend, dass sie mir nicht von der Verbindung zwischen ihrem Großvater und Nicu erzählt hatte. Ich steckte das Handy ein und stand auf. Iancu war dabei, in einer Schubkarre Zement anzurühren.

»Für die Terrassenmauer?«, fragte ich, als ich neben ihm stand, und er nickte.

»Ich helfe dir«, sagte ich.

Mittags war es so heiß, dass wir die Strohhüte aufsetzten, bevor wir uns auf den Weg zur Hütte des Professors machten. Die Zwillinge rannten voran, Iancu und ich folgten ihnen. Als wir ein paar Meter gegangen waren, drehte ich mich um und machte ein Foto von der Hütte. Iancus Frau stand in einem pinken T-Shirt davor und sammelte Kräuter.

»Dieses Haus zu bauen ist das Schönste, was ich in meinem Leben gemacht habe«, sagte Iancu plötzlich. »Ohne Nicu wäre es nie passiert, er hat immer davon geredet, wie schön es wäre, eine Hütte auf dem Berg zu haben.«

Ich schaute ihn erstaunt an, in seinen Augen war wieder dieser nachdenkliche Ausdruck, den ich früher nie bei ihm gesehen hatte.

»Als Kind hatte ich immer Angst vor ihm«, redete Iancu weiter. »Er war sehr streng, wir Kinder mussten jeden Morgen vor dem Frühstück mit ihm bis zum Ende des Gartens laufen und wieder zurück und dann Yoga machen. Später war er für uns alle ein Held, der für die Freiheit ins Gefängnis ging, eine Art Boheme, sein Leben mit Elise in Bukarest, die beiden, die dem Kommunismus die Kunst und die Philosophie entgegenstellten und vor nichts Angst hatten.«

»*Tata*, wir wollen Rotkäppchen spielen!«, riefen die Zwillinge und hüpften auf uns zu.

»Uhh, ich bin der böse Wolf, ich will Menschenfleisch«, rief Iancu und schlich hinter ihnen her, sie rannten kichernd in das Birkenwäldchen. Der Weg vor uns war voller Spuren.

»Da waren Hasen«, sagte Iancu und deutete auf vier Mulden, von denen die vorderen länger als die hinteren waren. »Da Wölfe«, er zeigte auf Abdrücke, die wie große Hundespuren aussahen. »Und da war ein Bär.« Ich starrte auf das Loch in der Erde, das aussah, als wäre ein riesiger Mensch mit langen Fußnägeln auf Zehenspitzen über den Weg gelaufen.

»Sollen wir nicht lieber das Auto nehmen?«, fragte ich.

»Es ist nicht weit. Stehen bleiben«, rief er den Zwillingen zu, und sie warteten, bis wir neben ihnen angekommen waren.

»Und wenn einmal ein Bär kommt, was machen wir dann?«, fragte Iancu.

»Still stehen, nicht wegrennen und warten, bis er weitergeht«, antworteten die Mädchen. Ich schaute mich um, das einzige Tier, das ich entdecken konnte, war ein Raubvogel, der über uns kreiste.

»Und wenn er nicht weggeht?«, murmelte ich Iancu zu.

»Dann müssen wir es wohl machen wie unser Vorfahre, der das ganze Dorf gegen einen riesigen Bären verteidigte.«

»Ich dachte, einen Wolf«, sagte ich.

»Ein Bär«, antwortete Iancu. »Ist aber eigentlich auch egal. Er war ein starker Mensch, physisch und psychisch, darum geht es. Du weißt ja, es gibt viele Legenden in der Familie, der eine weiß dies, der andere das. Es ist wichtig, die eigene Familiengeschichte zu kennen, um sich selbst zu verstehen.«

Wir traten durch die letzte Baumreihe und standen auf einer Wiese. »Da vorne ist die Hütte des Bürgermeisters«, sagte Iancu und hielt die Zwillinge fest, die zu ihm rennen wollten. »Wir gehen ins Tal«, er zeigte nach rechts auf eine Landschaft, die so schön war, dass sie unecht wirkte. Die Wiesen voller Blumen, ein Bach, der sich durch sie hindurchschlängelte, und das Holzhaus des Professors, von Efeu überwuchert in der Mitte. Irgendwo klopfte ein Specht, in der Ferne über den Hügeln waren Fahrzeugabgase zu sehen. Ich dachte an Raluca, die sich jetzt über die Touristen aufgeregt hätte.

»Das Motorradrennen«, erklärte Iancu, als wir den Hügel hinuntergingen. »Sie scheuchen die Tiere auf, aber sie waren es auch, die mir damals mit Nicu geholfen haben, ich hatte den Jeep noch nicht, ohne sie hätte ich ihn nie den Berg hinunterbringen können. Alles hat immer zwei Seiten, du kennst sicher den Witz mit dem Pfarrer …«

Ohne meine Antwort abzuwarten, begann er zu erzählen:

»Ein Mann geht zum Pfarrer und sagt: ›Herr Pfarrer, ich halte es zu Hause nicht mehr aus, wir haben keinen Platz, meine Frau und die Kinder, wir wohnen in nur einem Zimmer, vier Kinder, die immer schreien, was soll ich tun?‹ Der Pfarrer überlegt und sagt: ›Geh nach Hause und warte, dann komm in einem Monat wieder.‹ Der Mann geht verwirrt nach Hause. Am nächsten Tag klopft es an seiner Tür, und ein Bauer kommt mit einer Kiste voller Hühnern herein, stellt sie ab und geht. Eine Woche später klopft es wieder, und der Bauer steht mit einem Schwein da, dann mit einer Kuh. Eine Woche, bevor der Mann wieder zum Pfarrer geht, klopft es, der Bauer kommt herein und nimmt die Hühner mit. Ein paar Tage später kommt er und nimmt das Schwein mit, dann die Kuh. Als der Mann wieder zum Pfarrer geht, fragt dieser ihn, wie es ihm geht. ›Hervorragend!‹, ruft er. ›Es war schon besser, als die Hühner weg waren, und noch besser, als der Bauer das Schwein mitgenommen hat, aber als die Kuh weg war, wie gut es mir seitdem geht!‹«

Ich kannte den Witz. Nicu hatte ihn mir immer erzählt, wenn ich mich darüber beschwerte, dass mein Zimmer so viel kleiner als das meiner Freunde war. Wir liefen durch Himbeer- und Brombeerbüsche und an Früchten vorbei, die wie Blaubeeren aussahen. Ich griff nach ihnen und zog die Hand zurück, als Iancu sagte, dass sie giftig seien: »Sie heißen ›Beeren, die verrückt machen‹.«

Wir rüttelten an der Hüttentür und schauten durch die mit Spinnweben überzogenen Fenster.

»Dort am Tisch haben wir Nicu gefunden«, sagte Iancu und zeigte auf den Schreibtisch, neben dem Bett der einzige Gegenstand in der Hütte.

»Ich verstehe noch immer nicht, warum er hier war«, sagte ich und schaute auf die blauen Beeren vor dem Haus.

»Sie sind nach der Feier in die Hütte gegangen, ich erinnere mich noch genau an den Abend. Die Zwillinge waren krank, deshalb bin ich bei ihnen geblieben. Als Nicu am nächsten Tag nicht da war, habe ich bei der historischen Gesellschaft nachgesehen, alles war abgeschlossen, die Autos abgefahren. Also bin ich zum Bürgermeister gegangen. Wir haben Nicu mit den Hunden gesucht und schließlich hier gefunden, die Tür der Hütte war offen.«

Ich machte ein Foto durch die Scheibe hindurch und ein weiteres von der Hütte.

»Ich möchte mit dem Bürgermeister sprechen«, sagte ich.

Aus dem Schornstein des Bürgermeisters kam Rauch, er selbst saß im Garten und suchte einen Hund nach Flöhen ab. Die anderen kamen auf uns zugelaufen.

»Lara, Florina, Bobi …«, rief der Bürgermeister sie zurück.

»Mein achter Hund«, erklärte er, als wir neben ihm angekommen waren, »ist vor einigen Monaten in eine Wildschweinherde gelaufen, obwohl ich ihn zurückgerufen habe. Als er wiederkam, legte er sich hin. Ich sprach mit ihm. Am nächsten Morgen war er kalt. Ich grub ein Loch, so tief wie ein Stuhl, und legte ihn hinein. Es tat mir leid um ihn.«

Iancu legte ihm eine Hand auf die Schulter.

»Wir wollen die Kaninchen sehen«, flüsterten die Zwillinge

und liefen in den Stall. Wir gingen in die Hütte, Iancu reichte dem Bürgermeister eine Packung mit Medikamenten, las ihm den Beipackzettel vor und half ihm, die Flüssigkeit in die Augen zu tropfen. Auch diese Hütte bestand aus einem einzigen Raum, in dem ein schmales Bett, ein Kachelofen und ein Tisch standen. Auf dem Boden lagen gewebte Teppiche, neben dem Bett hing ein Kalender mit nackten Frauen. Der Bürgermeister bemerkte meinen Blick und verbeugte sich entschuldigend. Dann ging er zu einem Regal mit Plastikflaschen.

»*Vişinată*, hilft gegen meine Magenprobleme«, sagte er und schenkte drei Gläser ein. »Setzt euch«, er zeigte auf eine Bank. Ich nippte an dem Kirschlikör. Der Bürgermeister legte weitere Holzscheite in den Kamin. Im Topf darauf köchelte Suppe.

»Nicus Tochter!«, sagte er plötzlich und schaute mich ohne zu blinzeln an. Ich nickte, er ging zum Schrank und kam mit einem Stapel Papieren zurück. Obenauf lag ein blaues Dokument. Ich dachte an meine rumänische Geburtsurkunde, aber auf dem Papier stand Nicus Name, darunter »Widerstandskämpfer gegen den Kommunismus«, die Flagge Rumäniens und ein Stempel. Unter der Urkunde lagen zwei handbeschriebene Blätter mit Gedichten.

»Du hast auch eine Urkunde bekommen?«, fragte Iancu und schaute sich um.

»Ja, hab sie benutzt, um Feuer anzuzünden, dafür war sie gut zu gebrauchen«, der Bürgermeister grinste. »Nicu war bei mir«, fuhr er fort, »er hat auch von dir gesprochen, ich wollte dir die Sachen selbst geben, ich wusste, du kommst irgendwann.«

»Was hat er gesagt, damals?«, fragte ich.

»Wir haben über vieles geredet…«, begann der Bürgermeister. »Er hat mir Übungen gezeigt, die ich gegen die Schmerzen in meinen Gelenken machen soll, wir haben dem Wind in den Bäumen zugehört, Knoblauchtee gemacht und in den Nachthimmel geschaut.«

Ich starrte ihn an. »Hat er noch etwas anderes gesagt?«, fragte ich.

»Ach ja, Dinge von früher, wir haben über Dinge von früher geredet«, sagte der Bürgermeister und tätschelte einem seiner Hunde den Kopf.

»Was waren das für Dinge von früher?«, fragte ich und kam mir wie eine Reporterin vor.

»Alte Dinge, vergessene Dinge. Dinge, die niemanden mehr interessieren.«

Von draußen war ein Schrei und dann ein lautes Muhen zu hören, Iancu entschuldigte sich und stand auf, um nach den Zwillingen zu sehen.

»Für Nicu waren die Berge sehr wichtig«, sagte ich schließlich. »Als er sich den Partisanen anschließen wollte …«, der Bürgermeister winkte zischend ab.

»Ich war gestern bei der historischen Gesellschaft und …«, wieder gab der Bürgermeister einen zischenden Ton von sich.

»In der Hütte der historischen Gesellschaft …«, versuchte ich es ein letztes Mal.

»Alles Lügner!«, rief der Bürgermeister, und in seinen Augen glitzerte es.

»Ich weiß von ihnen, ich weiß von dem, der sie verraten hat. Nicus Freund, sein bester Freund, er ist zu ihm nach Hause gekommen, er hat seine Texte gelesen, er hat sie alle verraten.

Da!«, er zeigte auf einen Dachbalken über uns. »Da haben sie meine Mutter aufgehängt«, ich schaute ihn verwirrt an.

»Nicus Freund Victei hat Ihre Mutter …«, fragte ich vorsichtig.

»Nein«, rief er mit zittriger Stimme. »Die Soldaten, die Soldaten, die kamen, ich war noch ganz klein, ich hab mich versteckt, sie kamen, weil meine Mutter, sie hatte andere versteckt, Partisanen, und sie haben sie an den Haaren am Dachbalken aufgehängt, aber sie hat nicht geredet und hat überlebt, weißt du, warum? Weil sie mit der Zunge Kreuzzeichen im Mund gemacht hat, immer wieder.«

Jetzt liefen ihm Tränen über die Wangen. Ich griff nach seiner Hand, die sich sehr dünn anfühlte. Dann ging ein Zucken durch seinen Körper, seine Tränen stoppten so plötzlich, wie sie begonnen hatten.

»Als Nicu hier war, hat er immer wieder davon gesprochen, dass sein Freund ihn verraten hat, er wollte ihn sehen, ein letztes Mal, wollte verstehen, aber es hat nicht geklappt. Nicu, dieser Vic und der andere, der Ältere aus dem Dorf, sie waren enge Freunde. Der aus dem Dorf hat die Kontakte hergestellt, hat die Waffen organisiert. Nicu hat die Reden gehalten, eine Gruppe versammelt. Als sie verhaftet wurden … Nicu hatte Glück, seine Familie hatte noch Kontakte, aber der aus dem Dorf, der hat viele Jahre bekommen, er hat sich vor die Securisten gestellt und geschrien, er sei Legionär, er würde kämpfen, Dummkopf, sie haben ihn herumgeschickt, von einem Gefängnis zum nächsten. Als er rauskam, war er anders, wie verrückt danach, andere zu treffen, die in den Gefängnissen waren. Er hat mit ihnen gesprochen, hat alles aufgeschrieben.«

Ich schwieg und starrte auf den Deckel, der leise auf dem Suppentopf klapperte.

»Es ist gut, dass du gekommen bist«, sagte der Bürgermeister und drückte meine Hand. »Nicu, er wollte mich überreden, zurück zu meiner Frau und den Kindern zu gehen, aber ich hab gesagt, mein Platz ist hier, auf dem Berg mit den Hunden.«

Er griff nach dem Likör und schenkte uns nach. »Er hat gesagt, dass er zu lange an seinen Freund gedacht hat, dass er ihm die Schuld an allem gegeben hat, dass sein Leben falsch gewesen ist, dass er vieles nicht gesehen hat, was vor ihm lag.«

Ich schluckte, jetzt waren mir die Tränen in die Augen gestiegen. Wir schwiegen, bis Iancu mit den Zwillingen in die Hütte kam. Er schaute erst mich, dann den Bürgermeister an. Die Mädchen kamen auf uns zugelaufen und legten ihre Köpfe an unsere Schultern.

»Und, wie geht es den Kaninchen?«, fragte ich und versuchte fröhlich zu klingen.

»Sie sind weiß! Sie haben rote Augen! Sie haben kleine Babys, klein wie unsere Hände!«, riefen die Mädchen.

»Wir reichen uns die Hände, nach guter alter Sitt, und wünschen uns zum Essen recht guten Appetit«, sagten die Zwillinge auf Deutsch mit dunklem Akzent. Wir saßen Hand in Hand beim Abendessen. Draußen hatte es zu regnen begonnen.

»Hat uns das Fräulein im Kindergarten beigebracht«, erklärten die Mädchen und legten sich Käse, Tomaten und Zwiebeln auf die Brotscheiben. Andreea nahm den veganen Käse. Sie fastete die Wochen vor dem Feiertag des heiligen Peter, oder vielleicht war es auch der heilige Paul. Ich schenkte Tee aus selbstgesammelten Kräutern in die Tassen und dachte an die Beeren, »die verrückt machen«.

»Hat Nicu vielleicht von den blauen Beeren gegessen?«, fragte ich leise.

Iancu schüttelte den Kopf. »Das glaube ich nicht, sie haben vieles bei ihm gefunden, aber keine Vergiftung. Ich glaube, am Ende war es einfach sein Herz.«

Die Zwillinge sprangen auf und flochten mir die Haare. Draußen blitzte es, der Wind ließ die Hütte erzittern, es regnete immer stärker, die Mädchen rannten zu den Fenstern und schauten hinaus. Der Wind beruhigte sich, und der Hagel begann, die Körner wurden immer größer, bis sie so groß wie Tischtennisbälle waren. Die Mädchen zuckten zusammen, Iancu trat neben sie.

»Die sind perfekt für Whisky«, rief er. »Das ist Hagel, wie es ihn nur in den Bergen gibt. Über den Bergen wohnt ein Zauberer auf einer Wolke, formt Wasser zu Eiskugeln und wirft sie zu uns hinunter, damit unsere Getränke besser schmecken.«

Die Zwillinge nickten. Über uns knallte es ein weiteres Mal.

»Kommt, wir fangen Fliegen«, sagte Iancu und sprang mit den Kindern durch den Raum, während Andreea und ich den Tisch abräumten. Sie fingen die Fliegen mit zwei Fingern, öffneten das Fenster und warfen sie hinaus. Eines der Mädchen zeigte mir, wie ich es machen sollte. Ich versuchte, die Fliegen aus der Luft zu holen, fasste immer wieder ins Leere, packte schneller zu, sah nur noch fliegende Punkte, wurde immer wütender und erwischte schließlich eine, die ich so fest umfasste, dass von ihr nur ein Blutstropfen übrig blieb.

Ich öffnete die Tür und hielt die Hand hinaus.

Der Hagel war wieder zu Regen geworden, der Mond fast rund.

»D«, sagte Iancu. »Der Mond hat die Form eines Ds, wie *decreştere*, abnehmend.«

»Aber der Mond lügt«, ergänzten die Zwillinge, »er nimmt zu.«

Andreea brachte die Mädchen ins Bett, Iancu und ich setzten uns auf das Sofa neben dem Kaminofen.

»Ich habe darüber nachgedacht, was du mir von deinem Gespräch mit dem Bürgermeister erzählt hast«, begann er. »Vielleicht gibt es auch hier zwei Seiten, vielleicht hat Vic Nicus Leben nicht nur zerstört, vielleicht hat er es gerettet. Wären sie wirklich zu den Partisanen gegangen, wären sie alle erschossen worden.«

Ich starrte auf den Schuh der Barbiepuppe, den er in den Fingern drehte.

»Und vielleicht stimmt es, dass er zu viel über die Vergangenheit nachgedacht hat«, redete Iancu weiter. »So viel, dass er irgendwann das Gute nicht mehr gesehen hat.«

Wir schenkten uns Tee ein und lehnten uns zurück. Das Holz im Kamin knackte, und aus irgendeinem Grund musste ich wieder an die Soldaten mit den jungen Gesichtern denken, und an Horia, Nicus lustigen Bruder, den niemand hatte retten können, und endlich fragte ich nach ihm. Iancu runzelte die Stirn.

»Das letzte Mal habe ich Horia am 21. Dezember 1989 gesehen«, begann er.

Einige Tage zuvor hatten sich die Menschen in Timişoara vor dem Haus des ungarischen Pfarrers versammelt und dann das Gebäude des Parteikomitees gestürmt. Die Studenten wurden zu ihren Eltern geschickt, damit sie sich nicht den Protesten anschlossen, auch Iancu war nach Hause gefahren, saß mit seinen Eltern in der Küche vor dem Radio und hörte *Europa Liberă.* Sie wussten nicht, was genau passierte, nur dass es etwas Großes war und dass sich zum ersten Mal alles ändern konnte. Also beschloss Iancu, sich den Protesten anzuschließen und mit seinen Freunden heimlich nach Timişoara zu fahren. An dem Abend, bevor es losgehen sollte, legte seine Mutter ein Blatt Papier auf den Küchentisch, auf dem vier Strophen abgedruckt waren.

»Morgen um neun treffen wir uns im Zentrum«, sagte sie. Dann kamen Schritte die Treppe hinaufgepoltert. Schnell drehte sie das Radio aus und schob den Zettel unter die Eckbank. Aber es war nur Adriana.

»Ein Mann hat uns die Strophen von *Erwache Rumäne* gegeben, wir treffen uns morgen um neun im Zentrum, der Mann hat gesagt, alle, die noch Blut in den Adern haben, aber fließendes, nicht verklumptes, sollen kommen!« Adriana war außer Atem.

»Und Marius?«, fragte ihre Mutter. »André bleibt zu Hause, wir haben unser Testament geschrieben«, antwortete sie.

Lia nickte. Iancu hatte schon seine Sachen gepackt, aber jetzt konnte er nicht mehr mit seinen Freunden fahren. Als es Nacht wurde, zog er seinen Fellmantel an und lief durch die dunklen Straßen.

»Wir müssen den Protest in unsere Stadt bringen. Wir können unsere Familien nicht alleinlassen«, sagte er und hielt das Blatt mit dem verbotenen Lied in die Höhe.

»Die Menschen sterben in Timişoara, wir können nicht hierbleiben«, rief einer seiner Freunde. Schließlich fuhren zwei von ihnen mit dem Auto davon, die drei anderen blieben. Am nächsten Tag wartete Iancu, bis seine Eltern das Haus verlassen hatten, dann holte er die Pistole aus der Dunkelkammer und ging hinaus. Die Straße war gefroren, die Häuserdächer schneebedeckt. Auf dem *Piaţa Mare* liefen einzelne Menschen umher. Seine Eltern standen vor der Kirche und unterhielten sich, die Hände tief in die Wintermäntel geschoben. Seine Schwester war nicht zu sehen. Iancu ging auf den Platz, und kaum hatte er die Mitte erreicht, merkte er, dass hinter ihm noch andere aus den Schatten traten, Männer in Uniform. Sie trieben die kleinen Inseln auf dem Platz auseinander, stellten sich vor die Menschen und klopften auf ihre Knüppel und Gewehre. Einige Meter neben Iancu stand eine Gruppe von vier Männern, die sich nicht auseinandertreiben ließen. Als die Uniformierten auf sie zukamen, riefen sie: »Nieder mit Ceauşescu, weg mit dem Diktator!« Die Uniformierten packten einen von ihnen und zerrten ihn in ihr Auto. Durch die Menschen auf dem Platz ging eine Bewegung, sie rannten auf die Uniformierten zu, schlugen sie, holten die Verhafteten aus dem Auto, warfen Zigaretten hinein und brannten es nieder. Da sah Iancu Horia das erste Mal. Er stand da, wo heute das Eiscafé ist, mit einem Stock in der Hand. Der Platz füllte sich mit Menschen, sie liefen aus den Gassen, von der Straße, hinter der Kirche hervor. Auch die Uniformierten wurden mehr, sie kamen mit Autos und Gewehren. Als sich die beiden Gruppen gegenüberstanden, war es still, nur das Knacken des Schnees unter den Schuhen war zu hören. Dann begannen die Menschen zu singen, das verbotene Lied, das Lied der Revolution von vor 140 Jahren. Neben Iancu stand eine Frau mit einem Schal aus Wolfsfell. Sie hakte sich bei ihm unter. »Erwache, Rumäne, aus deinem Schlaf des Todes«, sangen sie zusammen, sangen von den Tyrannen, gegen die sie sich erheben würden, von dem Römerblut in ihren Adern, von Trajan, sangen »Leben in Freiheit, oder Tod!«, sangen »die Devise heißt Freiheit, und der Zweck ist hochheilig. Wir sterben lieber glorreich im Kampf, als wieder Sklaven auf unserem alten Boden zu sein!«

Die Uniformierten schossen in die Luft, nur eine Kugel flog in eine andere Richtung. In der ersten Reihe fiel ein Mann um und war tot. Die Menschen fingen an zu rennen.

Als Iancu Horia das zweite Mal sah, stand er mit seinen Eltern vor dem Securitategebäude und schaute auf die Fabrikarbeiter, die auf sie zumarschierten.

»Eine Masse, die bereit ist zu sterben«, sagte Lia.

Vor dem Gebäude der Geheimpolizei blieben die Fabrikarbeiter stehen, schwangen die blau-gelb-roten Fahnen mit dem Loch in der Mitte und riefen nach ihren Eltern, Kindern und Geschwistern in den Gefängnissen. Doch hinter den Mauern blieb es still. So still, dass Lia und ihr Mann sich ansahen und sagten: »Hier wird etwas Schlimmes passieren. Wir gehen zurück.« Sie schoben sich zwischen den Menschen hindurch, hinter ihnen schloss sich der Weg, und sie bemerkten zu spät, dass ihr Sohn nicht mehr neben ihnen war. Iancu stand noch immer in der ersten Reihe und hielt die Pistole unter dem Mantel umklammert. Dann öffnete sich das Tor, und alles ging so schnell, dass er sie nicht einmal ziehen konnte, bevor der Mann neben ihm umkippte. Sein Gesicht war voller Blut, seine Finger umklammerten einen Stein. Iancu zog ihn durch die Menschen hindurch, die in Panik durcheinanderrannten, zog ihn in einen der kleinen Vorgärten und hämmerte an die Tür des Hauses. Der Mann keuchte, war still und keuchte wieder. Sie hatten ihm in die Stirn geschossen, am Hinterkopf war die Kugel mit Teilen seines Gehirns wieder ausgetreten. Iancu zählte die Sekunden zwischen dem Keuchen. Eine Frau öffnete die Tür, Iancu zeigte auf den Mann und rannte wieder zur Straße, wo so heftig geschossen wurde, dass er nicht mehr zurückkonnte. Einige Menschen versuchten über die Mauer in das Militärgebäude zu klettern, die Soldaten schossen sie herunter. Als sie nachluden, hörte er Körper und Steine auf dem Boden aufprallen, es roch nach geschmolzenem Gummi und Eisen. Iancu lief in den hinteren Teil des Hofes und kletterte über die Mauer in den nächsten Hof und wieder in den nächsten und wieder in den nächsten. Vor sich sah er einen anderen Mann klettern und springen. Kurz bevor er hinter der letzten Mauer verschwand, drehte er noch einmal den Kopf. Es war Horia.

Zu diesem Zeitpunkt saß Lia nur wenige Straßen weiter in ihrem Haus, ließ die flüchtenden Menschen hinein und suchte in den Gesichtern nach ihren Kindern. Sie versorgte ihre Wunden, ihr Mann holte Schnaps, *Europa Liberă* lief, keiner stellte den verbotenen Sender mehr ab. Als die Schüsse draußen langsam verstummten, gingen sie auf die Terrasse hinaus. Sie war voller Patronenhülsen.

»Ich weiß nicht, wie viele gestorben sind. Wir haben nicht gezählt«, beendete Iancu seine Erzählung. »Am 25. Dezember wurden die Ceaușescus hingerichtet, aber die Kämpfe gingen weiter. Horia wurde eine Woche später in einer Gasse gefunden, sie hatten ihm in den Rücken geschossen.«

Während Iancu redete, hatte ich ins Feuer gestarrt, wo seine Worte zu Bildern wurden.

»Als Nicu hier war, sind wir zum Friedhof neben der Stadt gefahren, zu den Gräbern der Gefallenen der Revolution. Der Boden war gefroren, und wir sind nur langsam vorangekommen. Als wir Horias Stein gefunden hatten, standen wir lange davor. Irgendwann sagte Nicu: ›Hier liegen sie alle nebeneinander, und keiner weiß, wer Mörder und wer Ermordeter ist.‹«

Ich blinzelte, und die Bilder im Feuer verschwanden.

»Als er Rumänien verließ, wusste er, dass er uns alle vielleicht nie wiedersehen würde, aber es war seine Entscheidung«, sagte Iancu.

Das Feuer

Am nächsten Morgen pflückte ich einen großen Blumenstrauß für die Tanten und stieg in den Jeep. Wir fuhren durch das Birkenwäldchen und winkten dem Bürgermeister zu, der zwischen seinen Hunden wie ein krummer Baumstamm umringt von Wolle dastand. Das Gewitter hatte tiefe Furchen in die Erde gegraben, wir klammerten uns an den Sitzen fest, als Iancu gegen das Lenkrad gestemmt den Hang hinunterfuhr, und ich dachte an den betrunkenen Mann, der mit seinem Traktor abgestürzt war. Als wir am Kloster ankamen, begannen unsere Handys zu piepsen. Raluca hatte versucht, mich anzurufen. Ich stellte mein Handy auf lautlos und beschloss, dass jetzt ein guter Augenblick war, das erste Mal allein auf den Friedhof zu gehen.

Diesmal stand kein Reisebus vor der Dorfkirche, dafür ein Auto mit deutschem Kennzeichen. Ich stieg aus, nickte den Zwillingen zu, die mir aus dem Jeep gelehnt zuwinkten, drückte den Blumenstrauß an die Brust und spürte die Kälte des Winters vor zwei Jahren in den Knochen. Ich betrat den Friedhof, wo ein Paar in Beige auf ein Handy blickte.

»Manfred«, sagte die Frau und deutete mit dem Kopf in meine Richtung.

»Hildegard, frag du«, sagte der Mann.

»Kann ich Ihnen helfen?«, fragte ich auf Deutsch. Die Frau sah mich erleichtert an.

»Wir suchen die Gräber der deutschen Soldaten«, sagte sie. Ich dachte daran, was Iancu mir über den Friedhof mit den Revolutionsgräbern erzählt hatte, und erklärte dem Paar, dass es neben der Stadt einen großen Friedhof gäbe, wo sie die Gräber vielleicht finden würden. Sie bedankten sich immer wieder und gingen zu ihrem Auto zurück. Kaum waren sie weggefahren, kam die Frau aus dem Ikonenmuseum auf mich zu und fragte, was die beiden gesucht hätten.

»Die Gräber der deutschen Soldaten, ich habe sie zum Friedhof neben der Stadt geschickt«, sagte ich.

»Die Richtung ist richtig, Schätzchen«, antwortete sie, »aber die Gräber sind nicht auf dem Friedhof, die Soldaten liegen auf dem Feld daneben, da, wo die Hühner scharren.«

Ich schluckte und fragte mich, ob das Paar das Feld finden würde, oder ob es vielleicht besser war, wenn sie es nicht fanden und vor einem der Gräber auf dem Friedhof Abschied nahmen. Die Frau aus dem Ikonenmuseum legte ihre Hand auf meinen Arm.

»Kommen Sie einmal in das Museum, dann können Sie die Ikonen Ihrer Familie sehen, ich mochte Ihren Vater sehr, er hat sich immer die Ikonen angeschaut, wollte uns noch weitere bringen«, sagte sie. Ich nickte und verabschiedete mich.

Dann ging ich an der Kirche vorbei zu Nicus Grab. In das Kreuz war ein Foto eingelassen. Nicu, der neben Naela stand, im Gesicht das Lächeln seiner Jugend. Wir hatten das Foto vergrößert und Nicus Kopf herausgeschnitten. Mir wurde schwindelig, ich schaute mich um, der einzige schattige Platz war einige Meter entfernt unter einem Nussbaum. Ich setzte mich, lehnte den Rücken gegen den Stamm und schloss die Augen. Über mir raschelten die Blätter, der Wind fuhr über meine Unterarme, Ameisen krabbelten über meine Beine. Ich grub die Füße in die Erde, grub weiter und weiter und stoppte, als mir bewusst wurde, wo ich hier grub. Ich dachte an die Gräber der Familie, fühlte die Hände der Verwandten auf meinem Arm, fühlte eine Schulter unter meinen Fingern, dachte an Nicus Wunsch, dass ich sein Herz in die rumänische Erde legen sollte, und zum ersten Mal verstand ich ihn.

Plötzlich spürte ich, dass ich nicht mehr allein war. Ich wischte mir über die Augen und öffnete sie. Vor mir stand Naela. Sie trug eines ihrer langen blumigen Kleider, die Haare wie immer mit einer rosafarbenen Schleife zurückgebunden, die Augen ohne die Brille schärfer als sonst und direkt auf mich gerichtet.

»Du hast Blumen mitgebracht«, sagte sie, und mir wurde bewusst, dass ich noch immer den Blumenstrauß umklammert hielt. Ich streckte die Arme aus, doch sie schüttelte den Kopf.

»Warum hast du auf mich gewartet?«, fragte sie.

»Ich habe nicht …«, murmelte ich, richtete mich auf, holte tief Luft und fragte: »Warum ist Nicu in die Hütte des Professors gegangen?«

Naela lehnte sich an einen der Grabsteine.

»A fost odată …«, begann sie und erzählte von einem Jungen voller Träume, von einem Jugendlichen voller Ideale, von einem jungen Mann, der auszog und verraten wurde, der erwachsen wurde und kämpfte, der älter wurde und sich sehnte, der alt wurde und die Hoffnung verlor.

»Nicu wollte seinen alten Freund ein letztes Mal sehen. Als Victei starb, ist auch ein Teil von ihm gestorben, die Hoffnung auf eine Erklärung, auf einen Sinn. Er hat einmal zu mir gesagt, dass er der Überzeugung ist, dass jeder Mensch die Pflicht hat, nach Wahrheit und Gerechtigkeit zu streben und sich für die Freiheit, für die Freiheit des einzelnen Menschen, für die Freiheit seines Volkes und für die Freiheit seiner Kultur einzusetzen. Ohne Rücksicht auf persönliche Verluste. Nicu lebte bis zum Schluss nach diesem Vorsatz, vielleicht wählte er ihn, vielleicht konnte er nicht anders. Ein Vorsatz, der schon viele in die Einsamkeit getrieben, der viele getötet hat. Aber Nicu war am Ende nicht allein. Als es so weit war, war er in seinem Land, und die Frau, die ihn liebte, war da und seine Tochter auf dem Weg zu ihm. Das muss reichen.«

Mein Hals zog sich zusammen, und ich blinzelte schnell, als sich die Umgebung wieder verfestigte, war Naela verschwunden. Ich holte die Papiere, die der Bürgermeister mir gegeben hatte, aus dem Rucksack und las.

Aus dem Exil zurück

Aus dem Exil kommt der Flüchtling zurück
grauhaarig
alt an Jahren,
zurück in die Stadt voller Schmerzen
und Sehnsüchte,
jedoch von Ratten
zernagt.

Feste,
kopflose Gebärden;
Jahrzehnte davor
lange, kalte Nacht,
jetzt
gefaltete Gesichter
lernen das Lachen;
Lärm,
erwürgtes Lachen,
Schrei.

Aus dem Exil kommt der Flüchtling zurück,
zurück in die tief in seinem Herzen getragene Stadt,
dürstend sucht er alte Spuren
die Schritte führen ihn
zu verheimlichten Türen.
Ringsherum zerfallene Mauern,
fremde Gesichter,
fremdartige Wörter.

In ihm erwachen
die Toten.
…
Aus dem Exil ins Exil
kommt der Flüchtling zurück;
vor ihm
eine andere lange Nacht!

Ich zog das zweite Papier hervor.

Ich warte

Ich warte seit meiner Kindheit,
als ich das Unbekannte
in geheimen Ecken aufspürte,
ich warte darauf,
einer Nacht wie einem Meer zu begegnen,
einem tiefen und ständig dunkelblauen Meer,
fortwährend lächelnd, Sterne anrufend,
einer Nacht,
in der ich bis jenseits ihrer Grenzen versinke.
Ich warte,
mich in Wind zu verwandeln,
zu gleiten
über dem Ozean der Weltfurien,
verbrüdert mit dem Taifun,
mit der sonnigen Brise,
Adlerflügel,
vorüberwehend

die stolzen Gipfel der Berge.
Ich warte auf die Fahrt in der Sonnenarche,
das blaue Dunkel
mit den Poren einzusaugen,
es mit dem Verstand zu verschlingen.
Das Dunkelblau der Unendlichkeit
Fackel
soll es mir sein
in dieser Welt
des blinden Lichts der Verteilung.
…
Ich warte,

mich voll und ganz in allem zu verstreuen,
entführt
von der jenseits des Todes
blauen Liebe.

Ich starrte so lange auf die Gedichte, bis sich die Buchstaben bewegten, und plötzlich fühlte ich, was ich immer gewusst hatte: Auch wenn ich damals früher nach Rumänien gefahren wäre, hätte ich Nicu nicht retten können.

Ich stand auf, ging zu seinem Grab, fuhr mit den Fingern über den warmen Grabstein und legte die Blumen darauf.

Auf dem Dorfplatz stand Iancus Jeep mit geöffneten Türen, Lia und Judit saßen zwischen den Zwillingen auf der Rückbank, Iancu kam mit schnellen Schritten aus dem Haus gelaufen.

»Ana! Wir haben dich angerufen!«, riefen sie.

»Was ist los?«, fragte ich langsam, in meinem Kopf flüsterten noch die Worte der Gedichtzeilen.

»Das Rumänische Haus!«, rief Judit. »Es hat gebrannt! Bogdan ist abgestürzt! Steig ein!«

Iancu öffnete den Kofferraum, und ich setzte mich auf die Bank zwischen die Essenstüten.

»Was ist mit Naela und Kiki?«, fragte ich, als Iancu Gas gab.

»Kiki ist schon in der Stadt, Naela schläft«, antwortete Judit, »ihr geht es heute nicht gut, die Hitze.«

Ich massierte meine Schläfen und hielt mich an den Seiten des Autos fest, als Iancu aus dem Dorf hinausfuhr und beschleunigte.

»Was heißt das, es hat gebrannt?«, fragte ich weiter.

»Wir wissen noch nicht viel«, antwortete Iancu. »Adriana hat mich angerufen, sie hat uns alle nicht erreicht. Bogdan ist gestern Abend aufs Dach gestiegen, er hatte zwei neue Arbeiter dabei, irgendwie ist er ausgerutscht, hat einiges runtergerissen, und nachts …«

»Das Gewitter!«, rief Judit.

»Vielleicht, das Gewitter, wir wissen noch nichts …«, sagte Iancu.

»Der Dachboden hat gebrannt!«, rief Judit.

»Dieser Bogdan, er wird uns noch alle umbringen«, sagte Lia. »Warum ist er abends auf das Dach gestiegen?«

»Vielleicht wollte er noch einen Blitzableiter anbringen, vor dem Gewitter …«, begann ich.

»Unsinn«, unterbrach mich Lia. Iancu raste weiter, Judit holte das Bild des Pfarrers aus der Tasche, das ich bereits bei den Ladenbesitzern und Radu gesehen hatte.

»Warum haben alle dieses Foto?«, fragte ich.

»Er ist ein Heiliger! Er hat Wunder vollbracht! Sein Kloster ist hier in der Nähe. Die Kommunisten haben ihn an den Kanal gebracht«, sie schaute mich an.

»Eines der schlimmsten Arbeitslager! Der Donau-Schwarzmeer-Kanal! Der Todeskanal!«

»Ich weiß, wo auch mein Großvater war. Welches Wunder …«, begann ich, sie unterbrach mich und erzählte davon, wie der Pfarrer eines Nachts träumte, dass seine Mutter gestorben war, und tatsächlich kurze Zeit später die Nachricht erhielt, dass sie tot war. Es gelang ihm, mit dem Lagerleiter zu sprechen, der Pfarrer fragte, ob er zur Beerdigung seiner Mutter gehen könnte, aber der Leiter lachte nur. Am Tag der Beerdigung arbeitete der Pfarrer angekettet neben den anderen Gefangenen, und trotzdem, als viele Kilometer entfernt der Sarg seiner Mutter in die Erde gelassen wurde, sahen ihn alle neben dem Grab stehen, eine Rose in der Hand.

»Vorsicht!«, sagte Lia und zeigte auf ein Polizeiauto vor der Autobahnauffahrt. Iancu bremste scharf. Ich fiel gegen die Sitze vor mir, die Zwillinge hatten einen Arm nach vorne gestreckt und hielten mit dem anderen die Tanten fest, so wie ich es das letzte Mal bei ihnen getan hatte.

»Pass auf!«, rief Lia, als sie trotzdem nach vorne fiel.

Iancu fluchte, jetzt sah ich den Polizisten auf uns zukommen, er schwang eine Fliegenklatsche und schlug sie auf die Kühlerhaube.

»Vierzig Kilometer zu schnell. Könnt ihr keine Straßenschilder lesen!?«

»*Servus* Ion«, sagte Iancu.

»Ion!«, sagte auch Judit. »Schätzchen, vergib Iancu, eine Katastrophe ist passiert, im Rumänischen Haus hat ein Blitz eingeschlagen.« Sie bekreuzigte sich und starrte den Polizisten an, dessen Hand ihre Bewegungen wiederholte, bis er den Kopf schüttelte, sich umschaute und sich dann wieder an Iancu wandte.

»Na gut, macht, dass ihr wegkommt …«

Iancu tippte seine Finger an die Schläfe.

»Ist der Polizist aus dem Dorf?«, fragte ich, als wir weiterfuhren.

»Ich kenne seinen Vater von früher«, antwortete Iancu, »wir waren zusammen beim Militär, sie haben damals alle Antikommunisten in eine Einheit gesteckt.«

»Ion ist leider nicht der Hellste«, ergänzte Judit. »Es heißt, er war letzte Woche in der Zentrale der neuen Nationalisten und hatte einen Bärenkopf dabei.«

»Einen Bärenkopf!«, wiederholte Lia. »Die Partei besteht doch nur aus russischen Marionetten.«

»Manche verstehen einfach nicht, dass die Zeit der Nationalstaaten vorbei ist«, sagte Iancu, »wir haben jetzt die EU.«

In der Stadt angekommen, fuhren wir am Fluss entlang und überquerten die Brücke. Die Parkplätze neben dem Marktplatz waren alle besetzt, also hielten wir vor der Bäckerei. Kaum hatten wir die Autotüren geöffnet, kam uns der scharfe Geruch von verbranntem Holz, Plastik und Stoff entgegen. Vor dem Haus hatten sich Menschen versammelt.

»Warum musste Bogdan auch auf das Dach steigen?«, fragte Andreea.

»Die Elektrizität war alt, das Dach undicht, niemand ist schuld«, antwortete Iancu.

»Vielleicht war es ein Zeichen …«, begann Judit.

»Dieses Haus bringt uns am Ende alle noch um«, sagte Lia.

Wir drängten uns durch die Menschen hindurch, Judit lief mit ausgebreiteten Armen voraus. Kiki sprang auf dem Bürgersteig hin und her, sprach mit Adriana und Marius, die neben einem Mann im Anzug standen, und einem Polizisten, der sich auf einem Block Notizen machte. Ich sah die Hausfassade hinauf, die mir noch kaputter vorkam als letztes Mal, schaute auf die hohen Fenster und dann auf das spitze Dach, in dem jetzt große Löcher mit schwarzen Rändern klafften. Das ganze Dach schien sich zu bewegen, auszudehnen, zusammenzufallen und weißen Rauch auszuatmen. Ich dachte an das letzte Mal, als wir auf dem Dachboden gewesen waren, an den großen Raum mit dem bezogenen Bett, an das Taubenskelett und den Zeitungsstapel, und fragte mich, ob all das verbrannt war. Adriana stellte sich neben uns, zeigte auf den mittleren, besonders stark beschädigten Turm, wo das Feuer ausgebrochen war, und erklärte, dass die Feuerwehr überraschend schnell gekommen sei und verhindert hätte, dass die Flammen übergriffen.

»Jetzt ist es wichtig, schnell alles abzudecken und zu reparieren, bevor der nächste Regen kommt«, sagte Marius hinter mir und stellte den Mann im Anzug als jemanden von der Stadt vor, mit dem Iancu und die Tanten ins Gespräch kamen. Ich ging näher an das Haus heran und fuhr mit der Hand über die Backsteine. Als meine Finger sie berührten, lösten sich weitere Teile des gelben Putzes und fielen auf die Straße.

Schnell zog ich die Hand wieder zurück und dachte an Nicus Grabplatte, die sich ganz ähnlich angefühlt hatte, warm und rau. Marius war mir gefolgt, auch er berührte die Steine.

»Seltsam«, sagte er, »ich habe hier nie gewohnt, und trotzdem, als ich von dem Feuer gehört habe, war es, als könnte ich nicht mehr atmen.«

»Was machen wir jetzt?«, fragte ich und schaute zum Dach hinauf.

»Alles wieder aufbauen«, Marius' Stimme war ungewöhnlich ernst. »Iancu und ich beraten später mit den Arbeitern, wir müssen warten, bis alles abgekühlt ist, gerade können wir nichts machen. Die anderen gehen noch auf den Markt und fahren dann zurück ins Dorf. Was ist mit dir?«

Ich überlegte einen Moment, ich hatte meinen gepackten Rucksack dabei und musste am nächsten Tag zum Passamt.

»Ich bleibe hier«, sagte ich und schaute zu Lia, um sie zu fragen, ob ich eine Nacht in ihrem Haus schlafen durfte, aber alle unterhielten sich noch mit dem Stadtbeamten. Die Zwillinge standen einige Meter entfernt mit einem Handy im Schatten. Ich ging zu ihnen hinüber.

»Ana, schau!«, riefen sie und zeigten auf ein Video, in dem ein Mädchen in Trachtenkleidung singend auf der Bühne stand. Die Menschen in der Jury hatten Tränen in den Augen. *Românii au talent,* stand darunter. Das Handy vibrierte, und die Zwillinge ließen es fast fallen. *Bogdan ist aufgewacht, er hat einige Brüche, die Ärzte sagen, er wird es überstehen.*

Der Staudamm

Als ich am nächsten Tag vor dem Passamt stand, fühlte ich mich leicht. In der Nacht hatte ich mit Kissen und Decke in Lias Hängematte gelegen, war hin- und hergeschwungen, hatte den mit Sternen übersäten Himmel über mir gesehen, ein weites Meer unter mir gefühlt und war eingeschlafen. Ich hatte von meinem Vater geträumt. Er lag auf einer gelben Decke auf einer Wiese, trug die kurze Jeanshose und das halb aufgeknöpfte Hemd, unter dem der Edelstein neben dem Kreuz zu sehen war. Ich näherte mich ihm, und er blickte auf. Sein Gesicht war anders, es war seins und gleichzeitig das des Professors und das von Ralucas Großvater, wie ein dreifach belichtetes Foto. Ich stand vor ihm, und er nieste. Ich gab ihm ein Fieberthermometer, er schob es sich in den Mund, und als er es wieder herausnahm, lachte er. Er war gesund.

Der Traum war den ganzen Morgen in mir gewesen, ein warmes Gefühl, eine Art Akzeptanz, die mich begleitete, als ich ins Passamt ging und der Polizist mit der Goldkette mir zwinkernd die Wartenummer reichte, als ich auf dem Stuhl möglichst nah am Fenster saß, als ich vor der Frau stand, die Dokumente ausbreitete und ihr die Übersetzung mit den Stempeln zuschob. Als sie sagte: »Das geht so nicht!«, wurde die Wärme zu einem Lächeln, das blieb, als ich durch das Wartezimmer nach draußen ging und der Polizist mir zuflüsterte: »Du bist schön. Gehörst du jemandem? Ich hab ein Haus, im Dorf, komm mich besuchen, ich zeig dir den Heuboden.«

Die Tanten waren bereits am Tag zuvor abgefahren, Iancu

und Adriana mussten arbeiten, also fuhr ich mit dem Zug zurück ins Dorf. Ich schaute auf die vorbeiziehenden Bäume und die Berge dahinter und versuchte zu erkennen, wie weit es noch bis zu der Station war, an der ich aussteigen musste. Ich dachte an meinen Traum, an Nicus Gesicht, das zu vielen Gesichtern geworden war, und sah Raluca vor mir, beim Schnitzen und an den Salzseen, in meiner Brust zog es. Beinahe hätte ich die richtige Station verpasst, die Haltestellen wurden nicht angesagt, gerade noch rechtzeitig sprang ich zur Tür und dann auf die Wiese hinunter. Ich war die Einzige, die ausstieg, vor dem Wartehäuschen stand ein Getränkeautomat, daneben eine angebundene Ziege, die meckerte, als ich an ihr vorbei auf die Landstraße lief. Ich ging am Straßenrand um die erste Kurve, von der Zugstation bis ins Dorf war es eine halbe Stunde zu Fuß. Eine alte Frau mit Kopftuch und Strohhut kam mir entgegen, die eine Heugabel über der Schulter trug, dann ein Fahrradfahrer auf einem Mountainbike. Als ich um die nächste Kurve lief, hupte es hinter mir, ich sprang zur Seite und drehte mich um. Mein Herz klopfte schneller, als ich Ralucas Auto erkannte. Das Dach war zurückgeklappt, am Steuer saß Viorel. Er hielt neben mir.

»*Servus,* kann ich Ihnen eine Mitfahrgelegenheit anbieten?«, fragte er und grinste.

»Ich gehe lieber zu Fuß«, sagte ich.

»Komm, Ana, ich nehm dich mit ins Dorf«, wiederholte er. Ich überlegte noch einen Augenblick, aber er konnte schließlich nichts für Ralucas Verhalten.

»Okay«, sagte ich und stieg ein. Gerade noch rechtszeitig zog ich die Tür zu, bevor er losfuhr. Er zeigte auf die Kisten voller Mirabellen auf dem Rücksitz, die er von Freunden abgeholt hatte, um daraus Marmelade zu kochen. Mit dem goldenen Ohrring und dem eng um den Hals geknoteten Tuch sah er aus wie ein schöner Pirat. Er erzählte von den Dreharbeiten, seinen Kollegen und dem Trainer, mit dem er die Kampfszenen übte, und ich dachte an Michael, an den ich lange nicht mehr gedacht hatte, fühlte sein Gewicht auf meinem Körper und dann Viorels Lippen auf meinen und schüttelte den Kopf.

»Und was machst du?«, fragte Viorel und schaute mich von der Seite an. »Raluca und du, ihr seid euch nähergekommen?«

Während ich noch über seine seltsame Ausdrucksweise nachdachte, fuhren wir an den Pensionen vor dem Dorfeingang vorbei. Gleich würden wir vor Ralucas Haus stehen bleiben. Ich hatte den Drang, die Tür aufzustoßen und davonzulaufen, in den Wald hinein, dorthin, wo nur noch das Rauschen des Baches zu hören war.

»Ich habe sie besucht«, begann ich, »wir waren zusammen schwimmen und …«, ich sah sie neben mir auf dem Handtuch liegen und fühlte mich furchtbar verraten. Ich holte tief Luft, jetzt waren wir an der Kirche vorbeigefahren. »Ich muss schnell weiter«, sagte ich und zeigte nach vorne.

»Wo willst du hin?«

»An den Staudamm«, antwortete ich, ohne nachzudenken, und Viorel gab Gas, fuhr an Ralucas Haus vorbei, über den Dorfplatz und hielt neben dem Brunnen am Bach.

Ich stieg aus und umkreiste das Auto. Als ich auf der Fahrerseite angekommen war, stieg auch Viorel aus und sah mich mit zur Seite gelegtem Kopf an, wie es Raluca tat, nur dass vor seinen Augen keine Mauer war. Er breitete die Arme aus, ich machte einen Schritt und stolperte. Während ich fiel, hörte ich Raluca »der Sturm in mir« sagen, diesmal schafften die Tränen es aus meinen Augen hinaus und liefen über mein Gesicht, die Tränen des Berges, des Grabes, des Rumänischen Hauses, die Tränen um Raluca, die Tränen um alles, was wir verloren hatten. Ich fiel hart auf die Knie, kleine Steine drückten in meine Haut.

»Entschuldigung«, murmelte ich.

»Hey«, Viorel kniete sich neben mich. Sein Gesicht schwebte vor meinem, seine Augen von einem feinen Pinsel in Braun- und Grüntönen gemalt, die Mundwinkel zu einem Lächeln verzogen. Er hob die Hand und fuhr über meine Wange, seine Finger berührten kaum meine Haut, wischten die Tränen zur Seite, hielten einen Moment inne und fuhren dann weiter meinen Hals hinunter. Ein Kribbeln breitete sich in meinem Körper aus, von meinem Gesicht zu meinem Bauch bis zwischen meine Beine. Langsam hob ich die Hand, fuhr mit den Fingerspitzen über seinen Mund und mit dem Daumen zu seiner Halsschlagader. Sein Puls beschleunigte sich. Ich drückte zu, wie Michael es uns im Training gezeigt hatte, und spürte eine brennende Wut auf Raluca durch meine Brust ziehen. Viorel öffnete die Lippen, seine Zunge leckte über meine Finger, mein Daumen drückte fester, und in seinen Augen erschien ein erstaunter Ausdruck.

Ruckartig ließen wir die Hände sinken. Er keuchte. Ich räusperte mich. Ein Auto fuhr auf der Straße neben uns vorbei.

»Deine Frau hat mich sehr verletzt«, sagte ich schließlich. »Ich sollte jetzt gehen.« Ich stand auf, wischte mir über das Gesicht und machte einen Schritt Richtung Bach.

»Warte«, auch Viorel hatte sich aufgerichtet. »Ich komme mit, wenn du willst, erzähl mir von dir und Raluca.«

Ich zögerte einen Moment, dann nickte ich.

Wir gingen den Hang hinunter, zogen die Schuhe aus und kletterten von Stein zu Stein zum anderen Ufer. Der Staudamm sah aus wie das letzte Mal, als ich mit Marius hier gewesen war, nur das Wasser war rauer und dunkler. Ich warf meinen Rucksack auf die moosigen Felsen, stieg in den Bach, fühlte den sandigen Boden unter den Füßen und ließ mich nach hinten fallen. Diesmal tauchte ich ganz unter, das Wasser war kalt und fühlte sich an wie Messerstiche, ich öffnete die Augen und zählte die Blasen, die aus meinem Mund heraus an die Oberfläche stiegen. Meine Lungen schrien nach Luft, ich zählte weiter, bis es nicht mehr ging, dann tauchte ich auf. Viorel saß auf einem der großen Steine im Wasser und rauchte. Er hielt mir die Hand hin, und ich griff danach.

»Küss die Hand, Sirene«, sagte er und blies Rauch in die Luft.

»Guten Abend, Pirat«, antwortete ich und ließ mich neben ihn fallen. Einen Moment war es wieder so leicht zwischen uns, wie es im *Déjà-vu* gewesen war.

Wir starrten auf das Wasser, das wild und rauschend über die Felsen lief. Die Kleidung lag nass auf meinem Körper.

»Raluca und ich …«, begann ich schließlich. »Wir haben viel Zeit miteinander verbracht. Ich habe ihr Sachen erzählt, die ich noch nie jemandem gesagt habe, und sie, sie hat mir wenig erzählt, was mir erst später aufgefallen ist. Ich habe über meinen Vater gesprochen, ich habe viel von Nicu erzählt und …«, in meinem Hals kratzte es, und ich stockte.

»Auf dem Berg habe ich herausgefunden, dass ihr Großvater mit ihm befreundet war«, redete ich weiter, »dass ihr Großvater sich als Legionär bezeichnet hat …«

Irgendetwas in mir hatte das Wort nicht aussprechen wollen, und jetzt, da ich es getan hatte, bewegte sich etwas in meiner Brust, und ich hörte Nicu erzählen, von einem Sonntagmorgen, an dem sie sich im Gefängnishof versammeln und auf eine Wand schauen mussten, vor der eine Reihe von Männern stand, »Legionäre«. Die Männer sollten verlegt werden, einer der Wächter hatte von Arbeitslagern berichtet, aus denen sie als leere Hülle zurückkommen würden. Die Männer wehrten sich, die Wächter drängten sie an die Wand, einer in Uniform ging an ihnen vorbei.

»Eins, zwei, eins, zwei«, zählte er, und bei jedem »zwei« schoss er dem Mann vor sich in den Kopf.

Viorel hielt mir die Zigarette hin, ich beugte mich hinunter und zog daran. Wieder spürte ich Wut in mir, diesmal auf meinen Vater und auf seine Geschichten.

»Raluca ging es lange schlecht«, sagte Viorel, und es dauerte einen Moment, bis ich seine Worte verstand. »Ihre Großmutter, sie ist eines Tages einfach umgefallen und war tot, aber ihr Großvater …«, er starrte in das Wasser. »Er hat sich das Leben genommen, an einem Tag mit hohem Schnee, der ruhig und leise war.«

Wir lehnten uns zurück und schauten auf die Schwalben, die über den Himmel schossen.

»Niemand wusste genau, was es war, aber nach dem Tod seiner Frau hat sich etwas in ihm verändert. Der Großvater war schon immer obsessiv, besessen von den Texten über die

Gefängnisse. Er betrachtete es als seine Aufgabe, sie zu sammeln, zu verlegen, allen davon zu erzählen, was in den Zellen passiert ist, was er in Piteşti gesehen hat. Er hatte Glück, er war nur eine Woche dort, dann schlossen sie das Gefängnis, später war er davon überzeugt, dass er nur dort war, um davon zu erzählen. Er hat immer wieder das Gleichnis von den Talenten erwähnt, du weißt schon, dass jeder etwas bekommt, eine Gabe, bei seiner Geburt, die er dann erkennen und anwenden muss …«

Eine Schwalbe änderte mitten im Flug ihre Richtung, stürzte nach unten und bremste im letzten Moment über dem Wasser.

»Aber Raluca sollte dir davon erzählen«, sprach Viorel weiter. »Ich weiß, dass sie es möchte, es ist nur …«, er brach ab.

Ich drehte den Kopf zu ihm, und auch er wandte das Gesicht in meine Richtung.

»Als ihr Großvater gestorben ist und wir das Haus ausgeräumt haben, lagen überall alte Notizen. Zwischen den Bettlaken, unter der Bank, überall Hefte mit Jahreszahlen aus den Vierzigern und Fünfzigern, und dann waren da noch die Bücher. Regale voller Berichte aus den kommunistischen Gefängnissen, du kannst sie nicht lesen, du kannst dir die Zeichnungen nicht ansehen, ohne dich zu übergeben. Was machst du mit diesen Büchern? Du kannst sie nicht wegwerfen, du kannst sie nicht im Regal lassen, jedes Mal, wenn du sie ansiehst, spürst du die Verzweiflung, die in ihnen sitzt.« Er richtete sich auf.

»Was habt ihr mit ihnen gemacht?«, fragte ich.

»Raluca hat sie in die Werkstatt gebracht. Dort liegen sie noch immer, in der alten Aussteuerkiste, hinter den Leinwänden«, sagte Viorel. Er nahm einen großen Stein vom Staudamm und schleuderte ihn auf den Wasserfall. Er sprang hinunter und versank im Becken.

Ich saß auf der Fensterbank im Gelben Zimmer. Vor der Statue des »Helden der Familie« lagen frische Blumen, die Ladenbesitzer brachten Bier zu den Tischen, Mihaela in kurzem Rock und Glitzerplateauschuhen, Mihai im T-Shirt einer Rockband. Alles war klar und scharf und fühlte sich nach Abschied an, als wäre ich nur noch halb hier und schon halb auf dem Weg nach Bukarest, zu etwas, von dem ich keine Ahnung hatte, was es war. Kühle Luft fuhr über mein Gesicht, zum ersten Mal hatte ich meine Jacke angezogen, die Arme, die aus dem roten Stoff herausschauten, waren andere als die vor drei Wochen.

Viorel hatte mich zum Dorfplatz zurückgefahren. Bevor ich ausstieg, drehte er sich noch einmal um. »Komm morgen mit Raluca und mir nach Bukarest«, sagte er, »wir fahren zu ihrem Wald und dann zum Protest.«

Ich überlegte, ob ich ihm sagen sollte, dass ich lieber mit meiner Familie fahren würde. Aber es stimmte nicht, ich wollte mit Viorel zusammen sein, wollte mit Raluca reden. Also nickte ich und antwortete: *»Bine.«*

Der Umschlag, den mir Adriana auf der Familienfeier gegeben hatte, lag auf der Fensterbank. Ich griff nach ihm und zog das Buch heraus. Auf dem Cover war eine rote Tür mit einem winzigen Gitterfenster zu sehen, darunter schwarze Handschellen und eine zerbrochene Sichel. Ich blätterte zu dem Inhaltsverzeichnis auf der letzten Seite. Es ging um die Securitate und den rumänischen Gulag.

Draußen hupte es. Radu fuhr auf seinem Segway über den Platz. An seinem Lenkrad war eine große Fahrradhupe befestigt, auf die er einschlug.

»*Bună* Ana!«, rief er und bremste. »Das kenn ich, ist eines der wenigen, die nicht Ralucas Großvater verlegt hat«, er zeigte auf das Buch. »Zehn Seiten statt hundert über das Pitești-Experiment, lies es und erzähl bei dir zu Hause, wie sie die Studenten eingesperrt haben, wie sie sie zu kommunistischen Menschen umzuerziehen wollten, wie sie sie in Gruppen aufgeteilt haben, die sich gegenseitig foltern mussten, während die anderen zuschauten, immer und immer wieder, bis sie sterben wollten, aber das durften sie nicht.«

»Was willst du?«, fragte ich laut und drückte die Faust in meinen Magen.

»Ich wollte eigentlich zu deinen Tanten, aber da ich dich gerade hier sehe. Ich hab von Bogdan gehört, sieht so aus, als ob Iancus Handwerker nicht richtig gearbeitet hätten, haben wohl zu viel *țuică* getrunken. Ich sag dir, ich hatte die ganze Zeit so eine Ahnung, sag deinen Tanten, ich bin raus, ich hab eine bessere Investition gefunden, ihr könnt euer Haus behalten, ich hab kein Interesse an dunklen Erbschaften.«

Radu tippte sich mit den Fingern an die Stirn und fuhr davon.

Ich lehnte den Kopf an das Fenster. Unter dem Dach hing eine Fledermaus, die mich mit roten Augen anschaute. Ich schlug das Buch zu, dachte an Ralucas Kiste, in der sie alles verschloss, was sie nicht ertragen konnte, und presste die Faust fester in meinen Bauch.

»Ich habe dir das Mittagessen von gestern eingepackt, du wirst es brauchen«, sagte Judit und schob eine Dose in die Leinentasche auf dem Küchentisch.

»Danke«, murmelte ich und wich Lia aus, die mit einer Zigarette aus dem Grünen Zimmer kam. »Besuch Elise, ich habe ihr gesagt, dass du kommst«, sagte sie.

»Wenn ich nicht so alt wäre, würde ich mitkommen«, Judit setzte sich auf einen der Hocker.

»Was willst du noch dort? Wir haben in unserem Leben so viel protestiert, dass es für hundert Leben reicht«, Lia ging in den Garten hinaus.

»Du siehst blass aus«, sagte Judit, als ich mich neben sie setzte und nach einer Tasse griff.

»Schlecht geschlafen«, antwortete ich, und Judit nickte. Sie dachte sicher, dass ich wegen des Protestes nervös war, tatsächlich beschäftigte mich jedoch die Fahrt mit Raluca.

»Hoffentlich kann ich das Gemälde noch abholen«, sagte ich.

»Alles kommt so, wie es kommen soll!«, erwiderte Judit.

»Ich habe Angst, wenn ich das Bild nicht …«, begann ich.

»Angst!«, rief Judit. »Du sollst keine Angst haben, wer Angst hat, ist nicht frei. Ich war von außen eingesperrt, aber innen, innen war ich es nicht. Ich wusste nicht, was Angst heißt, Gott hat mir Kraft und Mut gegeben.«

Ich hatte Kopfschmerzen und massierte meine Schläfen. Vielleicht würde der Kaffee helfen, ich trank einen Schluck, während Judit zu erzählen begann.

Es war das zweite oder dritte Mal, dass ihr Vater verhaftet wurde, vor oder nach dem Kanal, das wusste keiner mehr so genau. Aber schon damals war er dünn, sehr dünn.

»Nehmen wir das hin, oder kämpfen wir dagegen?«, fragte die Familie.

»Wir kämpfen!«, rief Judit.

»Diese Kommunisten, die er als Anwalt verteidigt hat …«, sagte die Mutter. »Vielleicht können sie helfen.«

Und sie machte eine Liste ihrer Namen und der Dörfer, aus denen sie kamen. Es war Winter und dunkel, als sich Judit auf den Weg machte. Die Brüder waren weit weg, also fuhr sie allein mit dem Zug von Dorf zu Dorf, lief durch Wälder und verlassene Straßen und klopfte an verschlossene Türen. Sie lief und lief, bis sie die Männer gefunden hatte, helfen konnten sie nicht.

Judit überkreuzte die Beine, sie trug den blauen Morgenmantel mit den schwarzen Dreiecken, den ich als Kind einmal angezogen hatte, als ich mich als Zauberin verkleidete.

»Nachdem sie mich aus dem Medizinstudium geworfen haben, habe ich beim Erdöl gearbeitet und mir alles Wichtige selbst beigebracht«, erzählte sie weiter.

Im Winter stand Judit bei minus 26 Grad bei den Sonden und kontrollierte die Bohrungen. Nachts saß sie in der Funkstation, mal war es ruhig, und sie lernte alles, was eine Ingenieurin wissen musste, mal gab es Probleme. Dann rief ein Arbeiter verzweifelt an und fragte: »*Doamna inginer, sunteţi mama noastră!* Was sollen wir tun?«

Und Judit antwortete: »Was ist das Problem, mein Junge? Wartet auf mich, ich komme.«

Und wieder lief sie durch den Wald, und als sie ankam,

sahen die Arbeiter sie voller Bewunderung und Furcht an, denn sie war die Einzige, die sich traute, nachts allein durch Wälder voller Wölfe zu gehen.

Kiki kam mit Lockenwicklern in den Haaren in die Küche.

»Und noch eine Sache«, sagte Judit und zeigte mit dem Finger auf mich: »Jeder hat ein Talent, und jeder hat Fehler, Horia wollte Rache für sein verlorenes Leben und hat sein Leben ganz verloren, dein Vater war stolz, hat nichts akzeptiert und nicht aufgehört zu suchen und ist daran zugrunde gegangen. Gott gibt, und du entscheidest, ich wäre diktatorischer, aber er ist es nicht. ›Wir sehen jetzt durch einen Spiegel in einem dunklen Wort, dann aber von Angesicht zu Angesicht.‹ Das heißt: Hier wissen wir nicht, wie alles zusammenhängt, das verstehen wir erst am Ende.«

Ich trank meine Tasse aus. Vielleicht lag es am Kaffee, vielleicht an den Geschichten, aber meine Kopfschmerzen waren verschwunden.

Als ich Raluca vor ihrem Haus stehen sah, war eine neue Distanz zwischen uns. Wir stießen bei den Begrüßungsküssen mit den Wangenknochen gegeneinander und setzten uns schweigend ins Auto. Viorel fuhr mit offenem Dach, der Wind wehte uns durch die Haare, er versuchte einige Male, ein Gespräch zu beginnen, gab schließlich auf und machte das Radio an. Der Moderator sprach über einen Bären, der angefahren und auf der Straße zurückgelassen worden war, und ich erinnerte mich an die Sendung, die ich mit Lia in der Stadt gesehen hatte.

»Und jetzt der Sommerhit des Jahres, eine neue Version des italienischen Klassikers«, sagte der Moderator.

»*Una mattina mi son svegliato, o bella ciao, bella ciao, bella ciao, ciao, ciao*«, sang es aus den Lautsprechern. Viorel drehte lauter, als der Techno-Beat begann. »*È questo il fiore del partigiano … morto per la libertà!*«

»Das kommunistische Partisanenlied als rumänischer Sommerhit. Wenn das nicht ironisch ist«, sagte Raluca, lehnte sich zurück und schloss die Augen.

Ich schlug mein Notizbuch auf und versuchte mich an Judits Geschichten vom Frühstückstisch zu erinnern. Es fiel mir schwer, mich zu konzentrieren, seit ich im Auto saß, musste ich immer wieder an meinen seltsamen Traum der letzten Nacht denken.

Ich hatte mit Michael, Raluca und Viorel auf einem Samtsofa gesessen. Viorel hatte den Arm um Ralucas Schultern gelegt, ich saß steif neben Michael.

Plötzlich war es dunkel, und Michael war verschwunden, als sei er nie dagewesen. Raluca saß jetzt hinter mir und umarmte mich, während Viorel sich meinen Bauch hinunterküsste. Als er zwischen meinen Beinen angekommen war, fiel mir ein, dass ich genau in diesem Moment das Gemälde abholen musste und keine Ahnung hatte, wo meine Kleidung war.

Wieder sprang die Zeit, und wir lagen auf dem Boden, ich hatte den Kopf an das Sofa gelehnt, Raluca schlief neben mir, Viorel lag auf seine Hand gestützt da und grinste, aus seinem Mundwinkel lief Blut.

»Nächste Kreuzung rechts abbiegen«, sagte die Frauenstimme aus Ralucas Handy.

Wir bogen in ein Dorf ab, in dem die Häuser wie in unserem dicht an dicht an der Hauptstraße standen, Fensterläden und Tore waren geschlossen, der Putz der Fassaden bröckelte, auf der Straße stand kein einziges Auto, niemand war zu sehen.

»Eines der alten sächsischen Dörfer«, erklärte Viorel. »Sie sind alle nach der Revolution ins Ausland gegangen, 800 Jahre Geschichte zerfallen hier zu Staub.«

Schweigend fuhren wir durch das Geisterdorf und hielten kurz vor der Kirche.

Der Krieg und die Zwietracht verwüsten das Land. Sie stürzen die Schutzmauern nieder. Nur Frieden und Eintracht, dies einzige Band. Sie bauen Zerfallenes wieder, stand auf Deutsch über dem Tor. Hinter der Kirche war es nicht mehr weit, wir fuhren auf einem Weg durch ein abgebranntes Weizenfeld hindurch und dann am Wald entlang. Alles roch verkohlt.

»Sie haben ihr Ziel erreicht«, sagte die Navigationsstimme. Viorel hielt, und wir stiegen aus.

»Hier muss es irgendwo sein«, sagte Raluca. »Mein Großvater hat immer erzählt, dass die Holzkirche am Waldrand stand, es war eine rumänische Kirche, deshalb durfte sie nicht im deutschen Dorf gebaut werden.«

Wir gingen am Waldrand entlang. Schon bald waren wir an einer Lichtung angekommen, um die die Bäume im Halbkreis wuchsen, in ihrer Mitte stand eine Ruine, Steinmauern ließen die Form eines Hauses erkennen, ein einziges Fenster war übrig geblieben, das Glas gesprungen und mit Spinnweben überzogen, von der Kirche war nichts mehr zu sehen. Raluca ließ ihren Rucksack auf den Boden fallen. Viorel war der Erste, der sich aus der Erstarrung löste.

»Ich gehe Holz sammeln, ihr könnt das Zelt aufbauen«,

sagte er und ging in den Wald hinein. Ralucas Gesicht war bewegungslos.

»Dort zwischen den Bäumen bauen wir das Zelt auf«, sagte sie. Wir gingen an der Ruine vorbei, im Schatten der Bäume war es angenehm kühl. Ein großer blauer Schmetterling flog vor uns durch die Luft, und ich musste an das Gemälde denken, an die Lichtung, die Burg, den paradiesischen Ort. Wir legten das Zelt auf den Boden, erst jetzt sah ich, dass es nur aus einem Raum bestand.

»Ich wollte es dir sagen«, begann Raluca plötzlich. »Als du bei mir warst, als wir geschnitzt und über die Statuen im Garten gesprochen haben, ich wollte dir von meinem Großvater erzählen und konnte es nicht. Ich habe gedacht, wenn du aufstehst und dir die Statuen anschaust, dann erzähle ich dir alles. Aber du bist nicht aufgestanden.«

»Was ist mit den Statuen?«, fragte ich.

Raluca brauchte einen Augenblick, bis sie weiterredete.

»Ich habe sie bemalt«, begann sie.

»Das Graffiti?«, fragte ich.

»Ja, wenn du es so nennen willst. Ich habe sie bemalt, nachdem ich das Haus ausgeräumt habe, damals war ich mir noch nicht sicher, ob ich wirklich zurückkomme ...« Sie schob eine Stange in das Zelt.

»Es stimmt, was Viorel dir über meinen Großvater erzählt hat«, sprach sie weiter, ich nahm die Stange auf der anderen Seite entgegen.

»Ich habe selten über ihn gesprochen. Für alle hier war er ein besonderer Mensch, sie haben ihn verehrt.« Wir schoben die zweite Stange durch die Schlaufen, warfen die Plane über das Zelt und befestigen sie mit den Heringen im Boden. Dann setzten wir uns davor. Raluca griff nach einer Blume und riss die Blütenblätter aus.

»Hier wussten alle, dass er ins Gefängnis musste, weil er ein Legionär war, und wenn sie darüber redeten, waren ihre Stimmen voller Bewunderung. Später habe ich dann herausgefunden, dass es unterschiedliche Meinungen zu den Legionären gibt. Einige nennen sie Helden, andere Verbrecher, mein Großvater nannte sich einen Rumänen, der sich von niemandem mehr unterdrücken lässt. Ich weiß nicht genau, was seine Rolle in allem war, ich weiß nur, dass er sich um meine Großmutter und mich kümmerte, um die Nachbarn und alle, die Hilfe brauchten, egal, woher sie kamen und wer sie waren, und dass ich ihn mehr als alles andere liebte.«

Sie hatte alle Blütenblätter abgepflückt und warf den Stiel in die Wiese.

»Im Ausland wollte ich neu anfangen und habe nichts von meinem Land und meiner Familie erzählt. Erst als meine Großmutter gestorben ist und mein Großvater krank wurde, habe ich wieder über ihn gesprochen: dass er Albträume hat, dass er als ehemaliger Legionär im Gefängnis gewesen war. Keiner fragte, was das heißt, bis jemand im Internet nachschaute, und als mein Großvater starb, erzählte er den Kollegen: Er war ein Nazi, er hat sich umgebracht, er hat verdient, dass er im Gefängnis war, er hätte sich schon früher umbringen sollen.«

Raluca stockte, in ihren Augen zuckte es.

»In der Bar, als wir uns kennengelernt haben, da ging es mir wieder besser. Ich habe dich gesehen, die Kette um deinen Hals, und mich an etwas erinnert, was mein Großvater immer erzählt hat, von einer Frau, die während des Krieges mit ihren Kindern im Dorf wohnte, die schön und schweigsam war und einen Anhänger mit einem Stein um den Hals trug, blau wie eine Träne. Und von ihrem ältesten Sohn, der nur wenige Jahre jünger war als er selbst und mit dem er sich anfreundete und der von seinem besten Freund verraten wurde.«

Ich schaute auf das abgebrannte Weizenfeld hinter der Ruine, der Wind strich durch die Laub- und Tannenbäume. Hinter uns raschelte es. Viorel kam mit Armen voller Holz aus dem Wald. Er stapelte es übereinander, zerknüllte Papier, schob es zwischen die Stöcke und zündete es an. Raluca drehte sich eine Zigarette, ich holte die Thermoskanne mit Kaffee aus dem Rucksack, Viorel kniete neben dem Feuer und blies hinein. Wir setzten uns neben ihn.

»Bereit für die Demo?«, fragte er und schaute zu mir auf. »Das wird wild.«

Ich dachte an Adrianas selbstgemachte Schutzweste.

»Es ist seltsam«, sagte ich, »ich war in Deutschland noch nie auf einer Demo.«

»Warum?«, fragte Raluca, und ich überlegte einen Moment.

»Obwohl ich dort lebe, ist es so, als würde es mich nichts angehen, als gäbe es schon genug Menschen, die demonstrieren. Wenn ich sie von meinem Fenster aus sehe, wie sie durch die Straßen ziehen, oder im Fernsehen, dann fühle ich nichts. Hier ist es etwas anderes …«, wieder dachte ich an den nächsten Tag, und diesmal kribbelten meine Handgelenke. »Hier fühle ich einen Drang, nach draußen zu gehen und zu helfen … zu …«

»… kämpfen«, beendete Viorel meinen Satz.

»Mein Großvater hat immer gesagt, wenn Menschen zur Masse werden, werden sie zu etwas, was keiner mehr beherrschen kann«, sagte Raluca.

»Stimmt«, pflichtete ihr Viorel bei, »sie werden morgen sehen, was wir können.« Etwas Pulsierendes lief meine Wirbelsäule hinunter.

»Hast du von deiner Mutter gehört?« Viorel drehte sich zu Raluca um. Sie verzog den Mund.

»Sie will kommen«, antwortete sie. »Sie wohnt in der Nähe von London, viele Exilrumänen kommen, eine der neuen Parteien hat sie eingeladen.«

»Die proeuropäische?«, fragte ich.

Raluca lachte. »Nein, die Nationalisten, viele wollen sie wählen, wollen nicht mehr akzeptieren, im Ausland immer wie Menschen behandelt zu werden, die weniger wert sind als alle anderen.«

Raluca hielt mir ihre Zigarette hin, ich wollte ablehnen, dachte dann aber daran, dass heute vielleicht unser letzter Abend zu dritt war. Viorel beobachtete, wie ich die Zigarette zwischen die Lippen schob, sie schmeckte nach Kirschen.

»Du hast nicht das Gesicht einer Rumänin«, stellte er fest, und ich musste husten.

»Was?«, fragte ich.

»Dein Gesicht …«, er hob die Hand, als wollte er über meine Haut streifen, schien sich dann an etwas zu erinnern und ließ sie auf seine Beine sinken. »Du siehst sehr europäisch aus«, sagte er schließlich. »Du könntest aus vielen Ländern kommen, Griechenland, Frankreich …«

»Deutschland?«, fragte ich, und Viorel lachte.

»Ja, vielleicht, aber du bist anders, als hättest du eine zweite Ebene.«

Eine zweite Ebene, ich wusste, was er meinte, nur dass ich diese Ebene immer als Teilung wahrgenommen hatte, als ein Scheinwerferlicht, mit dem ich durch die Welt ging und das mich als anders markierte. Ich zog die Beine an meinen Körper, betrachtete meine Fußnägel, die rosa wie in meiner Schulzeit waren, und sah Lennart Wolf den Klassenraum betreten. Lennarts Eltern gehörten zu denjenigen, die als reich galten. Sie luden zu Poolpartys mit Champagnerkelchen ein, in denen Goldplättchen schwammen, nur meine Eltern und die Mutter meiner Freundin, die in einem Drogeriemarkt arbeitete, waren nicht eingeladen. In seinem ersten Jahr veranstaltete Lennart eine Geburtstagsparty auf dem Boot seiner Eltern, auf der Kellner Essen servierten. Nach dieser Party wurde er von allen nur noch Wolf genannt. Wolf kam morgens mit seinem Cabrio in die Schule und fuhr in der ersten Pause nach Hause, um das Cabrio gegen den Jeep auszutauschen. Einige Wochen vor dem Abitur war es so heiß, dass ich mich in der Pause in die Schlange des *Gelato-Italiano*-Wagens stellte und überlegte, ob ich eine Kugel Zitroneneis oder eine Kugel Schlumpfeis kaufen sollte. Als nur noch eine Person vor mir stand, veränderte sich etwas in der Luft, was zuvor nach Kaffee und Sprühsahne gerochen hatte, roch jetzt nach saurer Milch und faulen Früchten.

»Ey Aaaana!«, rief Wolf, der mit seinen Freunden an die Mauer gelehnt dastand und rauchte.

»Ist das dein Vater da drüben?« Ich drehte mich zur Straße und erwartete, Nicu mit einem Philosophiebuch unter dem

Arm bei seinem täglichen Spaziergang zu sehen. Aber Wolf zeigte auf einen Mann mit schwarzen Haaren, der hinten auf einem Müllauto stand. Ich starrte auf das Auto, bis es um die nächste Ecke fuhr und verschwand.

»Stinkt nach Müll hier«, sagte Wolf, warf seine Zigarette auf den Boden und trat sie aus.

Ich erzählte die Geschichte, Raluca sah mich an, und ich wusste, dass sie mich verstand. Viorel blickte ins Feuer. Als ich zu Ende erzählt hatte, stand er auf, lehnte einen Stock an einen Stein und trat so fest darauf, dass er in der Mitte brach. Dann warf er beide Teile ins Feuer, die Flammen schlugen hoch. Er ging zu seinem Rucksack und kam mit einer Flasche *ţuică* zurück.

»Auf die nächste Revolution und darauf, dass alle Wölfe ihre gerechte Strafe bekommen!«, rief er, nahm einen Schluck und reichte die Flasche Raluca. Sie trank, und ein Tropfen lief ihr aus dem Mundwinkel. Viorel lehnte sich zu ihr hinüber und küsste ihn weg, sie lachte und reichte mir die Flasche. Wir aßen Ralucas Quinoa-Salat und ich dachte gerade darüber nach, dass ich zwar Viorels Gefühle in seinem Gesicht sah, ihn aber noch immer nicht einschätzen konnte, als er verkündete, er habe eine Idee. »Lasst uns Tee kochen, ich habe Pilze dabei!«

Keine von uns antwortete, und er sprach weiter, hier sei der ideale Ort. »Wer weiß, was morgen passiert.«

Raluca sah mich an. »Magst du?«, fragte sie. Ich starrte auf die Glut. Ich hatte noch nie Pilze genommen, Michael hatte mir einmal von seinen Erlebnissen erzählt, von Ich-Auflösung, Antworten und Einsichten.

»Ich dosiere gut«, sagte Viorel. »Wir haben noch viel Zeit.«

Ich schaute in den blauen Himmel, es konnte nicht später als 13 Uhr sein.

»Okay«, sagte ich.

Viorel holte einen Topf, einen Bund Kräuter und einen Gefrierbeutel aus seiner Tasche.

»Das ist eigentlich für meine Freunde in Bukarest, aber wir nehmen uns einfach ein wenig«, sagte er und hielt die gemahlenen Pilze in die Höhe. Wir befestigten den Topf an einem langen Stamm, füllten ihn mit Wasser und hielten ihn über das Feuer. Als das Wasser kochte, warf Viorel die Kräuter dazu, es verfärbte sich langsam, wir ließen es abkühlen, und er streute die Pilze hinein. Wieder warteten wir, dann goss Raluca den Tee durch ein Stück Stoff in drei Holzbecher.

»*Salut*!«, sagte Viorel und hielt seinen Becher in die Höhe. »Auf die Kinder der Verfolgten, auf die erste Generation, die frei ist!«

Ich nippte an meinem Becher, der Tee schmeckte nach Erde.

»Gute Mischung«, sagte Viorel, »schmeckt nach Gräsern, etwas metallisch.«

»Nach Rinde und Blumen«, sagte Raluca.

Ich trank langsam, der Wind wurde stärker und fuhr über meine Arme, als wollte er mich mitnehmen.

»Ich will spazieren gehen«, sagte ich plötzlich und stand auf. Die beiden anderen taten es mir gleich.

»Es ist sehr heiß, wir müssen Wasser mitnehmen«, sagte Raluca und gab jedem von uns eine Plastikflasche. Dann gingen wir los. Wir folgten dem schmalen Pfad am Waldrand entlang. Nach einigen Schritten bemerkte ich einen auf dem Boden liegenden Knochen, der lang wie zwei Hände war. Wir liefen weiter und sahen einen Fuchs, der an uns vorbei in das verbrannte Weizenfeld lief, als würde es uns nicht geben. Wir traten in den Wald hinein, der Weg führte zu einem kleinen See, der still und voller Algen war. Wir setzten uns auf den Steg und ließen die Beine baumeln. Die Vögel sangen, die Frösche quakten, Viorel sprach über die Reflexion des Wassers auf den Blättern der Bäume, ich fühlte mich wie immer, außer, dass ich etwas langsamer war, mein Gehirn wie in Watte gepackt, in meinem Bauch eine leichte Übelkeit. Wir waren entspannt und fröhlich, warteten, schauten auf das Wasser, die Bäume, in den Himmel, und nichts passierte. Also standen wir auf und gingen tiefer in den Wald hinein.

»Vielleicht war das Wasser noch zu heiß«, sagte Raluca.

»Oder die Kräuter zu stark«, sagte Viorel.

»Vielleicht sollten wir noch mehr trinken«, sagte irgendjemand.

Viorel holte die Flasche mit dem restlichen Tee heraus, wir tranken im Kreis stehend.

»Tee verschüttet man leicht«, sagte Raluca, und schon verschütteten wir ihn.

»Vielleicht sollten wir nicht so viel trinken«, sagte irgendjemand, und wir leerten die Flasche. Wir liefen weiter und kamen an einer Bank vorbei.

»Ich bin noch nie weiter als bis zu dieser Bank gelaufen, wenn ich mit meinen Großeltern hier war«, sagte Raluca. Wir folgten einem Pfad zwischen den Bäumen hindurch, ich wollte unbedingt zu einer Lichtung, mich in hohes Gras legen. Der Weg hörte auf, und wir freuten uns, als wir ihn wiederfanden.

»Eine Spinne«, sagte Raluca auf einmal und zeigte auf ihren

Fuß, und plötzlich waren wir alle überzeugt, dass Spinnen über unsere Körper liefen. Viorel zog sein T-Shirt aus, und auch wir begannen uns auszuziehen, bis wir nur noch Unterwäsche trugen, die Suche nach den Spinnen war wichtiger als alles andere geworden, dann war sie vorbei, und wir liefen weiter. Der Pfad ging in zwei verschiedene Richtungen.

»Rechts oder links?«, fragte ich. Die Entscheidung erschien mir unglaublich wichtig.

»Rechts, sonst kommen wir ins Dorf«, sagte Raluca, und wir folgten ihr. Ich musste auf die Toilette, oder vielleicht auch nicht, vorsichtshalber ging ich hinter ein Gebüsch, die leichte Übelkeit war fast verschwunden, ich hatte Probleme, geradeaus zu gehen. Wir gingen weiter, jede Abzweigung war bedeutend, konnte alles verändern. Dann traten wir aus dem Wald hinaus.

Ich hatte das Gefühl, dass viele Stunden vergangen waren, aber die Sonne stand noch immer hoch am Himmel. Wir folgten dem Weg am abgebrannten Feld entlang, ich schaute mich nach einer Lichtung um und dachte daran, dass wir Menschen begegnen könnten, was mich nervös machte. Wir setzten uns auf einen moosbewachsenen Vorsprung zwischen den Bäumen. Raluca kniete sich vor mich und schloss die Augen. Ein alter Mann mit Stock, ein Mann mit Handy und ein Kind auf dem Laufrad liefen den Weg vor uns entlang, sie sehen, dass wir nackt sind, dachte ich, versuchte mich anzuziehen, schaffte es nicht und setzte stattdessen die Sonnenbrille auf.

»Darf ich dich massieren?«, fragte Viorel, der im Schneidersitz hinter mir saß, und legte seine Hände auf meine Schultern. Ich schob meine Haare zur Seite. Mit der ersten Bewegung seiner Finger sah ich ein hellgraues Muster auf weißem Grund. Die Spiralen flossen und wölbten sich. Als seine Finger stoppten, ließ ich mich in seinen Schoß sinken und schloss die Augen. Irgendwo gackerten Hühner. Ich war weit weg, körperlos in Schichten aus Weiß, Wolken und Rauch, durch die bunte, leuchtende Strahlen fielen. Ich schickte meine Gedanken durch das Weiß, suchte nach den Umrissen meines Vaters, aber da war nur Ruhe. Von oben kamen Viorels Worte wie von einem weit entfernten Ort, silberne Strahlen, die mich störten, ich wollte Stille, wollte, dass die Worte verschwanden, und merkte, dass irgendetwas nicht stimmte. Ich öffnete die Augen, sah die Blätter und ihre Adern über mir, schloss sie wieder, war zurück im Weiß und merkte, dass ich nicht dorthin gehörte.

»Lasst uns zurückgehen«, sagte Raluca und fasste nach Viorels Hand. Beide liefen zwischen den Bäumen hindurch, ich ging hinter ihnen, meine Füße erschienen ungewöhnlich weit weg. Als wir das nächste Mal aus dem Wald heraustraten, wussten wir nicht mehr, wo wir waren. Das Display meines Handys löste sich immer wieder in Spiralen auf, ich kniff die Augen zusammen, konnte sie aber nicht festhalten. Auch der Weg bestand aus pulsierenden Linien, die sich wölbten und flossen. Wir liefen weiter, an grasbewachsenen Hügeln vorbei, dann an einer Koppel, auf der ein Pfau stand. Das ist nicht real, eine Landschaft in meinem Kopf, nein, wir sind tagelang gewandert, dachte ich und murmelte: »Ist das alles ein Test, ein Spiel, eine Geschichte? Was ist meine Rolle, was muss ich tun?«

Raluca umarmte Viorel, der noch blasser als sonst war. Ich schaute noch einmal auf das Handy, konzentrierte mich, es atmete mit den Bäumen um uns herum, löste sich an den Rändern auf. Viorel keuchte, sein Gesicht veränderte sich, war halb blau und halb rot.

»Hier entlang«, sagte ich, zeigte auf das abgebrannte Feld, und schon waren wir zurück. Viorel stellte sich vor das letzte Fenster der Ruine und fuhr mit den Fingern über die Scheibe. »Staub«, murmelte er, »Staub.«

Zwischen meiner Kleidung im Zelt lag das Tagebuch, die Fotos aus der Dunkelkammer waren herausgefallen. Auf dem Buddenbrooks-Foto bewegten sich alle, Lia tanzte, Judit lachte, Titus' Haare kräuselten sich, Horia zwinkerte mir zu, die Großmutter drehte ihr Kristallglas, der Großvater strich sich den Anzug glatt, Nicu wuchs und schrumpfte. Ich drehte das Bild auf die andere Seite und sah das E pulsieren, E wie Elise, dachte ich.

Wir lagen nebeneinander auf dem Zeltboden, jemand hatte Musik angemacht. Die Töne schwebten vor uns in der Luft, wie Seifenblasen, die sich vibrierend kreuzten und verschmolzen. Wir atmeten tief ein und aus. Ich schloss die Augen, und wieder suchte ich nach Nicu, sah einen Schatten, versuchte ihn festzuhalten, doch er verschwand, und da war nur noch Licht. Mein Herz schlug immer schneller, und ich dachte, was, wenn es so schnell schlägt, dass es stehenbleibt? Und ich konzentrierte mich darauf, es langsamer schlagen zu lassen, und es klappte.

»Ich weiß nicht mehr, was real ist«, murmelte ich und öffnete die Augen.

»Wir sind real«, flüsterte Raluca. Sie schaute mich an, und in ihrer Stimme war eine ehrliche Liebe. Jetzt blickte auch

Viorel zu mir, und seine Augen waren Ralucas Augen, waren meine Augen. Ich streckte den Arm aus, fuhr mit den Fingern über seine Wangenknochen und seine Lippen. Er öffnete den Mund und biss leicht in meine Haut. Dann griff er nach meinem Handgelenk und zog mich hinüber.

Der große Protest

Als ich am nächsten Morgen aufwachte, fühlte sich mein Kopf klar an. Ich stieg aus dem Zelt, Raluca und Viorel saßen am Feuer und kochten Kaffee. Raluca hatte ein Seidentuch um den Kopf geschlungen und im Nacken verknotet. Viorel trug sein Tuch eng um den Hals, sie drehten sich zu mir, und ihre Augen glänzten.

Diesmal fuhr Raluca. Viorel lag ausgestreckt neben mir auf der Rückbank. Ich lehnte mich an ihn, er legte einen Arm um mich. Schweigend saßen wir nebeneinander. Der Wind schlug uns die Haare ins Gesicht, wir fühlten uns voller Leben und Licht.

Je näher wir Bukarest kamen, desto voller wurden die Straßen. Als die ersten Hochhäuser auftauchten, spielte Viorel ein Lied auf seinem Handy:

In Bucuresti e ca-n povesti
Micul Paris e doar un vis,

sang er mit.

»In Bukarest ist es wie im Märchen / Das kleine Paris ist nur ein Traum.«

Im Stadtzentrum parkten wir in einer Seitenstraße. Die

Wohnung, die Viorel während der Dreharbeiten bewohnte, befand sich in einem der alten kommunistischen Blocks.

»Sie haben die Fassade hellgrün gestrichen, einen neuen Boden verlegt, eine Einbauküche eingebaut, die Sicherung springt aber trotzdem immer wieder raus«, erklärte Viorel, als er die drei Schlösser der Wohnungstür aufschloss.

Ich legte mich auf das senfgelbe Sofa im Wohnzimmer, beobachtete Raluca und Viorel, die im Bad verschwanden, hörte das Rauschen der Dusche und schlief ein.

Raluca hatte sich mit Viorel auf der *Piaţa Revoluţiei* verabredet. Es war das erste Mal, dass ich zu Fuß durch Bukarest lief, vor einigen Jahren war ich mit meinen Eltern in der Stadt gewesen, wir hatten Judit besucht, es war so heiß, dass an jeder Ecke Menschen umkippten. Jetzt liefen wir an verrosteten Metallzäunen vorbei, schauten auf überwucherte Gärten und auseinanderfallende Jugendstilvillen, die neben Neubauten aus Glas und Metall standen. Überall hingen *For-sale*-Schilder an den Häusern.

»Du musst aufpassen, wo du hinläufst«, sagte Raluca, sprang über einen fehlenden Pflasterstein und bückte sich unter einem Elektrokabel hindurch. Wir umkreisten eine Baustelle, durchquerten einen Park und warteten lange an einer vierspurigen Straße, bis Raluca mich an der Hand fasste und mit schnellen Schritten geradeaus ging, ohne das Hupen der Autos zu beachten. Noch bevor wir auf dem Revolutionsplatz ankamen, hörten wir die Menschen, ein Murmeln und Summen, das aus den Gassen und den Häuserwänden zu kommen schien. Raluca holte Schutzbrillen und Tücher aus ihrem Rucksack.

»Wenn etwas passiert, Tuch über den Mund, Brille über die Augen und nicht auf den Boden fallen«, erklärte sie, und zum ersten Mal wurde mir bewusst, dass wir nicht einen normalen Spaziergang durch die Stadt machten, um uns anzusehen, was vom »kleinen Paris« übrig geblieben war. Wir gingen weiter, jetzt konnten wir den Platz mit dem Revolutionsdenkmal sehen, er war bereits zur Hälfte mit Menschen gefüllt, und aus allen Straßen kamen mehr, Kinder mit ihren Eltern, Jugendliche, Erwachsene, Alte. Sie zogen uns mit sich, über meine Arme lief ein Schauer, als hätte mir etwas einen elektrischen Stoß verpasst. Ich schaute mich nach Marius und Adriana um, neben uns filmte ein Fernsehteam, aber Adriana war nicht dabei. Polizisten kontrollierten, dass keine Autos auf den Platz fuhren. Wir gingen zwischen ihnen hindurch, wie über eine unsichtbare Grenze, und ich wurde ganz ruhig. Vor der Universitätsbibliothek stand das Denkmal eines reitenden Königs. *Carol I al României,* war in großen Buchstaben in den Steinsockel gemeißelt. Darunter, kleiner, *Karl Eitel Friedrich Zephyrinus Ludwig von Hohenzollern-Sigmaringen.*

»Komm, wir müssen dorthin«, sagte Raluca und zeigte über den Platz auf eine Grünfläche, in deren Mitte ein weiteres Denkmal stand. Eine schmale Pyramide, die ein Ei aufspießte, aus dem Blut lief. Irgendwo rief jemand »Das Volk hat keine Angst«, der Ruf setzte sich fort, und eine Bewegung ging durch die Menge, die alle nach vorne in Richtung des aufgespießten Eis drängte.

»Das Revolutionsdenkmal?«, rief ich Raluca zu, die einige Schritte vor mir lief und mich nicht hörte. Die Menschen hinter mir kamen näher, Raluca wurde schneller, auch meine Schritte wurden größer, und ich fragte mich, was passieren würde, wenn der Platz voller Menschen war. Ich lief auf Zehenspitzen weiter, um über die Köpfe der Menschen zu blicken, hatte aber schon jetzt die Orientierung verloren, der Platz füllte sich immer mehr. Wir erreichten das Denkmal, stiegen die Stufen zur Pyramide hinauf, an einigen Stellen hatten die Polizisten Metallzäune zusammengeschoben und standen breitbeinig davor. Meine Finger begannen zu schwitzen.

»Wir sind das Volk, wir haben keine Angst«, riefen die Menschen, erst vereinzelt, dann zusammen, eine einzige Stimme, die über dem Platz schwebte. Dann begannen die Trommeln, ein dumpfes Donnern, das den Takt vorgab und die Lautstärke steigerte. Wir sahen uns nach Viorel um, konnten ihn nicht finden und griffen nach unseren Handys. Keiner von uns hatte Empfang. Wir umkreisten das Denkmal, Ralucas Kopf zuckte hin und her, sie war so nervös, wie ich sie noch nie gesehen hatte. Ich erinnerte mich an die Gerüchte über Schlägertrupps, die eingeschleust werden sollten, schaute in die Gesichter der Menschen und fragte mich, ob einer von ihnen gleich anfangen würde, um sich zu schlagen. Jetzt war ein neues Geräusch zu hören, wie Wind, der durch gekippte Fenster zog, ein Pfeifen, das immer lauter wurde. Raluca hielt sich die Ohren zu.

»Wir hätten uns abseits treffen sollen«, sagte sie. »Das war eine dumme Idee, ich hasse Menschenmassen. Wir sind zu spät, er war mit seinen Freunden sicher schon hier, lass uns an den Rand gehen, hier ist es zu laut.« Ohne meine Antwort abzuwarten, sprang sie die Stufen hinunter und bahnte sich einen Weg durch die Menschen. Verwirrt folgte ich ihr, sie steuerte auf das Kunstmuseum zu, zwischen den hohen Säulen hingen rote Plakate, auf dem ersten war Narziss zu sehen, der sich über dunkles Wasser beugte, auf dem zweiten der heilige Georg, der den Drachen mit seiner Lanze aufspießte. Unter dem ersten stand *Galeria de Artă Europeană,* unter dem zweiten *Galeria de Artă Românească.*

»Schätzchen, schau auf deine Füße«, rief jemand neben mir, und gerade noch konnte ich einem Kinderwagen ausweichen. Ich blickt mich nach Raluca um, konnte sie jedoch nicht mehr sehen. Neben mir bewegten sich alle noch schneller als zuvor. Überall standen Menschen mit Smartphones und filmten eine kleine Gruppe, die in Richtung des Revolutionsdenkmals lief. Ihnen voran der Mann in Trachtenhemd, den ich im Fernsehen und auf den Plakaten gesehen hatte, hinter ihm eine Frau mit rumänischer Flagge und weitere Männer, die Bärenfelle und -köpfe trugen. Ich muss hier weg, dachte ich, drängte mich in die Richtung, in der ich Raluca vermutete, und plötzlich war ein anderes Pfeifen in der Luft, und die Menschen begannen zu schreien. »Runter, runter!«, rief ein Mann neben mir. Ich zog das Tuch über meinen Mund und konnte die Brille nicht finden, stolperte gebückt weiter, und etwas Spitzes traf mich an der Schulter.

»Ich hab zwei Kinder und eine Frau zu Hause, ich muss gehen, ich muss nach Hause, wo bin ich?«, schrie ein Mann neben mir.

»Ich bin zwei Tage hergefahren, ihr bekommt mich hier nicht weg«, rief eine Frau.

»Raluca!«, brüllte ich, das Tuch ließ meine Stimme zu einem Keuchen werden. Endlich hatte ich die Schutzbrille gefunden und zog sie über die Augen.

»Eins, zwei, drei«, zählte ich meine Schritte, schaute auf meine Füße und kurz nach oben, um das Museum zu suchen, doch alles war voller Rauch, die Brille beschlagen. Überall drückten und zogen die Menschen, wieder traf mich etwas Hartes, ich umklammerte meinen Arm. Die Familie, die eben noch vor mir gelaufen war, wurde gegen mich geschleudert, etwas stieß gegen meine Schutzbrille und riss sie zur Seite. »Nicht auf den Boden fallen«, sagte eine Stimme in meinem Kopf, ich versuchte, nicht das Gleichgewicht zu verlieren. Die Luft hatte sich verändert, die Menschen um mich herum husteten und hielten sich die Hände über das Gesicht. Die Frau neben mir übergab sich, der Mann hatte sich über seine Kinder geworfen und zog beide mit geröteten Augen mit. Jetzt erkannte ich eine Straße vor mir. Meine Knie wurden weich. »Nicht fallen«, sagte die Stimme. Mein Brustkorb begann zu schmerzen, jetzt hustete auch ich, meine Augen juckten und fühlten sich geschwollen an, warmes Blut lief über meinen verschwitzten Arm. In meinen Ohren klang das Pfeifen nach, es wurde immer lauter, wurde zu einem Rauschen, das alles andere überdeckte, dann war es plötzlich still. Wieder rief ich nach Raluca und konnte meine Stimme nicht mehr hören. Staub drang in meinen Mund, und wieder hatte ich das Gefühl, nicht atmen zu können. Hustend beugte ich mich nach unten und stolperte weiter, alles drehte sich. Ich lief und lief, achtete nicht drauf, wen ich dabei umstieß, stolperte und fiel aus der Menge hinaus in eine Gasse, jemand griff unter meine Arme und zog mich weiter, die Bewegungen um mich herum wurden weniger, die Luft kühler. Die Hände ließen los, hinter mir war eine Wand, an der ich zusammensackte. Jemand entfernte sich und kam wieder, zog mir das Tuch und die Brille vom Gesicht. Mir wurde schlecht, ich versuchte aufzustehen, aber meine Beine gaben nach, und ich sackte wieder zurück. Etwas Hartes traf meinen Kopf und rann über mein Gesicht und meinen Körper, einen Moment fühlte ich Panik in mir aufsteigen, bis ich verstand, dass es Wasser war. Langsam kamen die Geräusche zurück, das Rufen und Pfeifen in der Ferne, dann die Stimme eines Mannes über mir, die mir etwas zuflüsterte. Meine Augen waren so geschwollen, dass ich nur kurz blinzeln konnte, bevor ich sie wieder schloss. Das Flüstern entfernte sich und kam wieder, jetzt hörte ich das Klappern eines Metalleimers und krümmte mich instinktiv zusammen. Das Wasser ließ mich ein weiteres Mal zusammenzucken. Jetzt konnte ich den Mann vor mir erkennen. Auch er trug ein Tuch über Mund und Nase, seine Augen huschten hin und her. Irgendwo knallte es, er schaute mich noch einmal an und rannte zum Platz zurück. Ich wartete einige Minuten, bis meine Beine weniger zitterten, dann tastete ich mich an der Wand nach oben und ging langsam weiter in die Gasse hinein, bog nach rechts ab, bog nach links ab, alle Fenster und Türen waren geschlossen, kein einziger Mensch war zu sehen. Ich blieb erst stehen, als ich nichts mehr von der Demonstration hören konnte, tastete nach meiner Wasserflasche und trank sie zur Hälfte aus. Die Luft um mich herum glitzerte, ich rieb über meine Augen, als ich wieder aufschaute, blickte ich in ein Antiquitätengeschäft voller barocker Spiegel. Ich starrte auf die goldenen Rahmen, und plötzlich fiel etwas in mir hinunter, sackte zusammen, erst in meinem Kopf, dann in meinem ganzen Körper, ein Schleier, ein Vorhang, der sich gelöst hatte. Ich sah die anderen Spiegel, von denen mein Vater erzählt hatte, die im Spiegelsaal des Familienbüros, zu dem er das erste Mal in einer Limousine und das letzte Mal in einem Auto der Securitate fuhr. Im Spiegelsaal hatte er als Kind mit Murmeln gespielt, als junger Mann musste er sich dort neben die anderen aus seiner Gruppe stellen. Vor ihm saßen die Männer der Geheimpolizei an dem langen Tisch, an dem sein Großvater die Partner aus der Bank getroffen hatte. In den Ecken standen Männer mit Hunden und Stöcken, es roch nach Urin und Seife. Sie mussten sich ausziehen, Kleidung und Schuhe wurden auf einen großen Haufen geworfen. Sie mussten sich vor die Spiegel stellen. Sie mussten sich ansehen, die ganze Nacht. Die Männer mit den Hunden und Stöcken blieben, um sie wieder aufzurichten, wenn sie fielen.

Am nächsten Morgen wurden sie in den Keller gebracht. Dort war die Bibliothek gewesen, hier hatte Nicus Großvater ihm sein erstes Philosophiebuch geschenkt. Jetzt war das Gewölbe in Zellen unterteilt, in denen sich Menschen aneinanderdrückten. Nicu wurde von den anderen getrennt, in dieser Nacht schliefen sie auf feuchtem Boden.

»Nimm dich vor dem in Acht, er ist ein Mörder«, flüsterten die anderen in den Zellen und zeigten um sich. »Pass auf, dass sie dich nicht verlegen, es gibt Gefängnisse, aus denen kommt niemand zurück.« »Versteck dich, wenn die böse Frau kommt, sie holt die Männer aus den Zellen und sticht ihnen die Augen aus.« »Pass auf den Kleinen mit dem Ochsengesicht auf, ihm gefällt es, wenn wir schreien.«

Der Kleine mit dem Ochsengesicht kam, um Nicu zu holen, er schrie nicht, doch als er zurückkam, war sein Kiefer ausgerenkt und seine Hand gebrochen.

Einer in der Zelle hatte eine Ecke, die nur ihm gehörte. Er zog Nicu zu sich, renkte ihm den Kiefer ein, richtete seine Hand und hielt ihn fest. Er hielt ihn an diesem Tag und auch als der Winter kam und das Wasser in der Zelle stieg und Nicus Gelenke immer mehr schmerzten. Er zeigte ihm, wie er seinen Körper bewegen konnte, damit er es aushielt, und wie er seinen Geist bewegen konnte, damit er nicht verrückt wurde. Er sagte: »Egal, wo du bist, du kannst überall deine Welt finden«, deutete auf seinen Kopf, und zusammen verschwanden sie zwischen den Zeilen, die sie einmal gelesen hatten.

Wenn sie Glück hatten, durften sie eine Stunde am Tag auf den Hof, wenn sie noch mehr Glück hatten, liefen vor dem Gitter Menschen vorbei. Menschen, die nicht eingesperrt waren und saubere Körper hatten, die mehr zu essen bekamen als Graupenbrei. Einmal hatte Nicu besonders viel Glück. Sein Bruder ging an dem Gitter vorbei, mit einem Rucksack auf dem Rücken, auf dem Weg zur Schule. Nicu schaute ihn an, und Horia schaute zurück, nur wenige Sekunden, dann drehte er den Kopf und rannte davon. Seinen Blick vergaß Nicu nie.

All diese Bilder waren innerhalb von wenigen Sekunden in meinem Kopf erschienen, wo sie immer gewesen waren. Seltsam, dachte ich noch, dann übergab ich mich. Ich wusch mir den Mund mit Wasser aus und verließ die Gasse. Ein leichter Wind wehte über die Straße. Ich hatte jedes Zeitgefühl verloren und sah in den Himmel, wie wir es am Tag zuvor getan hatten, was mir unendlich lang her vorkam. Ich fragte mich, wo Raluca und Viorel jetzt waren. Die Wunde an meinem Arm brannte, mit zitternden Fingern holte ich mein Handy aus der Hosentasche. Endlich hatte ich wieder Empfang, ich wischte über das

Display, drückte auf den Hörer, nichts passierte, und ich schrie, ein einziger lauter Schrei, der zwischen den Häusern hindurchflog und verschwand. Dann fühlte ich mich besser.

Ich wusste nicht, wo ich war, und konnte mich nicht an Viorels Adresse erinnern. Ich folgte der Straße, auf der kein einziges Auto fuhr, rechts, links, ich erkannte nichts. Ich griff in den Rucksack, stellte erleichtert fest, dass mein Portemonnaie noch da war, ich könnte mit einem Taxi fahren, dachte ich, doch weit und breit war kein Taxi zu sehen, außerdem fielen mir als Ziele nur die Universität und das Kunstmuseum ein, und ich wollte auf keinen Fall zurück zum Protest. Ich ging weiter, schaute mich nach bekannten Häusern und Geschäften um, vereinzelt kamen mir Menschen entgegen, die schnell mit gesenktem Blick vorbeiliefen. Ich las die Straßennamen, die mir nichts sagten. Dann stand ich in der *Strada Stockholm* und erinnerte mich, lief in die *Strada Amsterdam,* lief weiter und weiter, stand in der *Strada Paris*, stand vor der Nummer 4.

Die Dame mit Hut

Das Metalltor bestand aus grünen Stangen, die spiralförmig ineinandergriffen, das Haus dahinter war einstöckig mit einer von Säulen gehaltenen Terrasse, das Dach hoch mit runden, verzierten Fenstern. Ich zog die Kette aus dem Tor, betrat den Garten und lief an einem kleinen Teich mit Nussbäumen und Trauerweiden vorbei. Eine nackte Frau aus Stein schaute mich an, und ich sah Raluca in der Menschenmasse verschwinden. Ich stieg die Treppe zur Eichentür hinauf und klopfte, alles fühlte sich seltsam vertraut an. Auf der anderen Seite war es still. Ich klopfte noch einmal lauter, die Tür war angelehnt. Vorsichtig schob ich sie auf, ein kühler Luftzug kam mir entgegen, der nach Blätterteig und Parfüm roch.

»Hallo?«, rief ich und trat ein. Ich musste einige Male blinzeln, bis sich meine Augen an das schummrige Licht gewöhnten und ich die Halle erkennen konnte. Noch immer war es still. Ich blickte auf die Flügeltüren rechts und links von mir und dann auf die beiden Treppen vor mir, die in die nächste Etage führten, nach außen gewölbt, die Wand zwischen sich umrahmend. Eine Wand, an der ein riesiges Gemälde hing, das einen Pfau zeigte. Der Schmerz in meinem Arm und der Schmutz auf meiner Haut verschwanden, ich sah nur noch den Pfau, der aus Formen bestand, der Körper eine blaue Träne, das Rad ein grüner Kreis, der Hintergrund Dunkelheit. Meine Schritte hallten auf dem Marmorboden, jetzt stand ich vor dem Gemälde, streckte die Hand aus, dachte *Dunkelblau,* dachte *Unendlichkeit.* Über mir knarzte es, schnell zog ich die Hand zurück, doch nichts bewegte sich. Noch einmal schaute ich auf das Gemälde, die Farbschicht war dünn, wahrscheinlich Acryl. Irgendjemand war in der ersten Etage. Ich blickte ein letztes Mal auf das Bild und ging die Treppe hinauf. Der rote Teppich verschluckte meine Schritte. Oben angekommen, stand ich in einem Flur, von dem weitere Flügeltüren abgingen. Eine von ihnen war geöffnet.

»*Scuzați!* Entschuldigung!«, rief ich mit klarer Stimme. Als niemand antwortete, trat ich auf die geöffnete Tür zu. Eine Frau mit Hut stand im Zimmer zwischen den Vorhängen und schaute in den Garten hinaus. Die Sonne schien durch die hohen

Fenster, ließ ihren Hosenanzug smaragdgrün schimmern und tauchte den Raum in warmes Licht. Die Dielen unter meinen Füßen knarzten, und die Frau drehte sich um. Groß und schlank stand sie da, ein einzelner Ohrring schaute unter ihren kurzen Haaren hervor.

»Elise«, sagte ich.

»Ana«, sagte die Frau. Ich drückte die Finger auf meine Lieder, fühlte den Schmerz in meinem Kopf, den Schmerz in meinem Arm, öffnete die Augen, sah die Sessel vor dem Kamin, den Flügel vor der blauen Wand, sah Elise, die den Arm nach mir ausstreckte. Wir umfassten unsere Hände, drückten die Finger aneinander.

»Entschuldigen Sie, dass ich so einfach«, begann ich, »der Protest … Mein Handy ist eingefroren, haben Sie ein Telefon, das ich benutzen darf?«

»Sag Du zu mir«, antwortete Elise, reichte mir ein Handy und diktierte Lias Nummer.

Iancu hob ab.

»Du bist bei Elise, *Doamne ajută*!«, rief er. »Ich konnte nicht kommen. Aber wir haben alles gesehen, im Internet, im Fernsehen, die Polizisten, sie haben Gase wie Bomben in die Menschen geworfen. Adrianas Kameramann wurde am Kopf verletzt, ihr geht es gut, Marius hat einen Mann ins Krankenhaus gebracht, er hatte einen Anfall. Wie geht es dir?«

Ich erzählte ihm, was passiert war, und fragte nach Ralucas Handynummer.

»Gib mir etwas Zeit, ich finde sie heraus«, antwortete er.

Ich legte auf. Draußen knallte es. Ein Feuerwerk, oder Schüsse.

»Jetzt können wir nur warten«, sagte Elise. Ich schaute auf ihre eingecremte, fast faltenlose Haut, den schräg geschnittenen Pony, die weite Hose. Wir hätten uns auch in den zwanziger Jahren befinden können.

»Was ist mit deinem Arm passiert?«, fragte Elise und tastete über meine Schulter und das zerrissene T-Shirt.

»Es scheint nicht schlimm zu sein, komm, ich zeige dir das Bad und gebe dir etwas zum Desinfizieren.«

Wir gingen in den Flur hinaus, und Elise öffnete eine kleinere Tür, die ich zuvor nicht bemerkte hatte.

»Das Haus gehört meiner Freundin, sie ist eine fabelhafte Malerin. Seit sie es zurückbekommen hat, versucht sie es wieder so herzurichten, wie es war, bevor die Kommunisten es in einzelne Wohnungen aufgeteilt haben. Warte, ich hole dir ein Handtuch.«

Sie drehte sich um und ging in einen anderen Raum. Das Badezimmer war klein und wurde fast gänzlich von der Badewanne ausgefüllt. Um das Waschbecken herum waren noch Reste der Tapete zu erkennen, die größte Wand war mit Gestalten bemalt, die verzogen und ineinander übergehend im Raum schwebten, in ihrer Mitte ein Reiter, ein trauriger Clown, dessen Beine mit den Beinen des Pferdes verschmolzen.

Hommage à mes amis, stand in Schreibschrift darunter.

Elise kam mit einem Handtuch und einem Trägerkleid zurück.

»Hier, es müsste dir passen, eine der Studentinnen, die bei der Restauration geholfen haben, hat es vergessen.«

Ich bedankte mich und schloss die Tür, unter der Dusche zuckte ich zusammen, als das kalte Wasser meine Haut berührte. Ich sah den Mann mit dem Wassereimer über mir stehen. Langsam wurde es wärmer, ich entspannte mich und atmete tief aus.

Das Kleid reichte mir fast bis zu den Knöcheln. Elise sprühte meine Schulter mit Desinfektionsmittel ein, zog mit einer Pinzette den letzten Schmutz aus der Wunde und wickelte einen Verband um meinen Oberarm. Wir setzten uns in die Sessel, und sie reichte mir ein Stück Quiche auf einem zusammengeklebten Porzellanteller mit Zwiebelmuster. Mein Magen grummelte, und mir fiel ein, dass ich seit dem Frühstück nichts gegessen hatte. Das erste Stück verschlang ich mit wenigen Bissen, Elise reichte mir ein zweites, das ich langsamer aß, während sie mich beobachtete. Ich griff nach dem Wasserglas und stellte den Teller auf den Bücherstapel neben mir. Der Umschlag des obersten Buches war schwarz und rot, und ich dachte an das Gefängnis-Buch.

»Brechts Liebesgedichte«, sagte Elise und nippte an ihrem Wein.

»Bücher sind etwas Fantastisches, meinst du nicht? Es hat alles schon einmal gegeben, du bist nicht allein mit deinen Gefühlen … Die Literatur hat mich gerettet.«

Ich dachte daran, was Radu über Raluca und ihre Kunst gesagt hatte. Draußen knallte es wieder. Mein Blick wanderte durch den Raum. Der Ofen bestand aus blauen, glänzenden Kacheln und war so schön wie die Öfen im Rumänischen Haus. Auf dem Flügel stand eine Vase mit frischen Blumen.

»Chrysanthemen«, stellte ich fest.

Elise folgte meinem Blick. »Eine interessante Blume«, sagte sie. Ich schaute sie fragend an.

»Als ich deinen Vater im Krankenhaus kennenlernte, habe ich ihm gelbe mitgebracht und als wir heirateten, trug ich eine rote an meinem Kleid«, Elise tupfte sich mit einer Stoffserviette über die roten Lippen. »Und bei Nicus Beerdigung gab es weiße, wie mir Mathilde erzählt hat.«

Sie ließ die Servierte auf ihren Schoß sinken.

»Es tut mir leid, dass ich damals nicht kommen konnte«, sagte sie.

Draußen knallte es, dieses Mal hörte es sich weiter entfernt an. Aus irgendeinem Grund fragte ich mich, ob Mathilde in der Stadt mittlerweile Hirn gegessen hatte.

»Dessert?«, fragte Elise und griff nach einem Teller neben ihrem Sessel. »Alle schenken mir Pralinen, Pralinen und Bücher. Von beidem habe ich genug.« Ich nahm den verzierten Messingteller und schob mir eine Praline in den Mund, die sich langsam auf meiner Zunge auflöste und einen Geschmack nach Nougat hinterließ.

»Ein schöner Teller.«

»Aus Indien. Dort war ich in den neunziger Jahren, mit meinen Germanistikstudenten.«

Ich wählte eine weitere Praline, die nach Kokos schmeckte.

»Nicu und ich, wir sind auch gereist«, fuhr Elise fort, »natürlich konnten wir Rumänien nicht verlassen. Im Sommer sind wir mit dem Motorrad von Dorf zu Dorf gefahren und haben Ikonen gesammelt. Die Bauern wollten sie loswerden, wir haben sie gegen gedruckte Heiligenbilder getauscht.«

Ich dachte an das Gemälde im Eingangsbereich.

»Das Bild in der Halle, woher kommt es?«, fragte ich.

Elise schob die Finger ineinander und lehnte sich zurück.

»Meine Freundin hat es gemalt. Gefällt es dir?«

»Es hat mich an das Pfauengemälde erinnert, von dem Nicu immer erzählt hat«, plötzlich musste ich lachen. »Das Gemälde, für das ich hergekommen bin, für das ich von einer Behörde zur anderen gerannt bin.«

»Oh ja, die Behörden, das ist ein Abenteuer.«

»Irgendetwas an dem Bild, dieses dunkle Blau, der Pfau …«, begann ich und wusste nicht mehr, was ich sagen wollte.

»Hast du gesehen, worauf der Pfau steht?«, fragte Elise.

Ich versuchte mich zu erinnern. »Auf etwas Hellem, einem hellen Hügel.«

»So ähnlich. Eine Pyramide, in der eine Mumie liegt. Der Pfau, das Tier der Hoffnung, der Unsterblichkeit, des Stolzes und der Liebe, der aus dem Tod aufsteigt. Ist das nicht schön? Und die Farben, sind sie nicht besonders? Diese Blau-, Grün- und Schwarztöne, es war ein Experiment, die Suche nach einer Farbe, die dunkler als schwarz ist.«

»Dunkler als schwarz?«, fragte ich.

»Eine Farbe, die alles Licht absorbiert, kantenlose Flächen schafft, alles und nichts enthält.«

Sie redete weiter, und plötzlich sah ich mich nach Nicus Tod durch die Straßen gehen, ein Schleier vor den Augen, die Arme um den Bauch gewickelt, um das Schwarz des Mantels, monatelang konnte ich keine Farbe ertragen.

»Aber du hast von einem anderen Gemälde gesprochen, das du abholen willst?«, beendete Elise ihre Erklärung.

Ich nickte und merkte, wie meine Fingerkuppen feucht wurden. Elise räusperte sich und rückte im Sessel nach vorne.

»Ich wusste nicht, dass Nicu dir davon erzählt hat. Es ist,

wie soll ich dir das am besten erklären …«, sie strich sich die Haare aus dem Gesicht. »Das Motiv des Bildes, das du hier gesehen hast, es ist von uns inspiriert, von Nicu und mir und von unserem Gemälde.«

Ich runzelte die Stirn.

»Ich verstehe nicht …«

Elise war einen Moment still.

»Vielleicht kennst du die Parabel von der Wahrheit und dem Märchen?«, sagte sie dann. Ich schüttelte den Kopf.

»Vor langer Zeit beschloss die Wahrheit, unter die Menschen zu gehen«, begann Elise, nahm sich eine Praline und betrachtete sie. »Als die Menschen sie sahen, rannten sie schreiend davon, denn sie war nackt und dunkel. Die Wahrheit wurde immer betrübter und verbitterter. Eines Tages sah sie auf einer der Straßen ein Wesen, das lachte und Kleider aus buntem Stoff und farbigen Tüchern trug. Die Menschen umringten es und waren glücklich. Da ging die Wahrheit auf das Wesen zu und fragte: ›Wer bist du, und wie kommt es, dass die Menschen dich so gerne um sich haben und dass sie vor Angst davonlaufen, wenn ich mich ihnen nähere?‹

›Ich bin das Märchen‹, antwortete das Wesen, ›und wenn ich dich so ansehe, verstehe ich, warum sie Angst vor dir haben. Ich will dir ein Geheimnis verraten: Die Menschen lieben Schmuck und Verkleidung. Komm mit.‹ Und das Märchen nahm die Wahrheit bei der Hand und führte sie in einen Laden. Dort behängte es sie mit bunten Tüchern und Schmucksteinen. Als beide wieder hinaus auf die Straße gingen, hatten die Menschen keine Angst mehr. Seitdem gehen die Wahrheit und das Märchen zusammen durch die Welt.«

Es dauerte einen Moment, bis ich den Sinn der Geschichte verstand. Mein Kopf fühlte sich an, als hätte er alle Konzentration auf der Demonstration verbraucht.

»Die Wahrheit muss also von einem Märchen, von einer Erzählung verdeckt werden, damit die Menschen sie annehmen«, sagte ich. »Aber was hat das mit dem Gemälde zu tun?«

Elise trank einen weiteren Schluck Wein und hielt das Glas mit angewinkeltem Arm von sich.

»Es gibt kein Pfauengemälde«, sagte sie.

»Was?«, antwortete ich.

»Es gibt kein Pfauengemälde«, wiederholte sie, »oder vielmehr, es gibt viele.«

»Ich verstehe nicht ...«, sagte ich und fühlte mich plötzlich sehr schwach.

»Das Gemälde ist die Geschichte, die wir über die Wahrheit gelegt haben. Nicu und ich haben sie hier in Bukarest begonnen, um der Familiengeschichte, dem Widerstand, dem Glauben an das Gute und an die Gerechtigkeit Ausdruck zu verleihen. Mit unserer Geschichte haben wir gegen die Erzählungen der Kommunisten gekämpft, mit unserer Geschichte haben wir uns verständigt, weil wir nicht wussten, wer uns als Nächstes verraten wird. Das Gemälde war unser Code für alles, was wir wollten, für alles, woran wir glaubten.«

Ich griff nach dem Wasserglas und führte es zitternd zu meinem Mund.

»Das Problem war, dass Nicu die Geschichte des Gemäldes mit nach Deutschland genommen hat, er konnte es nicht aus der Entfernung betrachten, nicht loslassen. Es wurde zu dem Bild für seine Familie, das Bild, das er von sich selbst hatte, sein Glaubenssystem, ein Teil von ihm.« Ich hatte das Glas ausgetrunken und stellte es vorsichtig wieder auf den Boden.

»Was ist mit deiner Hand?«, fragte Elise.

»Das Zittern? Es hat angefangen, als ich im Flugzeug war und Adriana mich angerufen hat. Als sie mir gesagt hat, dass … Als sie mir gesagt hat, dass mein Vater gestorben ist.« Ich schluckte.

»Ich dachte«, sprach ich weiter, »ich dachte tatsächlich, wenn ich das Gemälde finde, dann kann ich diesen Schmerz hinter mir lassen, dann kann ich die Trauer überwinden.«

»Trauer verschwindet nicht«, sagte Elise. »Sie wird weniger, der Schmerz wird weniger, aber die Trauer, wie der Mensch, bleibt. Noch heute, wenn ich an meine Eltern denke, an ihren Tod, kommen mir die Tränen. Und all das ist über fünfzig Jahre her. Aber für die Erinnerung gilt eine andere Zeit.«

Ich schob die Hand unter mein Bein.

»Ich kann dir viel über Nicu erzählen, den ewigen Don Quijote, den Abenteurer, der seine Eltern beeindrucken wollte. Die Mutter, die auf dem Sofa lag und las, den Vater, der im Esszimmer stand und Vorträge hielt, und den Großvater, der an seinem Schreibtisch Zeilen in Philosophiebüchern unterstrich.«

Elise drehte an dem Ring mit dem roten Stein an ihrer Hand.

»Nach unserer Heirat war ich so glücklich, endlich in eine intakte Familie zu kommen, ich habe kein einziges Mal mit falschem Namen unterschrieben. Dass Nicus Vater im Gefängnis war, war toll, ein Ruhmesblatt. Wir waren alle antikommunistisch, wir waren Klassenfeinde und stolz darauf.«

Sie stockte.

»Man urteilt jeden Tag anders über sein Leben. Vielleicht konnte Nicu seinen Vater nicht überwinden, der erfolgreiche Anwalt, der ihm sagte, er soll nicht zu den Partisanen in die Berge gehen. Vielleicht zittert deine Hand, weil Nicus Hand nach dem Gefängnis steif war, vielleicht sind wir alle erfüllt von vererbten Traumata.«

Ich starrte an ihr vorbei aus dem Fenster. Es dämmerte.

»Aber die Erinnerung täuscht«, fuhr Elise fort. »Man erinnert sich an Dinge, die so nicht passiert sind. Niemand weiß, wie es wirklich war. Du weißt nicht, wie der gestrige Tag war. Es gibt nie nur einen Grund für etwas, immer viele Gründe, viele Geschichten, die zusammen so etwas wie die Wahrheit ergeben. Damals war so vieles anders, als es heute ist, aber es war nicht alles traurig. Wir hatten ein lustiges Leben.«

Sie trank ihr Glas aus.

»Nicu hat mir nach deiner Geburt einen Brief geschrieben. An den letzten Satz erinnere ich mich noch genau. Er schrieb: ›Das Wichtigste ist, dass Ana frei ist.‹«

Sie schwieg einen Augenblick.

»Er konnte die Freiheit nicht allen geben, aber dir hat er sie gegeben und am Ende auch sich selbst. Der Nationalfeiertag erinnert an den 1. Dezember vor hundert Jahren, den Tag der großen Einheit Rumäniens. Dass Nicu ausgerechnet an diesem Tag gestorben ist … Manche Dinge verstehen wir nie ganz.«

Irgendwo begann eine Sirene zu heulen. Ich zuckte zusammen und griff nach dem Handy. Iancu hatte noch immer keine Nachricht geschickt. Wir standen auf, gingen zu den Fenstern hinüber und traten auf den Balkon hinaus. Die Wolken hingen in Rottöne getaucht über der Stadt. Ich legte die Hände auf das Geländer. Wir schwiegen.

»Eine Freundin hat einmal zu mir gesagt, die Freiheit ist wie ein langer Sommertag«, sagte Elise irgendwann. »So heiß und hell, dass du den Winter vergisst, aber irgendwann wird er kommen.« Über uns flog ein Hubschrauber.

»Dein Vater wäre glücklich, dass du zu dem Protest gegangen bist«, fuhr Elise fort, »aber das weißt du.«

Ich tastete über meinen verbundenen Arm, schaute auf die Trauerweiden unter uns, die Straße vor uns, fühlte Elises Schulter an meiner und nickte.

Ich saß in einem Café in der Abflughalle und beobachtete die Menschen in dem Souvenirladen, die zwischen Dracula-Magneten, blau-gelb-roten T-Shirts und in Plastik eingepackten Ikonen herumliefen. Vor mir lag das Notizheft. Noch in Bukarest hatte ich angefangen, meine letzten Wochen aufzuschreiben. Ich hatte eine Nacht in der *Paris 4* geschlafen und den nächsten Tag mit Elise in den Sesseln verbracht. Wir redeten über Nicu, über mich, über seinen Tod und mein Leben. Elise gab mir Fotos, die sie und Nicu mit ihren Freunden in Unterwäsche tanzend im Wald zeigten.

»Jedes dieser Bilder ist eine ganze Geschichte«, sagte sie, und ich dachte an Raluca, Viorel und mich, und daran, wie wir vor zwei Tagen in Unterwäsche durch einen anderen Wald gelaufen waren. Elise reichte mir gerade einen Schuhkarton, als das Handy klingelte.

Es war Iancu, er hatte mit Raluca gesprochen. Sie war bei Viorel im Krankenhaus. »Er wurde zusammengeschlagen«, sagte Iancu. »Es geht ihm aber besser, er hat schon Witze gemacht, dass sie seinem Charakter gebrochene Rippen und eine aufgerissene Wange ins Drehbuch schreiben müssen.«

Iancu räusperte sich.

»Da ist noch etwas«, sagte er. »Es ist gut, wenn du in Bukarest deine Papiere beantragst, Bogdan hat einen Prozess gestartet, gegen uns alle, gegen die ganze Familie, er will das Rumänische Haus.«

»Verstehe«, sagte ich und fühlte Wut und Enttäuschung in mir.

Ich gab Elise das Handy zurück. Einen Moment lang war es still.

»Ein Paar deiner Lederstiefel?«, fragte ich schließlich und zeigte auf den Schuhkarton. Elise lächelte.

Ich öffnete den Deckel, im Karton lag ein Stapel mit Schreibmaschine beschriebener Blätter.

»Ich war nicht nur in Bukarest, um eine Freundin zu besuchen«, sagte Elise. »Ich war auch hier, um unsere Securitateakten abzuholen. Das sind die von deinem Vater. 1500 Seiten.«

»Letzter Aufruf für den Flug nach Dortmund«, kam es aus den Lautsprechern. Hastig packte ich das Notizheft ein und rannte los, durch die Ticketkontrolle, den Raum dahinter auf das Rollfeld hinaus. Das Geräusch der Turbinen umfing mich, die letzten Menschen stiegen mit ihren Rucksäcken und Koffern in das Flugzeug. Ich zögerte und umklammerte die Tasche. Nach den Gesprächen mit Elise hatte ich zunächst gedacht, dass es zu Ende war, dass ich einen Abschluss gefunden hatte.

»*Domnișoară*, steigen Sie ein?«, fragte ein Flughafenmitarbeiter. Ich betrat die Treppe. Als ich oben angekommen war, blieb ich noch einmal stehen und schaute zu den Bergen. Ich sah Nicu in meinem Traum auf der Decke sitzen und lächeln, sah die Tanten, sah Raluca, sah das Rumänische Haus. Es stimmte, ich hatte einen Abschluss gefunden, aber zu Ende war es nicht.

Ich drehte mich um und stieg ein.

Danke

Brett, für das gemeinsame Plotten und Aus-Halten
Regina, für den Glauben und die Unterstützung
Alexandra, für die Motivation und Klarheit
Sandu, für die Liebe zum Nachdenken
Li, für die Liebe zur Literatur
Barbara, für den Mut
Cristina
Nanda
Iancu
Duțu
Marianne
Mica
Horia
Stanca
Iancu, Victor
meinen Familien in Rumänien, Deutschland und den USA
für die Erzählungen
und für alles andere
Ulrike, meiner Agentur und meinem Verlag
für das Buch